萌獸不易做
That's not easy
to be moe animal.
2 本能誘惑

來自地球的少女，穿越後身體成為了異世的小貓，多了一對耳朵和一條尾巴，而且無法說話。
加萊將手足無措的她帶回了家。雖被當作寵物，但她還是對加萊產生了依賴。
米凡

伊凡夫·布里奇

加萊的好友，喜歡養寵物卻被稱為寵物殺手。他喜歡米凡，卻只能接受她寵物的身分。

喬·克蘭克

加萊同父異母的弟弟。總是表現得很溫柔，但他與加萊的關係卻如仇人一般。

布林

一名貴族小姐飼養的雄性小貓，個性呆悶，喜歡同類的米凡。

克蘭克族的嫡子，性格淡漠沉穩。對於飼養寵物不是很有經驗。
他向來習慣一人獨處，有了米凡後，卻再也放不開這隻乖順的小寵物了。

Index

That's not easy to be moe animal. No.02 END.

第一章 意外，真相

That's not easy to be moe animal.

加萊不自在的移開視線。

奇怪，明明有一段挺長的時間米飯都是裹著浴巾到處跑的，為什麼他會突然感到沒辦法直視呢？

他目光投在另一邊，餘光卻能感覺到米飯走了過來，溼答答的腳踩在地上，發出小小的聲音。她身上清淺的味道傳了過來，輕柔的縈繞在他的鼻端。

靠得太近了，加萊忍不住轉過了臉來。米飯濕漉漉、黑溜溜的眼睛正看著他。

給件衣服啊喂……米凡扯著他的衣角。

嗯？加萊呆愣了一會兒，還以為米飯在撒嬌，但是她扯著他的襯衫，把衣領都扯歪了。脖子感到一陣涼意，加萊不自在的扯回來。

米凡仍是伸手扯著他的衣角晃給他看，然後又拉了拉她身上的浴巾，意思是她也要穿衣服。

可是不知道為什麼加萊的視線有些閃躲。米凡一驚，不會沒了衣服得要她一直裹著浴巾吧？雖說她不是沒這麼幹過，可她還是比較喜歡穿著衣服，哪怕沒有內衣、裡面是真空的……

不過，如果可以的話，他的襯衫她也不嫌棄啊！

此時米凡深深感到無法溝通的不便。

她咬了咬指尖，歪著頭看著加萊。他怎麼還是側著臉不看她啊？

喂，理一理人呀！米凡蹭到他面前，趴在他膝頭把臉伸到他臉前。

湊近了看，他的眼眸像是在反射著銀色光芒的無際雪原，有種冰涼和靜寂感，在長長睫毛的掩映下，深邃安靜的注視著她。被這樣看著，就好像一輩子那麼長的時間都從這雙眸子中流逝，而她差點溺斃在裡面，竟然看得連呼吸都不自覺的停住了。

當她發現自己竟然差點盯著加萊憋死時，她漲紅了臉，撐著他的大腿往後撤去。然而就是這麼一個不大的動作，走出浴室前匆忙塞好的浴巾竟然鬆開了，滑下了大半，一半搭在背上，一半堆在了加萊的腿上。

周圍的時間好像完全凝固了，兩個人都僵住了身。

胸前一空，意識到發生了什麼事，米凡腦子突然一片空白，眼睛都直愣愣的轉不開了。

加萊視線從她胸前一掃，就立刻低下了頭，看著她還撐在他腿上的手，極為專注認真的盯著，好像她那雙手上開出了一朵小紅花一樣。

他做出一副什麼都沒發生過的樣子，然而任他裝得多麼像，方才一掃而過的景致仍在眼前晃動。

原來不知不覺，米飯已經長大了。初來時平平的胸脯也有了秀氣的曲線，那兩點紅櫻在白玉般肌膚的對比下，在他的視網膜中久久無法散去。

他輕輕咳了一聲，米凡就像被錘子砸了一下頭一樣，猛地動了起來，飛快的抓住滑下來的浴巾掩住前胸，同時觸電般的從他膝上彈開。於是毫不意外的，已經鬆開的浴巾隨著她站直身子，全都滑落下來，整個後背都空了。

堪堪遮住前面，米凡尷尬得很想扯一塊布把屁股遮上，然而加萊被她突如其來的動作驚了一下，眼睛睜大了看著她。

「……」

米凡現在確實很希望腳底下出現一道裂縫，好讓她掉進去，逃離這個尷尬無比的情況。

視線游移了好一會兒，她偷偷摸摸的看向加萊，希望他已經不再注意她了，可是卻正好對上了加萊的目光。米凡覺得自己臉上的溫度呈現直線上升的狀態。

他的寵物正縮著肩膀、漲紅著臉、目光閃躲的躲避著他，雙手拉著浴巾掩著胸，仍露出了大片的肌膚，細細的雙腿緊緊併攏著，十足羞澀驚慌的少女樣子。原本他還可以勉強將她當作一隻天真無知的動物，可她這種表現，讓他也不由得下意識的把她當作成一個少女。於是他終於開口，打破了膠著的沉默。

「妳自己收拾好。」說著，他主動轉過了身，背對著她。

米凡連忙手忙腳亂的把浴巾裹好，緊緊抓著邊角。

聽著背後的動靜沒了，加萊轉回身，看見米飯仍站在原地，倒是遮好了，可小臉還是紅得要爆炸了一樣。

加萊的耳根微微發熱，可臉上什麼也沒有表現出來，他輕輕一咳，喚道：「米飯。」

米凡偷偷看他。

加萊從他的衣櫃中拿出一件襯衫，走到離她有一段距離的地方，猶豫了一下，停下，扔給了米凡。米凡一手還死死抓著浴巾，另一隻手慌亂的去接，沒接住，一下子被襯衫蓋到頭上遮住了臉，頓時什麼都看不見了。

加萊輕聲說：「我去睡了，妳自己換上吧。」

米凡一把扯下襯衫，加萊已經脫了外套躺在了床上，側躺著背對著她。米凡覺得身上輕鬆了一點，連忙一溜煙跑開去穿衣服。

加萊的襯衫穿在她身上當然顯得很大件，就算沒穿褲子也能遮到小腿，袖子長得連手指頭都露不出來，米凡又把浴巾圍在脖子上蓋住太大的領口，才覺得有了一點安全感。

腦子終於能正常思考了，先是回想了一下剛剛發生的事情，米凡無法承受的捂住臉——要死了！雖然以前也被看光光過，可習慣了有衣遮體，心態已經不一樣了，在他面前走光她就覺得羞恥度太高了！而且……好像加萊他的反應也有些奇怪……

米凡情不自禁的咬起了指尖。說實在的，好像自從她回來之後，加萊對她的態度就有點微妙的不同。

加萊連衣服都忘記脫下，躺在床上想該睡了，可閉著眼，腦中卻無比清醒。

大概是在好奇，等著米飯會不會和往常一樣爬上來睡在他旁邊。期待？不……

加萊眉頭皺了皺，又想起了浴巾掉下時米飯的表情，僵硬得像石頭雕出來的一樣。有些好笑，他動了動嘴角。不過，意識不受控制的繼續回憶下去，於是下一個浮現在記憶中清晰無比的畫面是米飯幼白的上身。

為什麼總會想起這一幕？他一向認為自己和好色的父親是完全不同的。

手指僵硬的抓了一下床單，他努力將大腦中不該有的東西驅逐出去。

身旁傳來些動靜，米飯爬上了床，加萊閉著眼還是能感覺到她的動作。她笨拙的上床，小心翼翼的躺下，然後是她身上的衣料和床單摩擦產生的窸窸窣窣的碎聲。隨即變得很安靜，身後沒有一點動靜，也就顯得她的呼吸聲緊張又急促，而加萊翻了個身，她的呼吸聲就是一頓。

他又不會吃了她。

加萊轉頭看過去。米飯把自己縮成了一顆球，毯子裹得嚴嚴實實的，只露出一對耳朵，離他遠遠的躺著。加萊覺得他只要伸出一根手指頭，輕輕戳一下，她就咕嚕嚕滾下床了。

像顆球似的米飯就躺在那裡，他腦子裡有點旖旎的畫面不知不覺就無影無蹤了。

加萊嘴角輕輕勾起，伸出手撥了撥她耳朵裡的絨毛。圓球抖了抖，而那對耳朵更是劇烈的抖了一下，然後從毯子裡伸出一雙手，緊緊的按住耳朵。

調戲之心頓時升起，加萊手指頓了一下，轉而去撓她的手。

他指尖輕刮著她的指縫，輕輕向下。圓球又抖了一下，手猛地一縮——真的滾下了床！

「咪！」

米凡叫了一聲。疼倒不是很疼，畢竟有毯子墊著呢，她從大毯子裡掙脫出來，揉了揉頭。

「睡覺都不安分。」加萊一隻胳膊撐在床上，探身望著她說：「快上來。」

——我怎麼不安分了？還不是你搞的！

如此顛倒黑白，就算現在能說話，她也不知道要說什麼了。米凡囧著臉抱著毯子爬回床上。

「好好睡，別胡鬧了。」加萊說。

——你不要鬧了才是啊……

米凡無語的躺下，加萊也沒有再調戲她，她很快就睡著了。

「加萊！」

忽然出現的伊凡夫攜著風，大步走了進來。

加萊給過他進門的口令，他總是一聲招呼都不打，隨便進出。就像今天，已經到了普通人都入睡的時間，他還大大咧咧、毫不顧忌的闖了進來。

加萊還沒睡著，他瞇起眼睛起身，問：「中彩券了？還是怎麼？什麼事值得你大晚上的過來？」

伊凡夫搖了搖手指頭，一屁股坐到加萊身邊，「基利這小子老替我找麻煩，還不服管教，這兩天盡忙著收拾他了。明天我休假，所以就過來了！」

「來幹什麼？」
「為了米飯啊！」
伊凡夫雙眼閃亮的挨近加萊，問道：「你家米飯不是醒了嗎？你搞清楚沒？」
加萊斜了他一眼，「你操什麼心？」
「好奇不行？我之前可說過你家米飯不對勁吧？說不定真是外星間諜！」伊凡夫看向加萊身後熟睡不醒的米飯，剛才他那麼大聲嚷嚷都沒吵醒她，睡得可真夠死的。
伊凡夫接著說：「審訊紀錄不是都讓你看了嗎？抓到的那個男人承認他本來以為米飯和布林是流浪的小混混，因為米飯和他對過話，他一開始才沒意識到他們是小馥。」
加萊沒答話，而是轉頭看了看米飯。她好像做了夢，眼皮底下眼珠子轉來轉去的。
他壓低聲音，說：「那兩個人怎麼樣了？」
「還能怎麼？認了罪，過兩天就能判刑了。」伊凡夫摸了摸下巴，也跟著小聲說起話來：「要不要再審審？米飯既然能說話，卻從來沒在你我面前表露出來過，而她在那兩個男人之前開口，或許有什麼目的也說不定。」
他不經意的看了加萊一眼，說：「要是你不想追究下去的話……考慮一下後果，未知的危險才是最致命的，圖盧卡現在可是暗流湧動。」
加萊的臉色顯得沉重起來，他還未說什麼，伊凡夫就哎了一聲興沖沖的拿出一個小盒子，打開讓加萊看，「我過來的時候在路上撿到這個，研究了一會兒，好像是個挺有意思的東西，你看得出來這是什麼嗎？」

加萊向盒子中看了一眼，發現放在盒子裡面的正是前兩天從米飯身上取下，被他丟到外面的項鍊。他皺了一下眉，說：「我不知道你什麼時候有撿破爛的習慣了。」

「哎呀，你仔細看看！這個小玩意兒很有意思的。」

「怎麼？」不就是條廉價的項鍊嗎？加萊無聊的轉過臉。

「真沒眼光！」伊凡夫鄙視道，「依我看，這個是市面上沒有的思維翻譯器。」

米凡的臉埋在毯子後面，剛剛他們的談話她一字不漏都聽見了，米凡越加用力的咬著下唇。她偷偷瞇起眼，看見伊凡夫用食指挑起那條項鍊，紅色晶石搖搖晃晃的反射著房間裡的燈光。

「這東西挺少見的，聽說有幾所科研院在進行研究開發，雖然用途不廣，不過倒是個挺有意思的東西。」伊凡夫手一扔，把項鍊拋給了加萊，同時繞過加萊往床上一撲。

「米飯，妳肯定醒了，是在裝睡吧？真是狡猾的小傢伙！」伊凡夫撐著下巴趴在米凡身邊，瞅瞅她緊緊閉著的眼，然後捏住了她的鼻子。

憋死了！米凡很快睜開了眼睛，七手八腳的從伊凡夫身邊逃開。

「加萊你看，她瞪我呢！」伊凡夫大聲嚷嚷。

米凡眼睛又瞪大了點。不是懷疑她嗎？行動上一點也沒有提防她的樣子嘛！

——就瞪你了又怎麼樣！

米凡又看向加萊，他手裡捏著的那條項鍊，的確就是她撿到的那條。

加萊望著米飯，她好像在思考著什麼，臉上慢慢露出了決心已下的堅定神色。

加萊的心忽然一跳。

米凡攥緊了拳頭，跳下床走到加萊身邊。加萊低頭看著她，等待著她的行動。

米凡有點緊張的嚥了口口水，伸手，從加萊手中抓出了那條項鍊，沒受到一絲阻隔。她瞅瞅加萊，又瞅瞅伊凡夫，心一橫，將項鍊戴在脖子上。她心想：總不能一直瞞著，隱瞞也沒有太多好處，不如坦白了吧！

伊凡夫撓了撓下巴，腿一蹬，跳到地上，繞著她走了一圈，「嗯嗯，這樣看米飯，好像不大一樣了呢？」

在他盯著不放的視線中，米凡縮了一下肩膀，接著替自己鼓了鼓氣，重新挺直背。

事實很清楚的擺在她眼前，透過對那個男人的審訊，她能夠說話的事情已經被伊凡夫和加萊知道了。怪不得，雖然加萊沒有揭露她，但卻從這兩天動作的細節中表現出來了，所以她才總是時不時感到有點怪異。那麼，也容不得她遲疑了，越早坦白越好。

她從靜靜凝視她的加萊臉上移到他手上，微張了一下嘴，正要伸出手，伊凡夫突然停止圍著她轉圈了，站在她的右前方，揪著她的一縷頭髮拉了拉。

「喂，妳想清楚了，若真的是不懷好意來到加萊身邊的話，我可就不留情面把妳帶走審訊了。」伊凡夫用恐嚇的口氣嚇唬她道。

米凡汗，明明已經察覺她要說什麼了，如果因為他這話而遲疑，那不就證明她心中有鬼嗎？真是狡猾！

米凡不理他，再次清了清嗓子，開口：「我……我……」

到了這個時候，加萊反而有些猶豫了起來。當初伊凡夫讓他看關於米飯和布林被抓一事的審訊結果時，他其實是將信將疑的。也許是有了這種意識，他便特別關注這方面，米飯醒過來後，從她的眼神和小動作中他都能很明顯的感覺到，她懂得他說的每一句話。

米飯丟失之前，雖然也能聽明白他的口令，可也只限於那幾個詞而已。而普通的寵物聰明的話，也是能理解主人的意思的。所以對於她的聰穎，他從來不覺得吃驚。

但是到了這種程度，就有些不對勁了。

「咪……」米凡這麼說道。

啊！沒有把翻譯器打開，她忙把紅色的晶石按下去。

又輕咳了一聲，她張了張嘴，小聲說：「那個……加萊，我……」

隨著每一個字從她嘴中出來，加萊的表情僵硬不動，眼睛卻越瞪越大，怔怔的看著米凡。

被他看得噎了一下，米凡有點忐忑的停下來。

「妳……剛剛是在對我說話？」沉默一會兒，加萊輕輕開口。

「是、是的。」

他伸出一根手指，指了指她脖子上的項鍊，問：「誰給妳的？」

她搖搖頭，「不是誰給的，是我撿到的，在一間科研院外面。」

加萊沉默下來，當米飯真的開口時，果然還是感覺很怪異啊！

加萊沉默的時間越長，米凡越來越不安。會改變嗎？加萊對她的態度。還是說，真的會讓他懷疑起她的身分？如果站在加萊的立場上想想，她的確真的很可疑。

「我、我其實……」她顫巍巍的想要解釋一下，卻被加萊打斷了話。

「妳是有特殊目的，故意待在我身邊的嗎？」

米凡連忙搖頭，像波浪鼓似的，「沒有沒有！絕對不是的！」

加萊鬆了口氣，他也覺得應該不是。他還記得剛帶米飯回家時，她的確是什麼都很懵懂，連話也聽不懂的樣子，如果是裝的，未免也太像了。

這時，伊凡夫終於開口了。一開始看著一隻小寵物口吐人言也覺得很奇怪，他一時間沒法習慣，等反應過來，加萊竟然已經一副接受事實、心安理得的樣子了，他不由得叫道：「喂，我說你也太相信米飯了，她說了你就信？你什麼時候變得這麼單純了？」

「閉嘴。」加萊對伊凡夫說，然後問米凡道：「那麼，妳是小馥嗎？」

搖了搖頭，又點點頭，米凡猶豫道：「身體是，但其實……我本來是地球人，後來不知道怎麼回事，就變成小馥了。」

「地球？」加萊一挑眉。

「嗯，那是我的家。」

「那是哪裡啊……」伊凡夫嘀咕道：「不會是米飯妳瞎編的吧？」

加萊想了想，沒在記憶中找到相關的內容，在資料庫中搜了搜，全星系高等智慧星球聯盟中，也沒有地球這個名字。所以說，在這個從未聽聞過的星球上生活的米飯，仍然是一種沒有進化完全的低等生物。

「加萊，我想……」

再次被加萊打斷話，米凡震驚的聽到他一本正經的說：「妳該叫我主人。」

啥?米凡結結巴巴說：「可、可你已經知道我不是小馥了，我是人啊!」

「是地球生物。」加萊強調，「按照聯合法，你們仍不屬於智慧生物，經過稀有性、無害性等統一審核後，如果沒有列入保護動物的範圍中，你們可能被列入可食用食物名單，或者歸入自由發展區內。如果是後者，地球生物仍可能流入市場成為新種寵物。」

米凡一聽愣了。她以為頂多是被當作稀奇的外星人或是穿越者，但是從來沒料到坦白以後竟然還是寵物的地位……

加萊食指撐著額角，歪著頭看她糾結的臉。

「叫主人啊!」伊凡夫倒是起勁了，起鬨道：「米飯，快叫一聲來聽聽!」

米凡苦著臉看他一眼，被他這麼一起鬨，更加張不開嘴了。

「其實妳還是有選擇的。」加萊看她為難的樣子覺得好玩，微笑道：「可以不認我作主人。」

看那別有意味的笑容!米凡不抱希望，垂著肩膀問：「什麼?」

「第一，作為新物種被國家物種歸納中心接受，鑑於妳特殊的情況，是很好的研究對象，他們應該會好好對待妳。第二，我放妳自由，妳可以隨意去哪。第三，繼續跟著我。」

所以說，有選擇的餘地嗎？不過米凡最心心念念的還是這一個問題：「我可以回到地球嗎？」

加萊微微一笑，「如果能夠確定地球的方位，並且有經過那裡的太空船的話——」

米凡眼睛一亮。

「也要看我的心情。」

米凡眼中的小火苗噗的一聲熄滅了。

「那……你什麼時候心情好呢？」

極感興趣的看著米凡臉上變幻不停的表情，由驚到喜再到沮喪，加萊暗笑兩聲，長長的銀白色睫毛眨了眨，他表情沉靜的點了點頭，「先叫聲主人來聽聽吧，如果妳聽話，我的心情或許就好了。」

米凡一頓，偷偷咬了咬牙。哪有這樣戲弄人的！可她還是憋紅了臉，吭吭哧哧的說：「主、主、主人！」

嘴角無法控制的微微翹了一下，加萊拿手掩住嘴，說：「地球生物連話也說不順嗎？」

米凡一癟嘴。作為地球人代表被嘲笑了！

同胞們，我不會讓你們丟臉的！她挺了挺胸，一閉眼大聲說：「報告主人！」

「什麼？」加萊含笑問。

「……我真的能回去嗎？回到地球？」

加萊沒想到她還真的對這個問題很關注，看她眼也不眨的等著他的回答，便稍微端正了一下態度，說道：「恐怕暫時不能。不是說了嗎？目前還沒有關於妳說的星球的紀錄，沒人知道到什麼時候才能被發現。」

「是啊是啊！」伊凡夫不甘被冷落，插嘴道：「妳又不能提供更多資訊，連大致的位置都沒有，宇宙那麼大，聯盟未探索到的區域還多得很呢！不過，如果主動行動起來總比聯盟偶然發現的機率要大很多。」

哎？一聽到「不過」這個詞，米凡眼中就升起了希望的小火星。

成功吸引了米凡的注意，伊凡夫咧嘴一笑，說道：「來吧，也叫我一聲主人，我再告訴妳。」

米凡悲憤的說：「太過分了——」

伊凡夫挑挑眉，「嗯，看來妳是不想知道了。」

米凡義正辭嚴說道：「我只有一個主人啊。」

加萊嗯了一聲，對伊凡夫說：「你就別妄想了。」

「加萊你真是翻臉不認人啊！」伊凡夫叫道，「真是看錯人了，虧我還費了老大的勁幫你把米飯找回來。」

他轉頭對她說：「要不是我找到妳，妳病懨懨的都不知道能不能撐過去，救命之恩妳隨便叫一聲都不肯呀？」伊凡夫悲憤搖頭感嘆不已，「唉唉，真是物似主人形，一大一小都是沒良心的。」

加萊冷冷一笑，「沒錯，我們就是過河拆橋毫不手軟。米飯，把這個聒噪的東西攆出去！」

「哈哈哈——讓米飯來轟我？就她那點戰鬥力，試試呀！」伊凡夫張狂大笑。

伊凡夫一番吵鬧後終於離開了。果然，最聒噪的就是他，剩下加萊和米凡兩人後，屋中立刻靜了下來。

氣氛一下子不一樣了，看著米凡逐漸緊張不自然的樣子，加萊越發感到了調戲她的興趣。

「你們星球的生物……都長得和妳一樣嗎？都像小馥？很弱啊。」

「不是的，這不是我本來的身體。」

「嗯？」加萊意外的問道：「不是妳原來的身體？」

「我也不知怎麼回事，醒來就變成這樣了，緊接著就遇到加萊你了。」米凡揪了揪頭頂的耳朵。

「叫主人。」

——米凡妳要忍耐！

她按下額頭上爆出的井字，扯出一個僵硬的笑容，拉長音道：「主——人——」

加萊微微瞇起眼，「妳適應得挺好的，以前一定也和小馥差不多。」

米凡琢磨出味道了，加萊這還是在逗著她玩呢！於是她不滿的癟了癟嘴，不搭話了。

加萊已經坐回了床上，屈膝撐著下巴，淺笑著說：「過來，睡覺。」

以前他不拿她當小馥，睡一起不在乎，現在都說她是地球人了，再睡一起她會害羞的好嗎！好嘛，她知道，覺得逗她是很好玩吧？想看她不自在，誰怕誰？

一直被撩撥到有點炸毛的米凡擼了擼袖子，氣勢洶洶的跳上床，然後因為床太高，上身一撲扒住了，可膝蓋磕到了。

米凡的臉埋在鬆軟的被中，腿垂在床外，聽見旁邊的加萊低低一笑。

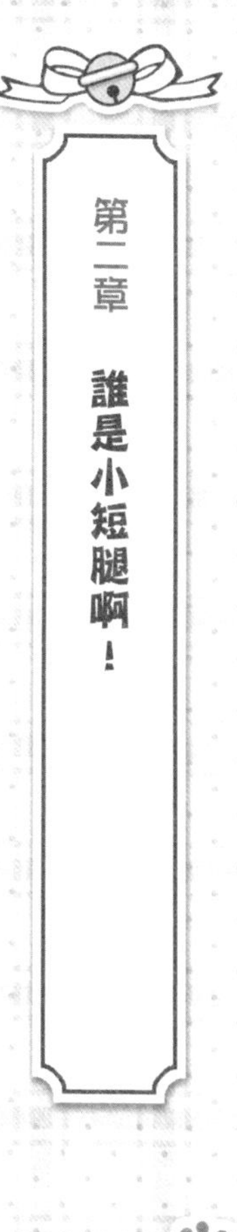

第二章 誰是小短腿啊！

米凡幽怨的趴在床上。這邊的家具都是按這些外星人的身高設計的，加萊這種一百九十公分的身高也只能算是正常。平常不方便就算了，偏偏這時候讓她出糗。

她埋著臉不想抬起來，加萊傾身，幫她扯了扯襯衫。他的手碰到了她大腿一下，米凡一個激靈蹬腿上床，扯著襯衫角十分不滿的瞪了加萊一眼。

加萊面色古怪，側過臉憋了半天，才輕聲說：「屁股露出來了。」

「……！」米凡絕望的捂住臉。她忘了襯衫下是真空的！

——喂，你以前不是扒人家衣服都面不改色嗎？現在一臉「非禮勿視」的正經模樣是怎麼回事？不要這樣好嗎？搞得人家更尷尬了啊！

米凡很想嚶嚶兩聲撲向枕頭，可事實上她只是放下手，紅著臉淡定的說：「請主人明天幫我買內

That's not easy to be moe animal.

衣吧！」

加萊仍側著臉，點了點頭。

熄了燈後，米凡可以不用擔心走光了，抱著被子滾成一團，盡量滾得離加萊遠一點。

加萊雖然挺想抱著米飯睡的，可是考慮到這段日子她瘦得身上都沒了肉，抱起來不舒服，而且她好像已經被他惹毛了，今晚還是不去招惹她吧。加萊如此體貼的想著，閉上了眼睛。米飯身上的味道清晰的在鼻端縈繞著，他精神鬆弛下來，睡意很快湧了上來。

加萊安靜的睡著了，而米凡仍是一腦袋亂七八糟的想法，比如怎麼身為地球人還是個做寵物的命呢？再比如以後的生活會發生什麼樣的變化？然後她還很悲憤的想，為什麼她覺得加萊變無恥了呢？但她還是很相信加萊說的那些話，比如：如果地球被發現後可能面臨的那些命運，被保護還好，但被列入可食用動物名單簡直不可忍！還不如像她這樣做寵物呢，好歹還能活著。

米凡的思緒發散開來。做寵物的話，地球上的萌妹子們豈不都沒法逃脫外星人的魔爪了嗎？要是遇上加萊這樣的主人也就罷了，問題是在危險的外星啊！豈不是時時刻刻面對著生命危險！

隨即，米凡又想起了布林。怎麼回來的她也記不清了，只有印象布林一直陪在她身旁。後來布林也被救了出來，回到安麗爾的身邊。安麗爾會很好的照料他，可她還是不放心，總要親眼看看他才能安心。

她抱著被子翻過身，在黑暗中尋到加萊的臉。他側臉的輪廓很清晰，特別是高挺的鼻子，就像大師雕出來的一樣。米凡趴著，甚至能看到他翹起的睫毛，讓此時想法亂糟糟的她滋生出一絲絲嫉妒。

已經睡著了啊……猶豫了一下，米凡還是沒有叫醒加萊。她把下巴縮進被子裡，繼續想著自己的心事。

這一覺睡得深沉無夢，加萊覺得好久都沒有休息得這麼好了。

應該是米飯的功勞吧！接著又想起了昨晚米飯表情多變的臉，他心情甚好的睜開了眼，看到一張認真凝視著他的小臉。

加萊愣了一下，「米飯？」怎麼這麼稀奇，比他醒得還早？

看到他醒過來，米凡的耳朵跟著高興的抖了抖，「加萊，今天我們去看看布林吧！」

加萊抬手，捏住趴在他上方的米凡的耳朵，揉了揉。米凡胳膊一軟，差點沒撲在加萊身上，她臉一紅，連忙從加萊手底下解救出她的耳朵。

加萊瞇了瞇眼，懶洋洋的說：「又忘了？叫主人。」

米凡瞬間改口：「主人！」

加萊滿意的低哼了一聲，說：「一大早起來，就是為了催我這個？」

「沒有別的事了。」米凡老實的說：「就是有點想看看他。」

加萊正眼瞧向她，「有什麼好看的？」

「呃……」

加萊心中有些不滿。為什麼她對布林那麼上心，一醒就想著他？

「嗯……我在外面的這些天，要不是有布林陪著，我應該會很難過吧……」米凡點點頭，一本正經道：「已經是共同經歷過生死的戰友情了。」

戰友情……加萊似笑非笑，「好吧，他是妳的戰友？」

加萊覺得米飯的這個比喻好玩，那點起床氣也消散了。不過是件小事而已，加萊便順手聯繫了安麗爾，約好明天見面。

做完這些事，加萊抓了抓睡得有點亂的頭髮，從床上下來，轉頭看了一眼米飯。她身上僅穿著一件他的襯衫，這時蜷腿坐在床上，蓋得腿都看不見了，袖子也耷拉在床上，只有領口開得大大的，露出一大半圓潤的肩頭……看來今天要幫她買衣服了。

洗漱吃飯，米凡一直眼巴巴的看著他。加萊被瞧得有些撐不住，敲了敲桌子，說：「急什麼，明天才去見布林，好好吃妳的飯。」

確定是明天，米凡立刻咧嘴露出一口白牙，捧著她的食盤坐上桌。

加萊拿著餐刀挑了一下眉，她瞪大眼睛純潔無辜的望向他。

都說了她是地球人——好吧，地球生物。不會連上桌吃飯的權利都不給吧？

米凡可憐巴巴的看著加萊。

加萊輕咳一聲，垂下眼切了一塊肉，默認了她的行為。連床都讓她上了，他當然不會介意和她同桌吃飯，以前不過是以為她不用刀叉而已。

「一會兒和我一起出去，替妳買些衣服吧。」放下刀叉，加萊用餐巾拭著嘴，說道。

衣服！終於有衣服穿了。米凡高興點頭道：「好呀好呀！」

「但是有一點——」加萊補充道：「妳不能在任何人面前開口說話。」

「哎？」米凡困惑不已，「為什麼？」

「太可疑了……」加萊說：「伊凡夫到現在還在懷疑妳是圖盧卡敵對星系派來的，雖然看起來他是在開玩笑，但其實他是認真的，而且並不是沒有根據。」

米凡瞪大了眼，「可我不是啊！我是地球來的！和你們的敵對星系有什麼關係？」

「伊凡夫是圖盧卡最年輕的少將，最近的星際局勢他最了解不過。大戰的預兆已經越來越明顯了，而以往也不是沒有擬人態的外星人潛入過。」加萊摸了摸米凡的腦袋，提醒道：「還是小心為上，即使不被懷疑是間諜，會說話的小馥，也是會被那些生物研究員虎視眈眈的。」

他不會對她說，他當然能保住她，但是為了盡量避開麻煩，還是讓她自己有點危機感吧。

也是！就算加萊不把她這種地球靈魂、小馥身體的特殊體質當回事，別人可不一定會這麼想。如果她當著外人的面開口，是會被圍觀的！一定是的吧！

米凡被加萊成功騙住了，並且想像了一番和加萊分開後被瘋狂博士抓起來，抽血化驗、割開肚皮、五臟六腑都被研究一遍的景象。

「我一定把嘴牢牢封死的！放心好了！」米凡高舉右手信誓旦旦。

「乖。」加萊滿意的揪了一下她的耳朵，「走吧。」

***　***　***

加萊的黑色靴子喀喀喀踩在不知何種材質的堅硬路面上，步伐流暢毫無停滯。米凡快步跟在他身後，間或小跑一陣，才勉強能跟得上他。

開心開心！米凡忍不住搖著尾巴。和前段時間流浪在外時小心翼翼、但還是狼狽不已的時候比起來，在加萊身邊好像什麼都不用害怕。

加萊猛地一停，她差點沒停穩撞到他背上，連忙後退了兩步，疑惑的看著他。

「妳走得太慢了。」加萊平靜的說。

米凡有點委屈，也不比比他和她的腿長，她已經盡力了。以前出門他不都是抱著她的嗎？配合她走慢點總比抱著她要輕鬆多了吧。心裡嘮叨著，但米凡嘴上還是說道：「那、那我再走快點……」

加萊搖了搖頭，大爺似的伸出一隻手，「過來，我抱著妳。」

米凡瞪大了眼睛盯著他那隻指節分明、手指修長的手，心裡各種搖擺。其實，讓他抱著走挺舒服的，很有種擁有高級坐騎的感覺，但是這看起來未免太有失尊嚴，她可是成年人了。於是米凡眼珠朝旁邊撇了撇，小聲說：「不要。」

「別說話。」

「……」米凡閉上嘴，氣呼呼的瞪了他一眼。

「過來。」

所以這是壓根不給她拒絕的機會嘛！米凡不滿的轉過頭表示抗議。

而加萊像是沒看到似的，彎腰一把抱起她。

「太慢了，小短腿。」他看著前方，面無表情的說。

——喂！誰是小短腿啊！

一路走來，容姿挺拔、氣質沉穩的青年吸引了不少路人的注意，不少人走過後還頻頻回頭，看看從那青年懷中垂下來一條晃動的黑色長尾。米凡覺得加萊無視外物的功力真是深厚，明明都被當作新奇事暗暗圍觀了，他還一副泰然自若的樣子。

「喂……主人……」在眾人好奇的視線圍剿中，米凡各種不自在，她把身子往加萊懷裡又縮了縮，問道：「我們什麼時候到啊？感覺走了好久了。」

「如果不是妳走那麼慢的話，現在我們已經到了。」加萊心平氣和的回答。

她可是很努力跟上他的，體諒一下她和他的身高差嘛！米凡傲嬌的哼了一聲，閉上嘴不吭聲了。

「咦？到了。」離得老遠，米凡就看到了寵物店的招牌，伸直了脖子望著。

「又忘了？一會兒進了店再隨便張口，腦子管不住嘴，我就把妳扔給老闆娘。」

米凡捂住嘴縮回去，哼唧了兩聲，在手下面悶聲說：「習慣了嘛。而且現在周圍不是沒人嗎……」

加萊淡淡的瞥了她一眼，米凡呃了一聲，覺得他的懷抱沒那麼暖，忽然滲出了點涼氣啊！

「我會注意的……」她弱弱的加了一句。

不過，加萊沒機會把米凡扔給其實也挺垂涎她的老闆娘，因為走近了才發現，店門是關著的。

「哎——」

米凡立刻露出失望的神色，扯了扯被加萊抱著而弄得皺起的衣角。一路上她時不時的防止走光。

加萊走近，米凡也看到了門上掛著的不大的告示牌：店主因事關店一天，明日照常營業。

只有今天關門呢，運氣真不好，偏偏就撞上了今天。米凡唉了一聲。

「回去吧。」加萊說，並且轉身就往回家的方向走去。

「哎～我們不去別的地方看看嗎？」米凡小聲說。博索萊伊這麼大，總不會只有這麼一個地方有在賣衣服吧？「而且我不一定非要在寵物店買啊！」

「抱著妳太累了。」加萊說。

米凡懷疑的看著他。隨口說的吧？不是戰鬥力很強悍的嘛？再說她又不重。

「那你放我下來，我自己走呀。」

加萊嫌棄道：「妳走太慢，拖後腿。」

這也不行、那也不行，最後他們什麼都沒買就回家了。

回到家，加萊放下米凡。米凡把加萊那件過大的襯衫衣襬往下扯扯，還得忍耐一會兒，一直擔心走光也是很累心的事情。突然，她想起什麼，擔憂的問加萊：「明天見布林時，我也要這樣穿嗎？」

加萊忽然咬到舌頭似的，臉上肌肉扭動了一下，露出微妙的有點糾結的表情。

米飯對關於布林的事也關心得太過了。以前從來沒糾結過這樣的事，布林也只不過是一隻小馥而已，見他需要考慮穿著嗎？不會是……

他忽然想起了之前做過的那個情節詭異、結局不大愉快的夢。那個夢裡，米飯似乎和布林……

加萊不禁順著那個夢中的情節想像下去，如果米飯真的和布林在一起……

不行！加萊頓感不適。太奇怪了！

他低頭看看揪著衣角還在憂心明天的見面的米飯，她的肩膀微微聳著，低著頭，黑色的頭髮柔順整齊的披在背上，垂在腰間。她看起來那麼可愛，而且並不是小馥這個物種，和布林一點也不合適！

他是她的主人，她要和誰在一起，必須要提前取得他的同意才可以。

加萊半垂眼皮，心裡做了這個決定，已然像一位獨占欲超強的主人。

算了……糾結了一會兒，米凡想通了，布林他也不會注意到她穿的是什麼，就這一身也罷了。

兩人的心事各自都有了決定，頓時感到了身體的召喚。

「餓了。」餓了，胃有些疼，米凡揉揉肚子，睜大眸子、滿眼期待的看著加萊。

「……」加萊總被她這種又期盼又可憐兮兮的眼神看得心軟，現在確實也是用餐的時間了，他脫下外套，朝廚房的方向走去。

只是將半成品的菜加熱一下，加萊很快準備好了這一餐。

脫下圍裙，加萊回頭喚了一聲：「米飯，去洗手。」

「好的～」米凡趴在沙發上撥弄著她的那個平板，懶洋洋的拖長聲音回道。語言通了，她決定擺脫文盲身分，好好的學習圖盧卡的文字。

正把熱好的菜裝盤的加萊手上一停，他有時候會搞不清楚，他是在養寵物呢？還是找了個需要人伺候的大爺？

不知道是流浪的時候沒東西吃而餓傷了胃還是怎樣，米凡覺得回來之後她的胃口沒有那麼大了，本來能吃兩大碗還餓得快，現在一碗就能飽。說起來，她覺得現在的食量才是正常的。

她很珍惜糧食的細細嚼著，吃到最後，嘴裡就沒了味道，看著剩下的那些食物，連勺子都不想動了。不曉得是不是情緒週期還是別的什麼，她忽然覺得有些焦躁。

加萊瞅了她幾眼，忽然伸出手擦了一下她的嘴角。

「米粒掛嘴角了。」

呃，米凡不自在的碰了碰剛才他指尖擦過的部位，被他碰得有點癢，而這點癢又傳進了心裡。

加萊又換了隻手，在她臉上捏了捏，疑問道：「是不是長了點肉了？」

哪有那麼快啊！她才恢復正常飲食沒幾天。有些漫不經心的想著，米凡瞇起眼睛，在他還未收回手時側臉蹭了蹭。

加萊吃了一驚，手上傳來她臉上柔軟溫暖的觸感，而看她瞇著眼很舒服的樣子，他又覺得有些好笑。就算會說話了，也還是以前那副喜歡黏人、乖巧可愛的樣子啊！

***　***　***

米飯的身體還是有些虛，晚上加萊回家，不僅帶了幾套新衣物回來，還有好幾包寵物適用的營養補充劑。哦，還有幾件成套的內衣，是他在許多來自少女和大嬸的隱秘視線中，在商場的女士內衣專區挑出來的。即使是在窘迫中一眼掃過匆匆挑出的，也還是體現了他的審美觀，於是這幾件少女內衣不是粉色小碎花的，就是糖果純色的，邊上還帶蕾絲和小蝴蝶結。

加萊把這幾套內衣塞在了新衣下面，拎在手裡，覺得格外有分量……

一回到家，加萊就聽到了電視傳來乒乒乓乓星際交戰的炮火聲，米凡坐在沙發上不斷變著坐姿，手上捏著自己的尾巴尖搓來搓去的。

聲音太大，她沒聽到他回來的動靜。

對於寵物沒有在主人回家的第一刻就迎接上來，加萊覺得很不滿，他一手握拳，放在嘴邊大聲咳了一聲。然而米飯卻心不在焉，完全沒有聽到。

加萊走到她後面，抬直胳膊將放著衣裳的袋子垂在她眼前。

米凡被突然從天而降遮住全部視線的白色袋子嚇了一跳，下意識的接住，裡面一件細肩帶小背心掉了出來。

「咦，衣服？」

她看向繞到前面的加萊，又翻了幾件，小聲問：「這是給我的嗎？」

加萊挑了一下眉，「不是給妳的，難道我穿？」

米凡搖了搖頭，但是同時不由自主腦補了一下手中的小背心穿在加萊身上的效果，於是表情變得很詭異。

加萊想起壓在袋子底下的那幾套內衣。她最好不要當著他的面掏出來。

他提起另一隻手上的營養液，說：「今晚妳吃這個。」

米凡的注意力立刻全部轉移到印著「哺乳類動物適用」這句話的銀色袋裝的營養液上。那東西看起來像藥，就是不知道味道怎麼樣。生理上她有些餓，挺想吃東西的，可心理上卻不知為何有點排斥，或者說今天一天她都靜不下心來做任何事。

加萊趁她研究那兩袋營養液時，把裝衣服的袋子放到了一邊，「這些妳等明天再看吧。」

那兩袋營養液有點乳品飲料的味道，倒還算好喝，而且是液體，米凡一口氣就喝掉了。

加萊滿意的點了一下頭，他致力於讓米飯恢復到抱起來最舒服時的體重，再胖點也沒關係，肉肉軟軟的也很好抱。

晚上，米凡在加萊洗澡的時候，把那袋子衣服都拿了出來，除了細肩帶小背心，還有件普通的T恤，和兩條款式不同的連衣裙，一件及膝、一件稍短。米凡一件件拿出來看，正要欣慰的想這次衣服都很正常、沒有出現貓娘裝，就掏出來一套女僕裝——不僅後背是空的，還附帶一雙白絲襪。

米凡滿頭黑線的舉著這件短到一彎腰就能看見內褲的女僕裝，噎了一會兒想不出吐槽的話，就扔到了一邊。好像還剩幾件什麼沒拿出來，米凡的手又伸進了袋子。

這回掏出來一個正方形的包裝盒，盒子上一個穿著可愛內衣褲的雙馬尾少女正衝她調皮的笑著。米凡想起來，她請求過加萊買內衣給她，此時她的小屁股就隔著一層薄薄的布料，與沙發麻質般的外罩進行著親密接觸。

因為是裝在包裝盒裡的，米凡倒沒有因為是加萊買回來的而覺得尷尬。她忐忑的拆開包裝，心想，尺寸不對的可能性很大，那她要告訴加萊正確的尺寸嗎？

從包裝盒裡拿出來內褲，胸罩也跟著掉了出來，挺可愛的天藍底色，帶子是半透的白色蕾絲。米凡拿起來看了看，就覺得有點失望。

大了點……

她都不知道自己是什麼時候開始發育的，前段時間連飯都吃不上，總是餓得前胸貼後背的，胸部竟然在營養嚴重跟不上的情況下微微隆起了。

又不是沒經歷過青春期，所以米凡也沒有初次發育的手足無措。拿著那件胸罩，糾結了一會兒她就放下了。大一點沒關係，湊合著穿，大不了墊兩個包子，等再長長就合適了……

那洗一洗，明天就能穿了。她滿懷期待的想。

洗完澡從浴室出來時，米凡衣服底下仍然是真空的。反正這條裙子長，只要注意些就不會露。她就這麼安心的上了床。

加萊靠在床頭，在閃著藍色螢光的螢幕上撥撥滑滑，很是投入，沒有朝米凡看一眼。

米凡自己拉了被子蓋在身上，躺在加萊旁邊。加萊剛洗過澡，身上的味道清清爽爽的，真好聞。

米凡還沒有睏意，這時嗅覺十分靈敏，不光是加萊身上沐浴乳的味道，還有他自身的味道，散發著昭示男性和強大的力量的感覺，讓人很有安全感。

令人信賴，並且不由自主的接近。

米凡閉著眼睛，意識有些迷糊，但並不是犯了睏，周身的血液流淌稍快，發燙的血液讓她身體變得有點熱。她的臉微紅，像是桃花色暈染了上去，可這燥熱卻令她更想向旁邊的熱源靠去。

加萊忽然感覺到有什麼東西碰到了他的腿，低頭一看，是睡著的米飯滾到他身邊，手搭在了他的大腿上。

睡相真不老實。

眼中泛起一絲笑意，加萊沒有將她推開。

想要什麼……她在渴望什麼？

米凡在成了一團漿糊的意識中尋找著答案，身體的躁動讓她蹙起了眉。

加萊注意到她臉上流露出的不適神情，不禁彎腰仔細查看她的臉，她搭在他腿上的小手卻輕輕一縮，就好像在他大腿上輕輕撓了一下。

加萊覺得自己的心臟也被撓了一下。他注意到她微微張開、露出一截貝齒的淡紅色嘴脣。

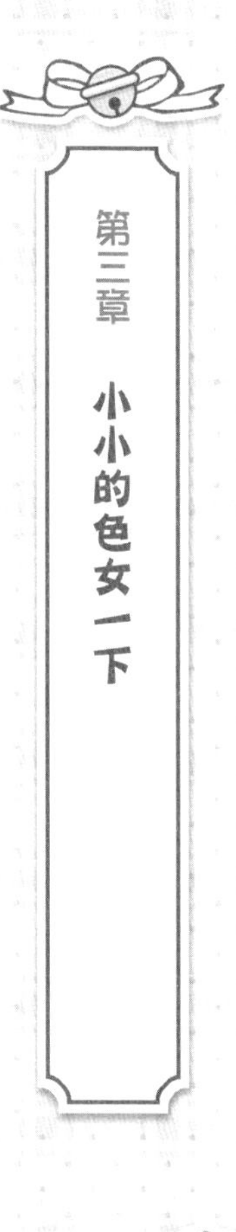

第三章 小小的色女一下

That's not easy to be moe animal.

她的嘴像顆櫻桃，紅潤小巧而飽滿，此時微張著，露出的幾顆牙齒也潔白得可愛。

加萊盯著看了一會兒，不知不覺竟俯下了身，當他意識到時，猛地直起身。米凡像幼獸從母獸身上搜尋安全感般，向加萊緊緊的靠過去。

鼻端聞到的淺香猛然濃烈了起來，加萊的腿和她的身體緊挨著，讓他一動也不敢動。他覺得有點彆扭，她蜷著腿，從裙下露出一大截白生生的大腿，讓人難以直視。

然而米飯這樣依賴的靠著他，又使他感到莫名的欣慰自豪。可見他在她心中是可靠的存在。

心中湧起一股暖流，加萊把被子拉到她身上，下了床。

米凡感到旁邊一空，閉著眼，手抓了抓，將床單攥在手中，難耐的縮了縮身。

第二天米凡醒過來的時候，加萊已經盥洗完畢，臉側一滴未擦乾的水珠將墜欲墜的懸在下巴上。米凡雙眼迷濛看著那顆晶瑩的水珠，覺得口乾舌燥了起來。

加萊的臉在她眼前放大，直到她看見對方瞳孔中自己睡意濃重的臉。

「還想賴床嗎？」

她的鼻子忽然被捏住，呼吸被阻斷，她張開嘴一邊喘息，一邊注視著加萊的眼睛。竟然沒有撲騰，加萊以為她會炸毛跳起來的，誰知她卻沒有反應，只直直的看著他。加萊被她看得有點發毛，撤回了手，「快點起來。」

加萊匆忙的轉身走開了。米凡眨了眨眼，神智漸漸清醒過來。

剛才她是不是有點奇怪？為什麼會覺得一點也不在意，甚至渴望他的手在她身上停留得久一點？呃呃呃！米凡咧著嘴打了個寒顫。太惡了，她才不是色女！她想起昨晚睡覺時朦朦朧朧中奇怪的感受，使勁搓了搓臉。一定是沒休息好的緣故！

用飯時，加萊狀似漫不經心的問道：「衣服妳看了嗎？合不合身？」

米凡咀嚼的動作一停。內衣不大合適可以換嗎？她很想這麼問，但要怎麼開口？難道說她還要測一下三圍稟告他嗎？

米凡斟酌著說：「嗯……挺好的，但是，主人啊……那件女僕裝，你想讓我在什麼場合下穿？」

「女僕裝？」加萊沒聽明白，那一怔中流露出的迷茫神色也毫不作偽。

你買的你不知道嗎？米凡拿出那件女僕裝在他面前一抖，展開在半空。

加萊正好看見反面那露背的大膽設計，眼神尷尬，「大概是老闆娘放錯了吧。」

昨天寵物店的老闆娘見他過來，可是高興得很，推薦了好幾件她親手做的衣服，並且強烈推薦這件女僕裝，聲稱是最能勾起主人蹂躪欲的服裝，當他十分堅決果斷的拒絕後，她還露出了極其失望的表情。

這麼傷風敗俗的衣服，他怎麼可能讓米飯穿？一定是老闆娘不死心，偷偷塞進袋子裡的！

他讓米飯收起女僕裝，清了清嗓子認真的說：「不要穿這件，收起來吧。我看那條桃色的連衣裙就不錯。」

——哦～那條及膝裙啊！看來加萊沒那些變態口味。

米凡頓時欣慰了，她就說加萊是很正經的人嘛！

加萊走後，她把那幾盒內衣拿出來仔細洗了一遍。等烘乾的時候，她托著下巴，忽然覺得心裡面空空的，空蕩得讓她焦躁。

她想要些什麼。

心情上奇怪的變化讓她皺著眉想自己到底在渴求什麼，這種心情切切實實存在著，可她卻不知道原因。

——啊，也許真的是情緒週期。

她撓撓頭，不想了，內衣已經乾了。她拿出來，翻看了一下，挑出一套款式簡單、糖果綠色的連衣裙，偷偷摸摸尋了個角落快速換上。

穿好裙子、扯了扯裙角，久違的安全感讓米凡簡直熱淚盈眶，她再也不用擔心坐姿不雅露屁股了！那麼就不嫌棄這幾套的顏色太嫩了。

話說這兩天，米凡覺得晚上睡得越來越不踏實了，總是覺得熱，迷迷糊糊中把被子踢開，加萊又會嚴嚴實實的替她蓋上。早上醒過來的時候，如果加萊還在床上，那麼她必定是死纏著扒在他身上的，比如纏著他的腿啊、抱著他的胳膊啊，或者把臉枕在他胸膛上……

而且早上睜開眼後她總是會迷糊一會兒，那時候她就會特別想摸一摸他露出的那一截腰，或者啃一口抱在懷裡的他肌肉線條流暢的胳膊。

意識迷糊時，她就像一隻饕餮對著滿漢全席流口水；清醒過來後，米凡就會特別的絕望……真的，她以前是很純潔的，帶顏色的影片都沒看過，言情作者們筆下經常違背現實、一夜七次十分不科學的肉不算！

但是為何她淪落到了這種地步呢？為什麼這麼飢渴！難道她的節操隨著穿越都被黑洞吞了嗎？！

隔天醒來，米凡終於忍不住飛快的在加萊露出來最細的那段腰上揩了一下油，由於從沒有做過色女的經驗，她心虛得連有沒有碰到都沒感覺到。

但是加萊正好在這時醒過來了，因為米凡醒過來時頭就趴在他胸口，所以他醒來時身體輕微的一顫被她捕捉到了，她急忙死死閉上眼裝睡。

加萊小心的挪動身體，將她從他身上移開，然後悄無聲息下了床。

第一次做壞事，心怦怦的跳得很快，米凡裝睡一直到加萊過來喊她。

「快睜眼！雖然妳的智商和控制力都很匹配妳寵物的身分，但也不要總是讓主人叫妳起床。」

「我認為作為主人不該打擾寵物的睡眠，這樣是不好的。」米凡隨口說，睜開眼強作鎮定的看向加萊。

加萊已經換下了睡衣，穿著整齊的一套黑色正裝，腳踩皮革軍靴，手拿一個還散發著熱氣的鍋鏟，幾縷銀色瀏海落在額頭上，他挑著眉看著她。

嚶！為什麼有「性感」兩個大大的字戳在了他臉上！這種軍服系加煮夫裝備才不性感呢！明明很違和，為什麼她會看著他流口水？她是不是得了花痴病沒救了？

「每天還要我做好飯才起床。」難道不知不覺他已經淪落成僕人了？

米凡朝著他身後一看。哦哦，加萊已經把早餐熱好了，原來她流口水是因為聞到了菜香。太好了，她的審美觀沒有發生扭曲。

加萊還真是顧家的好男人。她沒怎麼詢問過加萊的工作和家庭，只知道他在政府部門工作，想到她被目魯拉追得差點沒了小命的那次，看旁人的態度，加萊的職位應該是不低的；而且從安麗爾的住處來看，安麗爾肯定也不是普通人，和安麗爾有來往的加萊也應是同一階層的。

不過，她只知道這些而已。

米凡眨眨眼。只要養得起她就沒問題啦！又不是相親，沒必要對他刨根問底的。再說，加萊認定她是他的寵物了，寵物如果纏著主人盤問這種問題，會被厭煩的吧？

米凡默默好奇著，等加萊整理完儀容，她立刻跟著蹦起來，整整衣服，尾巴似的跟在加萊身後。

這時候時間還早，加萊本想再等一下才走的，可他不知道米凡在著急什麼。低頭看了她一眼，他問道：「坐不住了？那就把房間收拾一遍吧。」

「哎？不要……」米凡搖搖頭，很坦白的說：「我想布林了。」

加萊看到米凡的神情，不由得皺了一下眉，「那個小馥……嗯，布林，是正常的小馥吧？」

米凡回神，愣了一下。加萊問的是布林是不是和她一樣，只是身體屬於小馥？怎麼忽然這樣問？難道布林有問題嗎？

她和布林在一起的時候，因為同種的原因，交流還是可以的，她沒感到布林有什麼不對勁。於是她猶豫的點了一下頭，「應該是正常的吧？我只見過布林一隻小馥。」

「那你們倆是不是也能夠交流？妳能聽懂他說的話？」加萊問道。

「嗯，能……」

「問這個幹嘛？」

「妳和他，都會說些什麼？」

「也沒什麼。」米凡回想著，發現自己和布林其實只有很少的交談，她畢竟還是人類的思考方式，和布林只能進行比較簡單的對話。

加萊搖了一下頭，把又浮現在腦海中曾夢見過的那兩隻米飯和布林生的小小馥拋出腦外。米飯她其實不能算是小馥的，怎麼可能喜歡上布林。

離約定的時間差不多時，米凡被加萊拎著準備要出門了。出門前，加萊要把她一直戴在脖子上的翻譯器拿下來。

「哎？我不會說話的。」看著翻譯器離了身，米凡多少有點不踏實。

「我們要去安麗爾家中，不比外面，路人不會過多的注意妳，但是安麗爾與別人不一樣，她會習慣性的和妳說話，妳確定妳不會順口答出來？」

米凡啞口無言，搖了搖頭。加萊說對了，已經習慣的她真的可能會在不防備的時候回答安麗爾。

「而且也沒有讓妳說話的必要性。」加萊將翻譯器放在衣袋中，歪頭看了看米飯。

「現在妳再叫聲主人？」

米凡額角滑落三滴汗，沒精打采的叫一聲：「咪……」

*** *** ***

到了安麗爾那棟閃爍著奢華金錢光輝的別墅時，米凡立刻就感覺到了布林的存在。

流浪在外的時候，布林遭的罪也不少，不曉得現在恢復過來了沒有？她操心的想著。

加萊和米凡被管家引進了會客廳。不用抬頭，米凡就嗅到了布林的味道，抬眼一看，他就在她感覺到的那個位置。

加萊在和安麗爾進行沒有意義的貴族式寒暄，而布林在看著她，小步靠近，視線熱烈得簡直有若實質。米凡有些欣慰，看起來不光是她在為他擔心，他也有在想她啊。

米凡想著要不要給他一個擁抱，還是更熱烈點的方式來表示一下重逢的喜悅，卻沒想到布林走到她面前後，用他的尾巴尖輕輕碰到了她的手。她吃驚的抬起了頭，布林的長尾捲上了她的手腕。布林靠得很近，米凡看清楚了，他的眼神不是她熟悉的呆滯或是淡漠，而是她從未在他身上見過的……

布林抽了抽鼻子，看她的眼神更加專注了。

好像有些不對勁啊！大難之後重新相聚，電視劇裡經常演得熱淚盈眶，布林他看起來也挺熱情的，可這種熱情不大符合布林，他不該是這種反應啊！

在這樣有熱度的目光中，米凡忍不住往後退去，但纏在她手腕上的尾巴卻緊了緊，不讓她退開。

加萊正和安麗爾說話，不經意間低頭看了一眼，竟發現布林差點都貼到了他家米飯的身上。他臉一沉。

安麗爾也看向那兩隻，倒是笑了起來，「他們倆許久沒見，再相見還很親密呢。」

安麗爾臉上的表情很欣慰，加萊倒不好說什麼，便建議道：「我們還是帶他們到草坪上去吧。」

「也好。」安麗爾一邊喚布林出去，一邊說：「剛找回來的時候，他的身體很虛弱，瘦得手腕上的骨頭硌手。按醫生的話好好調理了些時候，現在他的狀態還算恢復得不錯。」

「不過，那家寵物學校，以及私自抓住布林和米飯的人，我是不會輕饒他們的。」安麗爾輕輕柔柔的吐出這一句來。

加萊無所謂的聽著，眼睛一直看著被布林糾纏的米飯。他現在有些疑惑，想不通自己為什麼要帶米飯過來。得知米飯內裡是來自一個偏僻星球的生物，而且能夠和他交流後，他看著這隻小馥纏著米飯時就覺得不喜歡了。

這隻比米飯蠢多了，又和她不同族，米飯為什麼一直心心念念想見他一面？哼，也只有在布林跟前她才能顯示出智商的優勢。

此時加萊陷入一種矛盾的負面狀態。

米凡快步走了幾步，布林一直緊貼在她身邊，尾巴搖來搖去總是想碰到她身上。布林沒有生她的氣也就罷了，可以當作他不在意或者心胸寬廣，但是為什麼變得比之前還熱情了啊？！米凡不明白布林是怎麼想的。毛茸茸的尾巴尖碰到了她裙下的大腿，她渾身一毛，捂住裙子邊，瞬著眼瞪向他，「咪！」

——你別碰我啊！

布林的尾巴被她壓在了手底，他停住不動，歪著頭，黑溜溜的眼睛盯著她的嘴。

「米飯～吃……」

他的聲音在她腦子裡響起，米凡很疑惑。

——吃什麼？饞了餓了就去找你自家主人啊！我還靠著別人養活呢，纏著我要吃的又沒用。

她推了一把布林，小聲叫著要他回去安麗爾那邊。布林不肯，反而順著她的手臂靠了上來，軟軟的尾巴纏上她的腰。他的個頭比米凡高一點點，低下頭，嘴唇正好能碰到她的鼻尖；他的眼睛水氣朦朧，氤氳著不明的情緒，耳朵抖了抖，有點委屈的叫了一聲。

別衝她賣萌！她可不吃這一套！這麼想著，米凡推搡他的那隻手還是沒了力氣。

來之前，她還想著好好的看看布林，敘一下感情，當時布林跟著她吃了不少苦，她現在想起來都還會替他心疼。

米凡停頓了一下，右手沒有推開他，而是慢慢放在他的頭頂，輕輕揉了一下。

——布林……我們都沒事，真是太好了……

布林瞇起眼睛，主動的在她手心蹭了蹭。

——挺可愛的嘛……

「看他們，相處得真好。」安麗爾笑著說。

看見米凡臉上露出了一絲微笑，加萊一邊覺得溫馨，一邊又感到了另一種不爽。

這時米凡被布林拉著慢騰騰走到了一叢灌木後，她記得之前他最喜歡的就是這叢灌木後的一個小凹處，因為潮溼，所以長的都是鮮嫩的淺綠色小嫩草，還散落著半個巴掌那麼大的滑潤的鵝卵石。他就喜歡坐在最低處的一個木墩上，然後揪草吃，這是他的一個奇怪癖好。安麗爾是不許他亂吃的，但在這裡，坐在花園中的安麗爾看不見他，這裡遂變成布林私人寶地的另一個理由。

加萊看著米飯的身影消失在灌木叢後，心中頓時不踏實起來，忍不住想站起來追上去，要米飯在他眼底下他才放心。然而他還沒完全站起來，安麗爾微帶詫異的眼神就投了過來。

以前他們也常常在花園中亂跑的，這時他跟過去就有點太奇怪了。事實上，如果讓他自己說，他不想讓布林和米飯獨處的心理也確實是夠奇怪的。

加萊直起身，向安麗爾淡淡的笑了一下，「無事，我只是坐得有些累。」

「啊～那你平日有沒有經常鍛鍊身體？你的工作應該是很費心神的吧？」

「還好。」

兩人有一搭沒一搭的接著聊了起來。

而灌木叢後的窪地，米凡被不放手的布林拉到了低處一叢紫色長莖花那裡。米凡不解的看他蹲在花叢前扒拉了一會兒，掌心托著一隻小黃鳥出來了。

——咦，這不是布林最愛的那隻會飛的玩具鳥嗎？

米凡盯著布林擺到她鼻子底下的小黃鳥，遲疑著問說：「咪？」

——給我……的？

布林眨著眼，點了一下頭。

——呃……

米凡猶豫著從他手上接了過來。他是不是有點過於熱情了？他愛這隻玩具鳥可是連飯都可以不吃的，以前也沒有過要送給她的意思啊！

小黃鳥在她掌心穩穩的站著，黑豆豆一樣的眼睛眨了一下。米凡手一揮，將它放飛了。小鳥在他們倆的頭頂低飛著繞了三圈，布林竟然連一眼都沒有看過去，而是一眨不眨的看著米凡。

他素來漆黑無光的眸子此時似乎蕩漾著水光，米凡看著他的眼睛，竟慢慢的發了呆。

不知不覺間，兩隻之間相似卻不同的淺香氣息濃郁了起來，似乎摻雜著蜂蜜黏稠的甜香。

布林身上的氣息變得不同了，少了點什麼、又多了點什麼。彷彿被這濃郁的氣息熏得腦袋迷糊，米凡只覺得體內有一灘水慢慢沸騰了起來，水面翻湧。

少年的聲音變得不再清朗，而是低沉黏膩，痴痴迷迷的喚著她的名字。

「**米飯……**」

彷彿是一種召喚，米凡慢慢挪步向本就挨得很近的布林。

隨著她的靠近，布林的尾巴緩緩搖了起來，他抽動鼻子，在米凡的耳後和脖間慢慢的嗅著。呼吸間，熱氣噴灑在她的皮膚上，令她一陣一陣的顫慄。

布林的頭從她脖間緩緩向下，在她腹部停留了一會兒後，埋頭在她雙腿之間。

如果是平常時候，米凡一定會羞恥得一腳把他踹開、絕不留情；可現在，他細嗅的時候，隨著溫熱的呼吸，鼻尖也會輕碰到她身上，或隔著單薄的衣料，蜻蜓點水般一觸即離，反而令她渴求更多的觸碰。

當他跪在地上，緊貼著她的雙腿在她下身更加耐心的聞著時，噴灑出的熱氣令她雙腿發軟，她顫顫的退後，屈膝坐在了地上。

——好、好難受啊……

眼前的一切都變成了一團團模糊的色塊，只有布林的臉是清晰的，而這時她已經分辨不出這張少年清秀的臉是屬於誰的了，她只有靠近、再靠近的衝動，直到除去一切隔離，沒有任何障礙的與他肌膚緊貼。

布林雙膝跪在地上，兩手著地，盯著米凡迷濛的眼睛爬到了她眼前，他伸出溼軟的舌頭，在她臉上慢慢的舔了一下。米凡輕輕的呻吟一聲，不由自主的閉上了眼睛。

布林的尾巴又鑽進了她的裙下，緊緊的在她的大腿上纏了一圈，他一隻手撐在她的兩腿之間，另一隻手按在她的左腿上，但他並不滿足這點接觸。溫軟的舌頭舔到她的嘴角，布林挪動了姿勢，將整個身體都擠到她兩腿之間，上半身緊緊貼在她身上，雙頸相交，他開始慢條斯理的用舌尖舔過她後頸的每一處。

這架式，似乎他要這樣將她的全身都用他的舌頭全洗過一遍。

米凡的身體已經全無力氣了，軟軟的靠在他的肩上，任他舔弄著她的身體。布林今天穿的是領口開得很大的白色T恤，她的下巴抵在他肩膀露出的皮膚上，那彈性的皮膚似乎也是美味的，她蹭了蹭，低下頭，迷迷糊糊的張嘴咬了一口。

兩顆虎牙輕輕的嵌入皮膚，她的力氣已經被體內緩慢但執著燃燒的火焰灼燒殆盡了，這一口自然也是不重，可布林的身體卻僵了僵。

一口下去，沒有嚐到什麼味道，她鬆開了嘴，也用舌頭輕輕一舔。

布林纏在她腿上的尾巴一鬆，從她的裙子下抽出，輕輕的搖了搖，他埋頭在她肩窩，用額頭使勁蹭蹭，低叫了一聲：「咪～」

他的聲音與往常不同，變得黏膩又低沉。可就是這一聲，彷彿一盆冰水從頭猛地灑到了她身上。

情慾仍在體內奔湧，叫囂著空虛、渴求著填滿，她的身體仍期望著他溫柔的舌頭滑過每一寸肌膚。可理智終於回歸，她雙腿夾著布林的身體，兩手搭在他肩上，以這個姿勢告知回歸的理智，如果繼續下去，她會做出什麼事來。

已經微微汗溼的身體冒出了冷汗，米凡猛地鬆開腿，撐著地往後撤出布林的懷抱。胸前猛地一空，布林迷茫又有點委屈的看向她。

米凡看到他臉上也起了淡淡的紅暈，黑曜石般的雙眸瀲灩風情流淌，雙唇泛著水光，呈現出與平日的呆板截然不同的嫵媚。

他這樣子看得米凡縮了縮腿，羞恥的感覺到下身的溼潤。她已來不及思考這一切是怎麼發生的，她只知道如果再和他待下去，她會喪失思考能力，被他——或者將他撲倒！

米凡軟著腿，踉踉蹌蹌站起來跑開。布林瞪大了眼睛，似乎想不明白米凡為什麼跑開。然而這個時候，他怎麼能讓她離開！

第四章 本能，誘惑

That's not easy to be moe animal.

米凡的心怦怦的跳動著，不知是因為身體被挑逗，還是猛然驚醒的緣故。腦中也一團漿糊，她現在什麼都不願想，只想離開布林。

然而沒走幾步，身後忽然撲來一人，伴著灼熱甜膩的氣息，從背後把她壓倒在地上。

「咪喵～」布林委屈的叫著。

——放、放開我……

米凡軟弱的呻吟了一聲，在布林雖瘦卻意外精壯的身下無力的撲騰起來。

米飯要跑掉了。布林清楚意識到這一點，本能促使他張嘴咬住米凡的頸側，牙齒間是頸部動脈。

米凡感到微微刺痛，布林的牙齒竟然這麼尖利。身體已經動情，剛剛努力保持住的清醒在布林胸膛壓住她背部的時候，就已經消散了一半；兼之要處被制住，她軟在地上，不再有動作。

銜著她的脖子，布林靜止了一會兒，感到米凡已經服從，才鬆開嘴，順便舔了一下他留在她脖子上的牙印。米凡隨之渾身一顫，忍不住輕哼了一聲。

米凡的逃離好像刺激到了布林，他的動作變大，牢牢捏住了她的腰，小腿壓在她的大腿上，微微一滑，便擠開了她的腿，然後……布林有些茫然。燥熱不堪，身體明顯的反應令他急切的想紓解出來，但是衣物阻隔了接觸，布林有些急躁，不知從何入手。

米凡難過的扭動了一下身體，輕輕喘息了一聲。

不行，不行，不可以這樣！她努力的和持續瓦解她意識的躁動抗爭著，雙手無力的握成拳。

然而，本能是強大的，布林雖然不清楚怎麼去做，卻會遵循本能的引導，他順著從米凡雙腿間散發出的氣味，掐著她的腿，將頭探進了她的裙中。當布林的鼻尖隔著薄薄的一層內褲，實實在在的觸碰到那裡時，米凡差點哭了出來。她、她快抵擋不住了。

——布林，不能這樣，快放開！

她試圖將這想法傳遞給布林，可他正被那散發著交配請求的濃烈氣味誘惑著，伸出舌頭欲舔。

如果真的舔下去，米凡絕對會徹底丟盔卸甲。

但就在這時，安麗爾的呼喚聲遠遠的傳了過來。風微涼，也傳來了加萊喚著米凡的聲音。布林的耳朵擦過米凡的腿根，微微抖動了一下。

米凡猛地抽了口氣，咬住嘴脣。忽然而來的這陣涼風，稍微吹回了她的控制力，她聽見了加萊在喊著她的名字。

加萊和安麗爾馬上就會找過來了——腦中這一意識讓米凡開始慌亂起來，她積攢起力氣，抬腳踹了布林一下。

她那一點力道原本不會有任何效果，但她踢得很準，雖是不重的力氣，卻讓布林立刻從她腿間抬起了頭，手也從她的腿上拿下，轉而捂著正是敏感時候的下身。

「**疼……**」

布林委委屈屈的聲音傳入米凡腦中，但他馬上又放下了手，企圖再次撩開她的裙子。

「咪！」米凡鼓足力氣大叫了一聲，撐著胳膊起身。

「好像聽到米飯的叫聲了。」安麗爾側耳聽了聽，叫道。

加萊決定要走，兩個人卻找不到跑開的寵物。布林剛剛失而復得，安麗爾正是小心的時候，布林不見，她便有點急了。

加萊沒有說話，徑直朝聲音傳來的方向走去。兩人順利找到了窪地半坡處的兩隻，只是找到他們時，兩隻的姿勢很奇怪——米飯和布林的臉都紅撲撲的，布林探著頭，鍥而不捨的向她靠近；而米飯坐在地上，一邊用手撐著往後撤，一手巴在布林臉上，阻止著他的靠近。

看見兩隻衣裳不整，安麗爾小聲驚呼：「哎呀，不會是打架了吧？怎麼鬧得這麼厲害！」她小跑步過去，把布林抱離了米飯。

米凡急促而無聲的喘著氣，好歹是鬆了口氣，不再看被安麗爾抱在懷中卻仍渴望又執著看著她的布林，轉頭去尋找加萊。剛被布林挑逗得欲火焚身卻沒有得到滿足，渾身都成了敏感點的米凡根本不敢再靠近布林，甚至連看都不敢看他，布林現在的眼神對她而言都是誘惑。

加萊走到她面前，緊抿著嘴朝她彎下了腰，雙手插在她腋下，將她提了起來。腿軟軟的，米凡抓住加萊的衣角才站穩。

加萊低聲斥責：「在地上滾了幾圈？弄得身上這麼髒。」他拍掉沾在她身上的碎草葉，並對她裙襬上的幾塊汙漬皺了皺眉。

「真是，轉眼不見就鬧成了這樣。」安麗爾笑著說。

加萊嗯了一聲，將米凡抱起來，說道：「時間不早了，我先回去了。」

在他要離開的時候，布林忽然在安麗爾雙臂中撲騰了起來。米凡趴在加萊肩上匆匆看了布林一眼，然後立刻避開了他急躁又委屈的眼神。但他殘留在她身上的氣味仍縈繞在她鼻尖不散，持續挑逗著她。

這樣強烈的身體反應，她再怎麼遲鈍也感到了不對勁：不會……是她想的那樣吧？！

一邊忍耐著體內未得到滿足的騷動，米凡一邊在心底哀號：這叫什麼事？她才不想交那個配！不知道這種狀態會持續多長時間？回去一定要趕緊洗個冷水澡！

加萊抱著米凡走了一會兒，發現她老老實實的一動不動，並且用手捂著臉，時不時發出奇怪的叫聲。不會是被布林欺負了吧？想起找到她時的景象，加萊一頓，晃了晃胳膊，低聲問道：「米飯，布林是不是打妳了？」

「咪？」米凡恍了恍神，拿下一隻手，迷茫的看了加萊一眼。

對著那雙水霧籠罩的黑眼睛，加萊一怔，一股奇怪的情緒湧上心頭。他想起來自己拿下了翻譯器，她現在是沒辦法說話的。

被加萊這一喚，米凡的注意力從自己竟然和動物一樣發情的悲慘事實中轉移，第一感覺便是加萊托抱著她的手臂，宛如托抱著小孩一樣的姿勢，讓她正坐在他的胳膊上，能很明顯感到他微微凸起的肌肉。她欲哭無淚的發現，隨著他步伐的微微晃動，她竟然又起了反應。

更糟糕的是，裡面的內褲在被布林兩次三番撲倒時就已經溼了。加萊最好不要發現！不然她可以去撞牆自盡了！

感到她身體僵硬，加萊又皺了一下眉。不會是真的和布林打起來了吧？

「等回家再說。」

＊＊＊　＊＊＊　＊＊＊

米凡一路煎熬，幸而只是被抱著，沒有更多的動作，她盡力轉移注意力，尚且能忍下來。

一到家，她立刻掙扎著跳下了地，和加萊隔開了距離。

有問題。加萊馬上將翻譯器戴到米凡脖間，蹲在她跟前嚴肅問道：「妳和布林是怎麼回事？」

宛如一道晴天霹靂打在頭頂，米凡頓時懵了。加萊發現了？！難道他看見了？！那麼她現在是不是可以去死了？

米凡瞪著眼睛呆呆的看著加萊，臉頰的一抹潮紅也退了下去。

見她不說話，加萊想了想，不會是被欺負狠了吧？這麼一想，他感到一絲愧疚，既已經知道她不是小馥，就不該讓她和布林見面了，往常看他們是同一種族，所以認為兩隻多接觸有好處，可現在看，米飯已經沒有和那隻接觸的必要了。

加萊溫柔的摸了摸她的頭，安慰道：「妳還想見他嗎？」

米凡從驚懼難堪中拉回了一絲神智，艱難的搖了搖頭。

果然如此。加萊點頭，「放心，以後不會讓他碰妳了。」

他真的發現了……米凡絕望的看著他表情和緩的臉，他在安慰她，可他的內心一定不是表現出來的這麼若無其事，他怎麼想她的，她一點也不想知道……

「布林也不比妳高大多少，妳也不該任他欺負妳，他若打了妳，妳就該打回去才是。」加萊停了一下，又拍了拍她的肩頭，「算了，妳本來就這麼弱，以後我會好好看著妳的。」

唉？米凡回味了一下他的話。打？他誤會了什麼？

她開口，蚊子哼哼似的問：「布林打我？」

加萊挑了一下眉。

「其實也不算，就是……嗯……鬧過了頭。」還是讓加萊誤會下去吧，米凡小聲說：「但是他太難應付了，以後我不想陪他了。」

「知道了。」加萊站起身，輕笑道：「說起來，妳和他身體是同種的，妳能和他交流吧？」

豈止，連身體都差點進行了深入的交流！米凡敷衍的嗯了一聲，祈禱著加萊不要將話題停在布林身上。

如她所願，加萊翻了翻救回米凡時醫生給他的營養配單，問她道：「晚上想吃什麼？」

米凡看著他繫上圍裙操持晚飯，繃緊的神經終於放鬆了下來。被加萊這麼一嚇，將血液都灼燒得讓欲望散了一半，她摸了摸額頭，黏膩未乾的汗黏了好幾縷頭髮；手向下，碰到嘴角，那裡曾被布林用溼軟的舌頭小心舔拭，鼻端似乎又聞到了誘人的氣味……

停停停！不能再想下去了！

米凡急忙打住，努力去聞已經傳過來的飯香，蓋住記憶中的氣味。

折騰好幾番，身體早就虛空了，但手腳恢復了些力氣，她努力的吃飯補充能量。她有預感，發情期什麼的，不是那麼快就能過去的，所以要保持體力，努力對抗生理反應。

可她沒料到的是，已經來臨幾天的發情期在經過布林的動作和氣味的雙重刺激下，已經完全無法控制，強烈的本能為了繁衍這一最重要的使命，將她對身體的控制權完全奪取。而這樣的本能，並不是她不堅定的意志可以抵抗的。

晚飯後，米凡呆呆的在沙發上坐著，加萊端著一杯紅酒在房中走來走去和人通話。米凡視線下垂，看著加萊腳腕上隨著走動隱隱露出的那一點白皙肌膚。

她漸漸的感到不對勁，猛地站起來，在加萊吃驚投過來的視線中跑去拿出了她那個實體機，急匆匆的點開了一個小遊戲。

別注意加萊別注意加萊——偏偏老這麼念叨就總是忍不住去傾聽加萊的說話聲。事實上，她聽不進他說的是什麼內容，全部的注意力都在他低低磁性的聲音上。充滿男性沉穩的聲音總是在話尾微微壓低，像是嘆息一般拂過她的耳郭，如羽毛一樣搔撓著。漸漸的，彷彿腦中被他的聲音完全侵占了，她抬起頭，痴痴的盯著他張合的嘴。

不行啊米凡！不要繼續沉迷下去！

她忽然渾身一抖，猛地直起身。真是夠了！時時刻刻都要發情嗎！她才不會認輸！

加萊結束了通話，有些吃驚的看著米飯低著頭，一陣風似的衝進了浴室。他想一想，她應該是白天在草地上弄髒了身，所以才急著洗澡吧。

他又倒了杯酒，靠在沙發上放鬆身心，看起了一部新上映的電影。風情的美女、最新款的戰艦、轟鳴的交戰聲，這部電影彙集了全部元素。然而看到一半，他忽然意識到，米飯在浴室待了這麼久都沒有出來。

已經大半個小時過去了……平常都沒費過這麼長的時間。加萊心中疑惑，有些擔憂的走過去。

隔著不透明的隔板，從嘩啦啦的水聲中，他聽見了低低的啜泣聲。

水拍打在身上，米凡蹲在地上，緊緊的抱著雙膝，將自己圈在臂中。

心中空空，體內空空，血液躁動。好難過，她真的忍得很難過……米凡低泣著，冰涼的水澆溼了全身，可皮膚仍泛著粉紅色，眼尾一抹紅，映著泛著水光黑亮的頭髮，看起來鮮亮無比。

加萊擰眉聽著夾雜在水聲中的哭泣聲，那是米飯的聲音。

「米飯。」他拍了拍隔板，「妳怎麼了？」

敲了好幾下，裡面依然斷斷續續的哭著，加萊反覆喊了她幾聲，都沒有得到回應。

太……詭異了……

加萊將米飯的表現回憶了一番，確實有些不對勁。可為什麼突然哭了起來？

水聲持續著，加萊站了一會兒，裡面的哭聲漸漸低了下去。

「米飯！」他皺眉，大力拍了兩下，「妳再不出來我就進去了。」

他的手忽然停頓在空中，一身白裙溼答答緊貼在身的米飯，長髮滴著水，表情朦朧的站在他面前。浴室裡的水未停，只是隔板收回，水聲變得更響了。

加萊和米飯對視著，眼中慢慢湧起了疑惑之色。她看起來，怎麼就像失了魂一樣？

「米飯……」他慢慢喚著她的名字，「妳……」

然而他還沒說完，米飯忽然撲向了他。

「……沒事吧……」

吐出後面三個字，濕漉漉的身體就撲到了他懷裡，胳膊緊緊的抱住他的腰。加萊的心猛地一跳，果然不對勁……可是他卻被米飯的這一撲弄得突然無措起來。

他輕輕將手放在米凡肩上，猶豫著是要推開她好好詢問一下，還是將她抱住先給予安慰——她看起來似乎很脆弱。

「妳剛才怎麼了？」他終究是沒將她推開，而是抬手拍了拍她的背，柔聲問道。

她沒有回答。

加萊的襯衫已經被她沾溼了，米凡將臉貼在他的胸前，唇隔著因為潮溼而貼在他身上的襯衫，吻在他的胸膛下方。她微張著嘴，口鼻同時喘息，團團熱氣熏熱了溼涼的襯衫。

這是熟悉可靠的氣味，是結實足以依靠的胸膛。她可以在這個懷抱中放任自己，因為他永遠會給予包容的。

米凡低低的呻吟了一聲。

加萊還未對這慵懶甜膩的一聲有所反應，溫熱的舌頭忽然在他胸前舔了一下！他猛地放開米凡，退開兩步，眼中盡是震驚，「米飯妳……做什麼！」

米凡看著他，微微瞪大了眼睛，然而眼神依然散亂無光。

「加萊……」她低聲唸著，胸前翻譯器的紅色晶石閃過一絲光。

離開一段距離，加萊恍然看出被水淋得半透的布料下，她胸前小乳的形狀隱約可見，而衣裳緊貼身體，曲線畢現。他斂眼撇頭，耳根泛起微紅，轉身抓起了一條浴巾，側著身遞向她，「妳先擦擦身，有什麼事我們之後再說。」

然而，伸出的手腕忽然被握住，米凡在加萊吃驚的眼神中把他的手放在臉上用力蹭了蹭，同時，眼神一直緊緊盯著加萊的臉，或者說，他的唇。

——好想……在那淡紅的嘴唇上吸一下、咬一口。

這樣的念頭既然產生了，已完全喪失了理智的米凡便這麼做了。

她恍恍惚惚笑了笑，放開加萊的手，又貼了上去，迅速的緊緊抱住加萊。踮腳、仰頭，身高的差距讓她碰不到他的唇。

加萊已意識到她要做什麼，頭向後仰著躲避，急促的低聲說：「米飯，快放開，呃！」

親不到他的唇，米凡索性在他的脖間咬了一口。

一口下去，似乎滋味不錯，她眯起眼睛，享受般的從脖根到下顎，緩慢而用力的舔了一遍。

加萊放在她肩上的手立刻緊了一下。一時間，從未有過的快感像道閃電劈得腦中空白。

還不夠，遠遠不夠。米凡順著他的脖子向下，遇到了襯衫的阻礙，於是雙手從襯衫下襬溜了進去，順著精瘦的腰一直向上，直到摸到那兩點紅櫻。

「快放手，別鬧了……」加萊痛苦的蹙起眉，閉上了眼睛。

他聲音破碎，停頓中，一聲喉中發出的輕微喘息，卻讓米凡混沌的神智在沼澤中陷得更深了。緊貼在他身上，小手按在他胸口，用力的將他向後推去。

意志被米凡擊潰一半的加萊，踉踉蹌蹌隨著她的力道向後退去，腿窩忽然碰到什麼，他站立不穩，向後倒去，正坐在一把椅中。米凡立刻跟上，跪坐在椅子上，雙腿夾著他的腰。

這是個很好的姿勢，米凡很滿意，這樣的接觸夠親密，而她也如願的可以在他形狀漂亮的唇上咬上一口了。她挺直腰，捧住加萊的臉，不由分說咬了上去。那彈性的唇讓她不忍用力，咬一下、舔一口，很快將他的唇弄得水光淋漓。

不算吻的吻，獸性又無章法，卻挑逗得加萊求而不得，雙手在不知不覺間已經環住了她的腰。

食用著美味的唇，米凡的雙手也不閒著，探入加萊襯衫下，上下摸索。

弱若無骨、皮膚嫩滑的小手就像火苗，將她接觸到的每一寸肌膚都點燃。她似乎對他胸前的那兩點格外有興趣，摸索到那裡時，就停了下來，指尖不斷按壓著，甚至用指甲輕輕劃過。

加萊艱難的喘了口氣，右手按在她腦後，將她的頭深深壓了下來。

唇舌相交，加萊的舌剛伸入她口中，米凡便就像通了竅一樣，像莽撞的小獸，聳起肩，將舌向對方的口中送去，並且熱情洋溢的四處探尋。

米凡主動得令加萊無法招架，她用力的吸吮、撫摸，纖細的兩條腿夾在他的腰上，隨著她親吻而聳動的動作磨蹭著他。她毫不遮掩的輕聲呻吟，雙手插入他的銀色的髮中，攪得凌亂。

她成功的將他拖入同樣的欲望深淵中，僅僅是親吻遠遠不夠。

米凡也一樣感到了不滿足，身體叫囂著需要的不止是這樣——還要更多！

她離開他的唇，一道銀絲相連，而她毫不在意，她抓著他的領子扯了扯，卻只是露出了一段鎖骨。而她竟然還記得如何解釦，她瞇著眼睛，低下頭，笨拙的一顆一顆解下他的釦子。

加萊揚起脖子，用胳膊擋住了眼睛，她正好蹭在他昂起的灼熱上，成了最甜蜜、最痛苦的折磨。

還剩兩顆釦子，米凡已經沒了耐心，抓住兩邊用力一拉，成功的把加萊的襯衫扯開。

赤裸的胸膛呈現在她迷濛的視線中，加萊的皮膚很好，從小優渥的物質生活令他的皮膚白皙而滑順，但這並不阻礙他擁有強壯的體格，內斂而有力的肌肉就蟄伏在富有彈性的皮膚之下。

米凡沒有過多思考，便傾身含住了那顆紅櫻。

「嗯！」加萊掩著眼，發出破碎的呻吟。最後一絲清明令他不敢動作，他怕只要自己一動，便會忍不住將她撲倒在身下，按住她，狠狠的……插入。

但米凡不滿，她也渴望撫摸和舔吻，或者用力的揉搓都可以。可加萊偏偏不動，身體向後仰著，兩隻手都避開她。

米凡的嘴唇從他胸前摩擦著劃過，離開，她抓住了加萊的小臂。她雙眼籠著濃濃的霧氣，雙唇翕動，喃喃的叫出他的名字，將他的手按在了她的胸上。小巧堅挺的胸部，染上了他掌心的溫度，就像小包子一樣，只要手指微曲，就能一手包住，可以想像在溼涼的衣物下會是怎樣可愛美味的風景。

加萊灼熱的手貼在她胸上，卻遲遲不動，米凡不滿的坐在他大腿上，扭了扭腰，微蹙著眉。她眼睛霧濛濛的，眼角一滴淚，是得不到滿足、難過得滲出的液體。

他手指一縮，抓進軟軟的肉中……不要用這樣無辜又委屈的眼神看他。

「動，動啊……」帶著哭音的她喃喃的對他說，彷彿他對她做了罪大惡極的事情，然而分明是她化作了引人墮落的小魔鬼。

喉結滾動了一下，他收回手，復又遮住了自己的眼睛。他低低喘息著，下身脹痛著，喧叫著紓解，而她就坐在他的腿上，沾著水的滑溜溜的腿緊緊夾著……

不、不行，他不能有動作……

「加萊……」

她又叫了一聲，未得到回應，她皺著眉難過的摸了摸自己的身體，揪住裙子下襬，掀起來就要脫掉。露出點綴著小紅果的內褲和一手就能攬過的纖細腰肢時，她抬起胳膊，臉正被裙子蒙著，忽然被一股大力重重撞擊到了地上。背部擦到地上，她疼得低哼了一聲。

鉗著她的雙肩，加萊喘了幾口氣，銀色的眸子深邃無光。

小混蛋！太會折騰了！

額角掛著幾滴汗，他向她俯下身。然而這時，他的腰卻被什麼柔柔的纏住了。

他身體一僵，垂下眼……是她長長的尾巴。

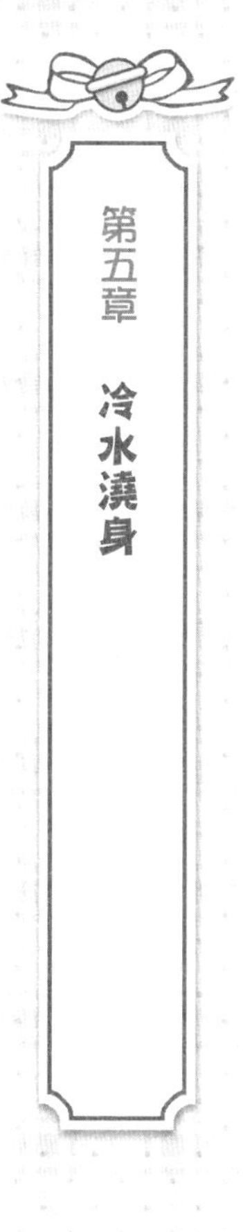

第五章 冷水澆身

米凡很長時間都不適應尾巴的存在，睡覺時不能仰躺著，還老是磕到屁股。後來她慢慢習慣了，才發現其實有條尾巴還是有不少好處的，平衡能力好了許多，還可以當作第三隻手使用。

但在米凡心中，這終究是動物的標誌。人，是不會長出尾巴的。

對於加萊，也是同樣。

就像一盆冷水澆到了頭上，沸騰的血液頓時冷卻下來，倒流入心臟。

他剛剛，差點和一個異族，一個他當作寵物的低等生物……做了。

加萊撐在米飯上方。她白皙的皮膚因為動情而透出可人的粉紅色，躺在他身下，任人採擷，可他卻再也感受不到一絲誘惑了。渾身發冷，他僵硬的看著米飯扭動了幾下，把裙襬從臉上撥了下來，她眼角一抹嫣紅，眼眶中蒙著一層淚，胸膛急促的起伏著，一邊細細低吟，一邊充滿渴望、可憐兮兮的望著他。

這不是米飯該有的樣子！

加萊闔上了眼，深深吸進一口氣，從她身上翻開，坐在地上。他閉著眼撐著額頭，盡力讓亂糟糟的腦袋理清頭緒。他竟然這麼輕易的就被自己的寵物誘惑，甚至差點上了她！為什麼？如果真的發生了關係，他要怎麼面對自己？被別人知道，又會是怎樣的羞恥？

一隻小手忽然爬上他的胳膊，加萊悚然側首，米飯臉頰豔紅，瞪大著眼睛看著他，她嘴脣微張，含含糊糊的吐出模糊的字眼，朝他貼近。

加萊猛地站起來，袖子被米飯抓住，釦子又全部被解開，一扯之下，半邊身子都裸了出來。他這才恍然意識到，自己現在是怎樣衣衫不整的狀態，頭髮凌亂，襯衫半掩，褲子也被蹭得皺巴巴的。又因為米飯身上沾著水，所以他的衣服也帶著好幾處水跡。

「米飯！」他一把捏住繼續糾纏過來的米凡的下巴，急促冷聲說：「妳知不知道妳在做什麼？」

米凡皺著眉，渾身燥熱的扒了扒衣領，低著頭試圖去咬他的手。

加萊猛地鬆開手，倒退兩步，「妳清醒一點！」

米凡迷迷糊糊的看著他的方向，只感覺到他幾次三番離開，體內那得不到滿足的燥熱虛癢折磨得她幾欲崩潰。她跪坐在地上，抽了抽鼻子，難過得嚶嚶的哭泣起來。

米凡這一哭讓加萊更加煩躁，他喘了幾口氣，把襯衫拉好，用力的揉了揉額角。

很好，她這樣子，是如果不跟他做，她就要一直哭嗎？

和她說話也得不到回答，看起來沒有了正常思考的能力。是從什麼時候開始不對勁的？她在浴室裡啜泣的時候？不，應該更早。

加萊試圖分析，可她的泣聲一直縈繞在耳邊，偏偏小小的哭聲中夾雜著難耐的哼唧聲，彷彿被人蹂躪而痛苦承受一般。

他倒是想好好把她壓住蹂躪一番！

該死！又是這不該有的齷齪念頭！

加萊猛地一甩頭，大步走開兩步，又返回來，將米凡雙手反扣在她背後，把扭動掙扎的她拖去了浴室，將水溫調到最低溫，兩人一起淋冷水。

米凡低著頭，還在無力的掙扎著。如果冷水浴有用的話，她就不會因為無法抑制衝動而蹲在浴室中哭出來了。水滴連接不斷的打在她此時敏感無比的身體上，反而起到了更糟糕的作用。她顫抖起來，閉著眼睛深深的向後仰頭，讓水流擊打在她胸前。

加萊猛地鬆開禁錮著米凡的手，避開米凡。他連身上的水都沒擦，就這樣渾身滴水逃跑一般跑出了家。

米凡手腳發軟，在涼水中慢慢滑坐在地上。她開始瘋狂的回想布林在草地上對她的舔拭，回憶加萊精壯的胸膛。體內的騷動燃燒了她的全部體力，更何況一天之內，兩次超出控制，她神志迷糊，卻都沒有得到滿足。

壓抑又爆發，挑逗又離棄，她剛剛養好一點的身體無法承受這樣強烈的刺激。雖然仍難以抑制衝動，可米凡卻逐漸昏沉起來。她低低的呻吟了一聲，在潛意識的警告下，跪趴在地上，一點點爬出了浴室。大半身子已經爬了出去，腳還被水拍打著，她動了動手指，沒有力氣多爬哪怕一步了。

加萊迷茫的走在昏暗夜色的街道上，他想不起自己是怎麼出來的，只記得當時是此生都未有過的狼狽。竟然只是看著米飯那一個動作，就又起了衝動——

在他明白的意識到那是他的寵物的情況下！

一定是因為今夜太混亂的緣故，他才會變得這麼不正常！

和米飯這一番糾纏，似乎過了很久，可能夜已深，加萊漫無目的的走在街上，連個人影都沒有看見。而在夜色中，平素熟悉的街景都變得陌生起來。加萊忽然定住了腳步，側著頭看著右邊那家店上的牌子。

那裡是獸醫診所，為米飯看病的那位醫生的。

他還記得，剛收養米飯沒幾天，他就帶她到這裡做了檢查。就是那次，醫生說了些關於小馥的知識。現在想起來還晚嗎？當時醫生說雨季是小馥的發情期，而救回生病昏迷的米飯那次，他過來為米飯診治，似乎說過米飯已經要開始進入發育期了……

米飯今晚的樣子，不就是發情了嗎……

米凡恢復意識的時候，一開始連眼皮都沒力氣抬起來，積攢了好一會兒才睜開眼睛。

光照進眼中，腦子才吱嘎吱嘎困難的轉了起來。

好熟悉的感覺，她又昏迷了過去，那麼原因呢？為什麼渾身無力，像是被大車碾了五十遍一樣？

房中很靜，她細細聽著自己的呼吸聲。忽然旁邊窸窸窣窣的衣料摩擦聲響了起來，米凡轉了轉眼珠，努力的把頭扭過去了一點點。

當加萊漠然的臉映在眼底時，昨晚所有的記憶就像潰壩的洪水一樣，呼啦啦將她的大腦全部侵占了……

她，昨晚，是不是把加萊撲倒，做了這樣又那樣的事？

她的臉頓時漲紅得像顆番茄，但很快又褪去了所有血色，變得蒼白無比。因為，加萊臉上連一點表情都沒有，他淡淡的掃了她一眼，便退出了她的視線範圍。她忽然感到一陣心慌，連忙一點一點的在枕頭上將頭側向他。加萊在她看向他的時候轉過身背對著她。

米凡睜大了眼睛，他卻始終沒有轉過身。即使一言未發，也將他的態度傳達了出來。

「加萊……」她艱澀的開口，嗓音嘶啞，「對不起，昨天我……」

「妳昨天受了涼，請過醫生了，妳就好好躺著休息幾天吧。」快速說完，他就大步離開了床邊。

米凡默默的看著他的背影，好像看見了他臉上冷漠的表情。

加萊的意思是，讓她安分點，不要多事，更別招惹他嗎？

她勾引了他，毫無界限的在他的身上挑逗，這都是她的錯，要不是他及時停住，恐怕事情再也無法挽回。不用他說，她也能體會差點和一隻異種發生關係的噁心感……他現在一定避她唯恐不及。或許，還覺得她很噁心……

米凡抽動了一下嘴角，露出欲哭無淚的苦澀表情。

或許她應該樂觀些，如果真的發生實質性的關係，可能加萊會在清醒後立刻將她送走吧。

＊＊＊　＊＊＊　＊＊＊

「我說，你一整天都陰沉著臉幹嘛？誰又招惹你啦？」

伊凡夫穿著軍服，可姿態卻吊兒郎當，一副軍痞子的模樣闖進了加萊的辦公室中，坐在他辦公桌前面的椅子上瞅了他好久，都沒見他抬起頭看自己一眼。

伊凡夫又一次在和加萊比較耐心的較量中認輸了，先開了口：「也不會啊，這裡誰敢招你啊？」他摸了摸下巴，忽然一巴掌拍到加萊眼底的桌面上，「你是不是被人強暴了！」

加萊手撐在椅子扶手上，感到身體搖搖欲墜。伊凡夫進來時沒有關門，他好像聽到外面此起彼落的被嗆到的咳嗽聲。

加萊緩緩的抬起頭，用力的看向伊凡夫，從齒縫中擠出一句話：「你的思考可以再開放一點。」

伊凡夫被他猙獰的臉色嚇得收回了手，抬高聲音說：「不會吧？你真的被強暴了！？是哪位女中豪傑能把你壓住？嘶——」他忽然倒抽一口冷氣，「不會是男的吧？」

這時外面有女聲低低驚呼了一聲，尾音變得模糊不清，似乎是被誰捂住了嘴巴。

加萊忍無可忍的閉了一下眼，低喝道：「把門關上！」

外面寂靜了一會兒，一隻胳膊探了出來，在門板上摸索了一會兒，抓住門把手，靜悄悄的關上。

陰鬱的盯著門關上，加萊猛然轉頭看向伊凡夫，「你能不能正常點？」

伊凡夫挑了一下眉，說：「你該看看你的表情，我們去威利昔星球的沼澤區進行畢業模擬戰，差點被對手轟掉腦袋時，你都比現在淡定。所以說，你反應那麼大，就是因為被我說中了吧？」

胳膊撐在桌子上，伊凡夫把臉湊過去，不懷好意的笑著說：「說吧！那位英雄是男的還是女的？」

加萊臉色發青，沉聲發狠道：「如果真有人敢對我做這種事，只要敢碰一下，我就會扭斷他的脖子，不管是男是女。」他狠狠的冷笑一聲，「你要是不信，可以來試試啊！」

「不用、不用！」伊凡夫連連擺手，笑道：「我可對你沒興趣。」

加萊仍是一臉鐵青，伊凡夫斜眼看過去，說：「算了，我看你是不好意思說出口，作為貼心好友的我就讓你把那點小秘密珍藏起來吧~」

隨即，他伸手擋住加萊怒視過來的視線，「行了，不說了，我們來聊聊你家的米飯吧。」

加萊抓著打算扔到伊凡夫臉上的控制器的手指，變得僵硬無比。他姿勢不動的看了伊凡夫一會兒，慢慢的垂下眼睫，「不是對米飯沒興趣了嗎？怎麼忽然提起她了？」

伊凡夫做了個誇張的表情，「我一直對米飯很感興趣的好嘛，這兩天我還想去看看她呢！這幾天你把她養回來了沒？抱起來手感恢復了嗎？」

摸了摸下巴，他高高興興的提議道：「今晚我到你家去吧！」

「不行！」加萊立刻高聲說。

伊凡夫慢慢的瞇起了眼睛，憑著他對這個多年老友的了解，他確定，有古怪。

如果伊凡夫真的跟他回家，他又喜歡對米飯抱來抱去，情緒還很不穩定的米飯一定受不了，如果米飯也對他……

收回這個令人尷尬的假設，注意到對方的懷疑，加萊低咳一聲。

「她昨天受涼生病了，躺著呢，沒什麼好看的。」

伊凡夫靠坐在椅背上，挑了挑指甲縫，散散漫漫的說道：「你這段時間不大見到我吧？」

……怎麼忽然將話題轉移了？加萊心想。

「記得溫恆星系嗎？當初差點被我們攻打下來，可因為他們投降主動簽下了合約，所以我們沒有完全攻占，只是派了一隊戰艦駐守在那裡。最近他們可是蠢蠢欲動啊，暗中和哈緹星系邊緣的幾個軍備型星球達成了聯盟。我們的老對頭也有了點開戰的念頭，他們的那個皇帝簡直是用血餵大的，流著口水盯著我們好久了吧……」伊凡夫慢悠悠的一一點名對圖盧卡有威脅的對象，最後總結說：「我看用不了兩年，我們就又有仗要打了。」

「你會怕？」

加萊也稍微聽聞了一些。鬧翻之前，父親曾對他表示對溫恆星系那裡的生意的擔憂，顯然也是意識到了局勢的震盪。但伊凡夫從德菲內斯畢業之後就進入了軍隊，到現在也參加過大大小小十多場戰爭了——元族人向來是個流淌著征戰血液的民族。加萊不認為伊凡夫會畏懼面對戰爭。

果然，伊凡夫嘿嘿笑了一聲，「我倒是不怕戰爭，我只怕內奸。」

「……」

「小馥這一物種是從迪爾林星球引進來的吧？」

「迪爾林？」

伊凡夫敲了敲扶手，「兩百五十八年前我們攻打下來成為殖民地的一顆小星球。」

加萊蹙眉想了下，然而元族人四處征戰，數千萬年的歷史中不斷搶占合適的星球定居，擴大殖民範圍，迪爾林這一個沒有什麼特別的小地方，他根本沒有印象。

「我們從別的星球搶來的東西還少嗎？小馥這種沒有一點戰鬥力的寵物值得你警惕？」

「當初迪爾林上只有一個智慧種族，因為不肯投降，所以下令將他們全部處理掉。不過他們實在是沒有一點攻擊性，所以當時的軍人都不屑對他們動手，讓這一族的人逃出去了不少。」

伊凡夫托腮，皺了一下眉，「後來兩百年，他們都沒有進入過我們的視線，只是近些年好像有了點動作。」

隨著他的述說，加萊也漸漸有了一些印象。那個種族好像叫做巴姆，沒什麼戰鬥能力，迪爾林被打下來後他們四處逃散，到現在更不可能再有威脅了。

「就算是防備未然，也和小馥沒什麼關係吧？」

伊凡夫搖了搖頭，臉色沉靜，「小馥似乎是他們很普遍的寵物，或者更親密的關係，幾乎每家都會養。我覺得他們之間的關係有些非同一般。」

加萊笑了一下，「就算是在圖盧卡，牠們也是很適合養的寵物，要不是在那場攻占中死了大半，牠們應該會在圖盧卡更普遍。再說，小馥又有什麼威脅?巴姆也不會找往日的寵物作為助力吧?」

伊凡夫哀嘆了一聲：「就知道你會這麼說。」

「除了你，所有人都會這麼說吧。」看伊凡夫煩惱的樣子，加萊的心情輕鬆了一些。

「所以我沒和別人說過啊！」伊凡夫說，「不過你的米飯和普通的小馥不一樣吧?」

加萊脣角剛剛浮現的一絲笑意消失了。

「很聰明哦。」伊凡夫的眼神忽然銳利了起來，「可以和人無障礙交流的智商，也能看出EQ不低，她甚至承認她是來自另一顆星球。你真的不覺得可疑嗎?」

「……」

「但我不會管她是不是正常的小馥，我相信你。我只想讓你了解一下，隨著戰爭臨近，圖盧卡的氣氛會越來越緊張，警備也會變嚴，有異常的情況就會被立刻處理。你雖然是克蘭克未來的族長，可說不準她會被人懷疑，到底還是會替你帶來想不到的麻煩。」

加萊沉默了一會兒，淡聲說：「我知道了，米飯很乖。」

伊凡夫斜眼哼了一聲，「你就寵她吧。」

「晚上還來嗎?」

「算了、算了。」伊凡夫搖搖手，抖擻起精神來，「今晚我有約!我跟你說，那是個身材超級好的正妹，她上樓的時候我在下面看見她的內褲了，是我最喜歡的顏色！」

＊＊＊　＊＊＊　＊＊＊

這一天格外的漫長。

米凡心情低落的蒙著頭躺了半天，然後肚子咕嚕咕嚕叫得震天響，打斷了她的自怨自艾，悲傷不下去了，她攢了攢力氣爬下床，扶著牆找了些食物果腹。

吃了沒多少，看著盤子裡的食物就完全沒了胃口，她又爬回了床上，抱著膝做憂傷的姿態。

聽到加萊回來的聲音時，她急忙撲到床上，拉高被子把臉遮住。等了好久，沒有動靜，她悄悄掀起一角，看過去。加萊在放東西，完全沒有理她。

她鬆了口氣，覺得這樣少了許多尷尬，可又莫名的失落難過。

她嘲笑自己：難道妳還想讓加萊遷就著來安慰妳嗎？沒有遷怒就不錯了。

可她還是忍不住偷偷的看他，越來越擔憂。如果加萊從此覺得和她待在一起很不舒服，會不會將她送走？越想，她就越覺得加萊的表情冷淡無情，身上的氣場閒人勿近，連看她一眼都不願意，一定厭煩她到極點了！

米凡已經將昨晚的羞愧尷尬完全丟掉了，什麼親吻啊、撫摸啊、挑逗啊她統統忘記了，她的心完全被「會被丟棄」的恐慌占據了。

加萊感到她的目光一直投在他身上，令他感覺很不自在，簡直就像渾身塗滿了水泥一樣。米飯的目光快要將他的背灼出一個洞了，他忍了許久，終於忍不住轉頭一看。

兩人目光剛剛接觸，米飯便飛快的把眼一閉，被子一拉，躲了起來。不過加萊還是捕捉到了那一刻她幽怨的眼神。

他站在原地，覺得有點好笑，又有些不舒服。

幽怨什麼啊……明明被撲倒吃虧的是他啊！他還特地為她請了醫生，後來也沒對她說什麼。

他動了一下，腳忽然碰到了什麼，發出清脆的一聲響。低頭一看，是一個瓷盤，上面放著幾塊碎餅，留著小小的牙印，一看就是她咬的。

忽然想起來自己早上只想著趕緊離開，忘了餵食她了。加萊摸了摸鼻子，覺得有些愧疚了，作為主人，應該有一顆包容的心才對。對於米飯昨晚的失控，他應該給予體諒……嗯，是的，就是這樣。

一瞬間，他渾身被聖父光輝籠罩，連昨晚的事都不計較了。

他清了一下嗓子，走過去把米飯蒙臉上的被子掀開。

米凡一手捂住嘴防止自己叫出聲來，吃驚的看著加萊。她支吾了一會兒，小聲喊道：「主人？」

身上頓時就像過了道電一樣，加萊胸口一麻，只覺得米飯小小一隻蜷在床上，小心試探輕聲叫他主人的樣子簡直可愛極了，讓人想使勁的揉搓她。

不對。加萊肅然起來。你要做正派的主人，不要有偏離正常的想法。

這麼想著，加萊立刻板正了臉，說道：「能下床嗎？起來吃飯吧。」

米凡望著他冷漠無表情的銀眸，他冰冷冷的語氣擊打在她心口，讓她的眼睛眸光一點點黯淡下來。她黯然的想：起碼他還會和妳說話，已經不錯了，不是嗎？

她低著頭坐在表情嚴肅的加萊對面，晚飯和往常一樣，分量也沒少。她現在就和驚弓之鳥一樣，敏感的搜尋著一切和往常不一樣的地方，惴惴不安的揣測那是不是透露出了加萊對她的態度。

叉子尖在盤子上磨來磨去，米凡吃一口就從垂下的瀏海後面偷偷瞄他的神色。

氣氛寂冷，加萊垂著眼睫，慢慢的咀嚼。他用餐時的儀態向來標準，平時看上去也是賞心悅目的，但不知是被米凡看得心亂了還是怎麼的，他嘴角沾了一點紅色的醬汁而沒有察覺。

米凡又一次作賊似的飛快瞄了他一眼，正要一掃而過的時候，她忽然定住了，呆呆的看著加萊嘴邊，那一點紅就黏在他的脣角，比他嘴脣的顏色更加豔麗。米凡忘了收回目光，就這麼直直的看著，恍惚間，似乎指尖又觸到了他結實的胸膛和胸前的兩點紅櫻。

加萊手一頓，朝她看去，她那散亂的目光中，似乎還隱隱埋藏著一簇火焰。她直視著他的臉，呼吸逐漸急促起來。加萊聽著她的呼吸聲漸漸轉變成喘息，而雙頰也泛起了紅暈。

加萊心一跳，怔怔的注視著她。

米凡恍恍惚惚的向他伸出手，「加萊……」

加萊忽地站起來，從桌邊走開。他表情僵硬，取出了一支針管，裡面有一指高的透明液體。

醫生離開前留下了這支針劑，在動物發情時能起到鎮定的作用，而且沒有副作用，所以可以由他使用；但是醫生把這支針管給他時的表情，冷淡中似乎還有一絲鄙夷，就好像對他的秘密了然於心一樣……

忽然背後環過來了一雙手臂，軟軟的身體纏了上來。

加萊猛地從回憶中回到現實——他才不像醫生想的那樣！

他掰開緊緊抱著他腰的那雙手，轉過身，攥著她的手腕。

手被抓得有點疼，米凡搖了搖頭，稍微清醒了一點。要死了，又來了！她狠狠咬住嘴脣，試圖從加萊身邊離開。

加萊放開了手，她低著頭轉身就跑。可沒跑幾步，她的肩膀忽然又被他抓住了。

救命——不要在這時候碰她！

還沒哀號完，手臂也被他扯了過去，一陣刺痛傳來，米凡驚愕的低頭，只見自己的小臂上扎著一根細長的針尖……

盯著那根沒入皮膚的細針，米凡吞了口口水，覺得眼前一陣暈眩。她、她最討厭打針了！米凡滿腦子情色旖旎的畫面早消散得一乾二淨了，她眼睛裡就只有針筒中液體漸漸注射進她的皮膚下的畫面，針頭扎下的那塊皮膚微微鼓起了一塊。

她、她有點暈針……啊，腳軟了，她站不住了……

加萊一拔出針，她就軟塌塌的往地上坐去。

加萊被她嚇了一跳，看她臉也不紅了、氣也不喘了，坐在地上雙眼無神——這針見效這麼快嗎？

但是米凡緩過勁來後，確實沒了那種想要扒光加萊的強烈衝動了。她摸了摸胳膊，其實就疼了那麼一下，現在連針眼都找不到了，但是她受不了那個視覺效果。

加萊站在她跟前低頭看著她，長舒了一口氣。幸好這針有用，不然今晚恐怕又得一夜無眠。

第六章 嘿，喬

That's not easy to be moe animal.

米凡從對扎針的恐懼中回過神來，突然意識到她又對加萊下手了！糟糕！加萊是不是更煩她了？

米凡悚然一驚，急忙看向加萊。

加萊看她垂著腦袋坐在地上沒有精神的樣子，本來是想撫慰一下她的，可是和她那雙黑色的眼眸對上時，不知怎麼的，就說不出口來了。那晚的影響依然縈繞不散。

加萊盯著那雙透著憂懼的眼睛，半晌才開口，努力淡定的說：「這針沒壞處，妳不用擔心。」

米凡沉重的低下了頭，微不可見的點了一下頭。加萊的語氣淡定過頭了，就變成了淡漠，聽在米凡耳中，成了他對她的不耐煩。

米凡欲哭無淚，她的命好苦。

接下來兩天，身體似乎恢復了正常，沒有時不時就會發情的跡象了，但米凡仍然吃不好、睡不香，因為加萊對她一直是這樣不冷不淡的，她的心就一直吊在半空。到底怎麼想的說清楚講明白啊！可她又不敢和他說話，每每靠近就會被加萊周身的氣場嚇退回去。

再說，如果她問加萊：「主人你是不是不想要我了？」

他可能本來在猶豫的，被她這麼一問就會直接回答：「是的，我煩死妳了，不想要妳了。」

——要是這樣可怎麼辦？

於是米凡就一直憋著，每天怯怯的、遠遠的觀察加萊的一言一行，盼望他能親切的摸一摸她的腦袋，好讓她知道兩人之間可以回到原來的那樣子。

晚上洗完澡，她擦乾身，仔仔細細的把裙子穿好，踮著腳尖小心翼翼的走出來。她聽見了男子的說話聲。加萊在和誰說話?整日憂心忡忡的她什麼事都往同一個方向想。難道他找到她的下一個買主了嗎?!

米凡咬著手指頭，豎著耳朵走過去，看到那個銀髮青年的身影時，她躲在角落裡，吃驚的張開了嘴——咦，不過是洗了趟澡，她怎麼就認不出加萊了?一臉溫和的笑容，掛在和加萊五分像的臉上看起來好奇怪。

米凡的視線在那青年的臉上晃了好幾圈，才遲鈍的發現他並不是加萊，加萊正在那青年的側方站著，滿臉寒霜。

她揉了揉眼睛，仔細看了一會兒，認出那青年並不是真人，而是從遠方而來的全息投影。不過他長得和加萊可真像，只是氣質差距很大，他看起來像是一潭春水，讓人靠近了就覺得溫暖舒心。但是因為他和加萊相似的容貌卻表現出截然不同的氣質，所以在米凡看來特別怪異。

那青年正微笑著對加萊說著話，一身製作精良的正服筆挺無皺，像是個養尊處優的少爺。

米凡躲起來偷看他時，正好聽見他說:「哥哥，你也是該時候回來了。」

咦咦咦，哥哥?米凡吃驚的瞪大了眼睛。加萊竟然有個弟弟?!她從來沒察覺出來過!不過看兩人相似的樣貌，倒是一點也不意外。可是加萊看起來不是很喜歡看到他這個弟弟。

這時，加萊的聲音冷冷響起:「怎麼?我不在諾特丹才是遂了你的願吧。」

陌生青年的眉眼一彎，愉快的笑道:「哥哥你就不要裝了，父親打輸官司的第一刻你就應該得到消息了，這時不回來，克蘭克家族的事務要由誰來主持呢?」

加萊淡淡一笑，眼神不善，「你啊！」

他搖了搖頭，微笑著說：「哥哥多慮了，即使父親被打壓入獄的推手是誰尚不可知，你也仍是克蘭克未來的族長啊！這時候就該由你來主掌大局了。」

米凡震驚的消化了一番。族長什麼的，她倒從沒想到加萊的身分會是這個。但是話說回來，若加萊真的是哪個大家族的族長，這個自稱為加萊弟弟的人本也該是什麼族長的競爭人選吧，主動表示不會和加萊相爭，這人不是很好嗎？不知道為什麼加萊對他那麼有敵意？

她正琢磨著，忽然聽到加萊說：「我會回去，將父親保出來的。」

青年不置可否的笑了一下。

當青年的身影閃了閃，徹底消失時，米凡從眾多資訊中挑到了最要緊的一條——加萊要走了！

那次她和布林被扔在寵物學校，就是因為加萊出門了吧，這次他如果去什麼諾特丹，更加不會帶上她！米凡忽地心慌起來，一旦被扔下，說不定就永遠不會被想起來了。她一定要跟著加萊走！只要還在他身邊，她就一定能挽救她在加萊心中的印象！

首先，她要認真的道個歉，雖說她覺得過錯不在她，但明顯也不是加萊的錯，她需要為主人受傷的心靈負責——不過今天還是算了，加萊渾身都散發著冷氣，這時候不管說什麼都會搞砸吧？

米凡沉痛的咬著指尖偷偷退了回去。

然而她沒想到的是，第二天她剛起床，還揉著眼睛迷糊著呢，就聽到了加萊的聲音。

「明天我就回諾特丹，既然喬想讓我回去，那我就如了他的意。」

明天？！米凡猛地坐起來，抱著被子呆怔的直視前方。那她呢？

可是接下來一整天，他都沒有要收拾行李準備出門的樣子，米凡像幽靈一樣偷偷摸摸的在他身後晃著，有點懷疑早上是不是沒睡醒聽錯了。

「主人……」她終於鼓起勇氣站到加萊面前，結結巴巴說：「我以後一定會更乖更聽話，也不會隨便碰你的，請主人別拋下我……」米凡悲從心起，語調更加哀怨了，「我不該衝著主人你……嗯……主人你竟然被我撲倒都是我的錯！但是沒有下次了！如果有下次，你可以把我捆起來……」

她忽然一頓，想了想，小聲改口：「還是別捆了，家中是沒有繩子的吧。你可以再替我注射那針啊！總之，主人你一定要給我改正的機會！」

加萊吃驚的放下手裡的東西。真難得，她一下子說這麼多話，可是這話是什麼意思？他什麼時候要拋下她了？

「妳是不是聽見我和喬的通話了？」加萊問道。

米凡含淚點頭。

「妳想跟我走？」

米凡的頭點得更大力了。

加萊有點為難，表現在臉上便是眉心又蹙了起來，看得米凡有種「果然如此」的悲痛感。

「我不方便帶妳走，也不會再把妳託養了，我打算請安麗爾照顧妳一段時間。」

「不要！」米凡情緒激動的叫了出來。

「怎麼了?安麗爾那裡不好嗎?」

米凡漲紅了臉,支吾了一會兒說:「布林……」

加萊一開始還沒有反應過來,可看到米凡有點似羞似怒的臉,他忽然明悟了。腦子一懵,他低低重複:「布林……」原來真相是這樣的,那天她在安麗爾那裡弄得一身髒亂,不是和布林打架、被他欺負了,而是……一起滾草地了?他的瞳孔驀然放大,「你們倆不會是……」

米凡羞憤的大叫一聲打斷了他的話:「我們沒有!」

這樣一來,加萊就絕對不肯把米凡交給安麗爾照顧了。可是他也不想將她帶去那個渦流湍急泥潭一樣的首府。最後,他仍沒答她。

米凡用泫然欲泣的眼神看了他一晚,好像他不是暫時離開而是要把她賣進魔窟裡一樣。

第二天醒來,加萊也沒想到還有哪個安全的地方能讓米凡待上一段時間。

「我,還是送妳去伊凡夫那吧。」加萊有點煩躁的說。伊凡夫雖然懷疑她,但是看在自己的面子上,他絕不會對她做出過分的事情,甚至可以說,在他身邊是最安全的地方了。

可是米凡卻噭的一聲崩出了眼淚,撲上去抱住了加萊的雙腿。

加萊被她抱腿哀號不放的手段搞得目瞪口呆,終於透澈的明白了她要跟著他的決心。抬了幾次腳沒能掙脫出來,加萊只好扶著額頭說:「放手,時間到了,該出去了。」

米凡眼淚汪汪的搖頭。她得跟著他,不要和他分開;只要和他分開,一定會發生不好的事情。她把加萊的大腿抱得更緊了。

「行了行了，一起走。」

米凡繼續波浪鼓似的搖頭，忽然呆呆的一停，「一起？」

加萊看了眼時間，嘆了一口氣，「要走就快點，別磨蹭了。」

米凡咧開嘴傻氣兮兮的一樂，抹掉眼淚，站起來迅速的跟上加萊。

***　***　***

加萊出行雙手空空，因為在諾特丹的家中所有東西都是齊全的，只是臨時改主意帶上米凡，卻忘了將她的衣物帶上。米凡半路想起，很是擔心她是不是沒了換洗衣服，不過加萊讓她不用杞人憂天，在首府能夠買到所有你能想像到的東西，甚至是一顆星星。

米凡覺得她像個剛進城的村姑被加萊鄙視了，於是憂傷的閉上了嘴。

這次坐的飛船是公共交通工具，不過加萊訂的大概是VIP，他們上了飛船就進入單獨的艙房，不過還是讓米凡看見了幾個形態特別的外星人，人身章魚頭，很奇葩，米凡認為他們大概是從圖盧卡外的星球過來的。

米凡牢牢記著她剛發過的誓，再不隨便碰加萊，所以找了個和加萊離得遠的地方坐了下來。

加萊不經意的瞟了她一眼，十分疏離的距離讓他想起出來之後她只是邁著小短腿努力的跟上他，卻沒喊一聲累，而往日但凡出門她都是習慣性要他抱的。

加萊仍沒辦法如往常一樣和她相處，而米凡則小心不去觸動加萊他曾被她扒得半光的傷心事。

米凡轉頭看向外面，那一扇不大的窗只有碗口大小，米凡只能看見白茫茫的一片，但米凡未曾感到一點波動，連什麼時候起飛都沒有感覺。

米凡盯著那片不變的白霧，忽然感到不對勁，她站起來趴到窗上，眼睛眨也不眨的看著。漸漸的，無邊際的白霧中心好像颳進了一股風，捲起了漩渦……不對！那確實是一股風！

米凡瞪大了眼睛，回頭看看加萊，又看看那股龍捲風。飛船行駛的速度極快，一個轉頭，那龍捲風就變成了硬幣大小，又被飛船拋在了後面。

然而，接下來的半個小時，米凡光是用肉眼看到的就有十多個遠遠近近的龍捲風。這很正常嗎？飛船內始終沒有響起警報聲。飛船行駛時到底有多高？這顆星球的大氣層又有多高？

在米凡還未想明白這個問題時，外面籠罩著星球的白霧忽然變成了暖黃色！

米凡驚得往後一躲，碰到了一個胸膛。

加萊在米凡身後彎腰，沉著眼看著窗外。彷彿感覺到了她的目光，他低聲說：「這些毒霧，只要吸一口就能要人命。」

可是又過了大半個小時，那黃色的霧氣始終未散。米凡在心中想了想，結合飛船的速度，頓時打了個寒顫，這樣算來，這黃霧籠罩的範圍該有多大啊？！

「一直是這樣的嗎？」她問道。

加萊搖了一下頭，「天應該是藍的，妳忘了？」

是啊，米凡努力想了想，她剛穿越來這顆星球時，抬頭看到的天空確實是藍色的，十分剔透清亮的顏色。她憂心忡忡了好久，這顆星球外部的條件變得這麼差，幸虧他們開闢了地下城，那次還捲起了沙塵暴，是不是這裡的環境惡化了？

她想起了許多地球末日、喪屍危機的小說和電影。

不過，在她踏入諾特丹的第一步，看到頭頂那片模擬天空，她就覺得自己多慮了。這群外星人科技可高多了，環境汙染什麼的只要用心解決就是小問題吧？

米凡只來得及把眼睛從那片逼真得看不出是假的的天空上收回，還未仔細觀察這顆星球的首府，就有一架碟形飛行器停在了她和加萊前面。

一個眼角皺紋深深、穿著燕尾服的男人從飛行器中下來，走到加萊面前鞠了一躬，「少爺。」

小平民沒見識的米凡逕自盯著那中年男人看，看起來好像是管家，還是男僕？加萊登入飛行器的時候，他還向加萊彎腰，胳膊伸向入口，頓時讓加萊氣勢提升上去了，有點貴族的風範了有沒有！

加萊登上去後，發現米凡沒有跟上，他轉身向下看去，發現她正呆傻傻的對著他發呆。

「……米飯？」他無奈的喊了一聲。

「啊？哦！」米凡猛地回過神來，登登登跑到加萊身邊，靠近那燕尾服男人時，還注意到他衣領口竟然繡著族徽。

諾特丹設有專門的飛行軌道，而加萊他們所居住的區域在諾特丹的中心。米凡好奇的看著許多不同款的飛行器像厲風一樣從對面刷地飛過去，感覺沒一會兒，飛行器就停了下來。

那是一棟類似地球西方古典建築風格的三層樓建築物，其外表顏色發暗，是時光留下的痕跡。

米凡有點發怯，緊跟著加萊登上幾級臺階，從自動打開的兩扇沉重的大門中走進去，然後便不敢四處張望了，老實謹慎的低頭看著加萊的腳跟。

加萊忽然停了下來，米凡急忙也停下，通向二樓的臺階上，站著一個陌生又熟悉的銀髮青年。

他笑吟吟的說：「歡迎回來，我的哥哥。」

米凡站在落地窗邊看了一會兒，再回頭看了看這個房間。

很高很大很華麗，比起加萊在博索萊伊的家，不知好了多少倍。可是自從踏入這裡的第一步，米凡就感到了一股壓抑的氣氛，沉甸甸的令人喘不過氣。

她知道了加萊的弟弟叫做喬，而加萊看見他時仍然沒有好臉色。

她摸了摸脖間的翻譯器，加萊冷著臉離開了，她一個人待在這間房裡，也不敢出去。但是她不出去，卻不代表沒人進來。

門忽然無聲無息的打開了。眼含笑意的青年扶著門框站在門口，溫和的看向米凡。

哎？他怎麼能隨便進加萊的房間？！

因為加萊對喬的態度相當冷淡，所以米凡也對喬有些警惕。她把手背在身後，雙手交握，緊閉著嘴盯著喬。

喬歪了歪頭說：「妳就是米飯吧。早就聽說妳了，妳是哥哥養的第一隻寵物哦，還是養起來很麻煩的品種，哥哥一定對妳很有耐心。」

對她說這些幹什麼……米凡低下頭，裝作沒聽懂的樣子。

他只是站在門口，卻一直沒進來，遙遙的看著米凡。他繼續溫言說道：「妳叫什麼名字？和哥哥在一起多少時間了？」

真怪異，她沒露出什麼破綻讓他知道她是可以說話的啊，幹嘛一直衝著她說個不停？米凡強忍著抬頭的欲望。

米凡不理他，他笑了笑，朝她招招手，「過來，米飯。」

幹嘛？什麼陰謀？加萊才剛回來他就要開始搞宅鬥了嗎？她只是沒什麼用處的寵物而已，不要對她下手啊！她都沒做好心理準備！

米凡沒走上前，反而向後縮了縮。這動作讓喬瞇眼一笑。米凡意識到不妥，她的眼神太暴露內心了，連忙又低下頭，接下來任他怎麼挑逗都不肯再看他一眼了。

加萊回來時，米凡已經自個兒琢磨好久了。她覺得有點不大對勁，喬他一定知道些什麼，不然不會有這樣的舉動。加萊自回來臉色便一直淡淡的，米凡也不顧得別的了，直接將這件事告訴加萊。

加萊一言不發的聽她說完，臉色已經沉了下去，看得米凡有些不安起來，回想了一下自己一句話都沒說、也沒動，應該沒暴露什麼。於是她小心翼翼的問道：「主人，是不是他知道什麼了？」

加萊勾了一下嘴角，露出個冷笑，「他是故意的。」

「哎？」

「故意進我的房間和妳說話，透過妳來告訴我……」米凡心一跳，聽到加萊冷嘲道：「他是想說，他不光知道妳的名字，甚至妳會說話的能力，同樣知道我的其他的事情。哼……」

米凡惴惴的問：「那他想幹什麼？」

加萊瞟她一眼，站起來將外套脫掉，說：「我累了，睡覺吧。」

啊？米凡一愣，重新環顧了一圈──房間裡只有一張床。

自那次之後，加萊可是對觸碰她的身體避如蛇蠍的，更何況是同床，但他忽然這麼說……

米凡忽然緊張起來，「一、一起嗎？」她結結巴巴的問。

加萊沒回頭，淡淡的說：「還有別的房間，妳可以去挑一間，不過喬是可以隨意進出的。」

「那我……」米凡看了看鋪在地上的厚實地毯，「那我打地鋪也是可以的。」

加萊忽然轉頭向她投去了一瞥，那眼神透露出嚴厲、難過、責備、催促，感情十分飽滿豐富。米凡被他看得雞皮疙瘩都起來了，小聲說：「我沒有換洗的衣裳，沒法洗澡，睡在床上不乾淨的。」

加萊盯著她看了一會兒，說：「妳以前不是一直裹著浴巾的嗎？」

……好吧。米凡在加萊責問的語氣下投了降。只要他不在意，她當然不介意和他睡一起。反正都習慣了，嗯，一點都不會彆扭！

「等等！」加萊忽然叫住了她，從衣櫃中拿出一件襯衫，頓了一下，好像想起了什麼，又拿出一條他的褲子，扔向米凡。

米凡拎起那條男式長褲，手臂伸直時褲腳都拖在了地上。讓她穿這個？

第七章 寵物也是需要打扮的！

That's not easy to be nice animal.

洗過澡，米凡提著褲腿出來，幾步的距離就絆了好幾跤。

加萊在桌前垂著眼在螢幕上翻看著什麼，米凡從長長的袖子裡伸出一根手指，摸了摸鼻子。剛剛是誰說要睡覺的啊？

米凡一邊走向床、一邊轉頭看他，然後耷拉著腿坐在床邊，看了好一會兒，他只留給她一個背影。她搞不清楚他在想什麼，乾脆不琢磨了，擼了一下袖子，把被子一扯蓋住頭，尋周公去了。

背後細小的呼吸聲漸趨於無，加萊收回網路畫面，走到床邊。

被子下，小小的身體縮成一團球形，隔著單薄的被子能看到她聳起的肩頭和胯骨的曲線。

加萊俯下身，一手撐著床，聞著那熟悉的香味。他不想承認他心中有點無措，仍不能像往常一樣面對米飯。然而，他有多久沒抱過她了？他很懷念她軟軟的身體抱在懷裡的手感，依著這樣一團散發著令人放鬆的氣味的暖團，就像在母親子宮中可以沉沉無夢的安寧入睡。

米凡閉著眼睛，感覺到身邊微微一陷，然後她被攬入了一個結實的懷抱中。她的額頭隔著一層薄被，抵在他的胸前，她睜開眼，但什麼都看不到；她的手縮在胸前，能感到心臟怦怦的撞擊著胸膛。米凡有些口乾舌燥，這懷抱熟悉得就像每日叫醒她的鬧鐘，讓人覺得世界就這麼大，無可懼怕。

她緊張的咬住了唇，搧動著眼睫，一動也不敢動。

不知何時入夢。

*** *** ***

一場好覺，加萊醒來後，神清氣爽，連帶著心情很不錯，眉梢眼角也柔和了許多。

枕在脖下的枕頭忽然被抽走，靠著的那堵牆也不見了，米凡翻了個身，皺著眉瞇起眼睛。

加萊正背對著她換衣，腰側流暢的曲線沒入褲內，套上衣服時抬起的手臂肌肉隱隱凸起。米凡看了一眼就急忙閉上眼皮裝睡，誓不再做女流氓。

加萊換好了衣服，轉身看米飯，她還在睡覺，就像小孩子似的怎麼也吵不醒。她微低著頭，半張臉都埋在了被子下，幾根手指抓著被子邊，抵在臉邊。

他忍不住伸出食指輕輕的把她搭在鼻梁上的一縷瀏海撥開，在她長長的睫毛上劃過。看她睫毛微微搧動了幾下，眼皮下眼珠轉了幾圈，他覺得很是可愛，嘴角不由得露出了一抹笑意。

「哥哥，你起來了嗎？」

忽然間，溫雅輕鬆的年輕男聲在房中響了起來。加萊眼神一凜，直起身看向床外。

「我進來了哦。」話音未落，喬竟然打開了門。

米凡偷偷的睜開一條縫，卻正好看到喬向她看過來。他的眼神中含著戲謔。

加萊滿面寒霜，冷聲說：「我不在的時候，你更改了家裡的控制系統？當著我的面闖進我的房間？沒有實力之前，你最好不要這麼狂妄。」

「對不起，哥哥，你可以重新設置所有房間的口令和密碼。」喬慢慢的從床上的米凡身上挪開視線，注視著加萊，好脾氣的說。

加萊瞇起眼睛，「你剛才在看什麼？」

「沒有看什麼。」喬笑說：「僕人將早餐準備好了，我先下樓等哥哥。」

加萊冷冰冰的看著喬離開。米凡探出頭，小聲問：「他想幹什麼啊？」明明知道加萊在房間內，而且必然會惹得加萊警惕卻還擅自闖進來，他又不是伊凡夫。

加萊看了一眼米凡，她睡得臉紅撲撲的，眼梢還有未消的睡意，頭髮凌亂的披在肩上。剛才若是他沒看錯的話，喬看的是她。

「惹怒我是他的愛好之一。」加萊沒再多說。

喬坐在長桌邊，餐桌上擺著十多個銀盤，刀叉寒光閃閃，餐巾潔白如雪，他含著愉快的笑意，回想著那隻小馥睡在哥哥床上的樣子。說起來，她的長相和他們並無不同，甚至可以讚美她一句可憐可愛，惹人疼惜——也怪不得哥哥那麼喜歡她呢！

嘴角的笑意擴大，他抬起頭，鋪著地毯的樓梯上，哥哥牽著那隻叫米飯的小馥正走下來。

他微微挑起一邊的眉毛，看著加萊旁若無人的拉開椅子，將米凡抱上去，然後冷冷的垂著眼坐在他對面，拿起刀叉就開始食用。

讓寵物上桌與人一同吃飯？喬切了塊麵包，然後看了米凡一眼。

她有些惴惴的，總覺得有點不妥，然而喬卻淡定的對她出現在餐桌上視若無睹。

一頓飯米凡吃得戰戰兢兢，生怕哪兒有破綻。早餐結束，加萊有事，警告米凡待在房中不要出去後，他就匆匆離開了。

她進房前，好像看到喬看了她一眼。

在克蘭克家做了五十二年女僕的菲若從二少爺那接到了一個命令，她要幫大少爺帶回來的小寵物送去寵物美容中心。菲若有點興奮，那隻寵物她在早餐的時候看到了，非常小巧可愛的一隻。但她還是很遺憾並且為難的對二少爺說：「可是二少爺，大少爺的房間我是沒有權限進去的。而且大少爺的寵物是不能隨便帶出去的吧？」

「沒關係的。」二少爺溫言說道：「我有哥哥房間的口令和權限，而且哥哥回家時兩手空空，那隻寵物還穿著他的衣服，我想哥哥這兩天應該沒空，所以妳幫哥哥照顧她一下，回頭我會親自向哥哥說的。」

二少爺溫柔的語氣和專注的眼神讓菲若臉蛋一熱，她不好意思的錯開視線，揉著衣角說：「那麻煩二少爺把她帶出來吧。」

於是，喬再次打開加萊的房門。米凡警惕的盯著走到她面前的喬，他真是讓人猜不透，似乎對她十分的有興趣。

「哥哥的衣服對妳而言太大了。」喬的視線在她身上掃了一遍，說：「這幾天妳要一直穿哥哥的衣服嗎？會很不習慣吧？」

米凡轉過身側對著他，偷偷的將戴在脖間的翻譯器關掉了，他要是一直這麼對她說話，難保她會順口的回答出來。

「米飯，妳想出去嗎？」他忽然彎下腰，靠近她的臉，溫柔的用誘惑的語氣說道：「家裡的女僕可以帶妳出去，幫妳訂做衣服，做全身護理，修剪髮型。」

米凡強忍著搖頭的衝動，低頭摳著手指甲。

喬歪了歪頭，「妳不放心我嗎？菲若在這個家做了五十多年了，她還想接著做下去，是不會傷害妳而丟掉工作的。」

米凡繼續不理他，喬也料到了，微微笑了一下，他忽然抱起了米凡。米凡一驚，咪的叫了一聲。

菲若在克蘭克家待了這麼長時間，家主和兩位少爺以及去世很久的夫人，都沒有養過半隻動物。

她從二少爺手中接過那隻叫做米飯的寵物時，忍不住露出了一個笑容——哎呀，兩隻耳朵好萌！

菲若把米凡抱在懷裡，她一直不乖的撲騰想要下地。菲若是從幹重活開始做女傭的，力氣可不小，她一巴掌拍在米凡的皮膚上，同時用與力道截然相反的音量小聲說：「乖乖的，別鬧！」米凡差點叫出聲。尼瑪竟然打她屁股！好痛！菲若的樣子在她腦海中頓時轉化成容嬤嬤的形象。但是最終她屈從在菲若的淫威下，她壓根就逃不出她的一隻手指。

可出乎她意料的是，菲若真的只是單純帶她去做衣服和美容——當然，都是寵物專屬的。

***　***　***

走出拘禁所，父親猙獰的面容一直盤旋在眼前，加萊眼神淡漠。他沒有害父親，父親所吃下的所有苦果都是他自己親手種下的因所長成的。他只不過扔了一把柴進火堆裡而已。

但父親毫無風度的咆哮讓加萊有些疲憊，他走進那棟冷冰冰的建築裡。

家對他而言只是個毫無意義的稱謂，那裡住著不能稱之為父親的父親，和不能稱之為弟弟的弟弟。所謂親人，對他而言是生活中無法避免的障礙。

現在，只有米飯能稍微抵銷一點他對這個家的抵觸。

天色已晚，家中燈火通明。餐廳裡亮著橘色的燈，菲若繫著圍裙圍著餐桌忙來忙去，喬不知所蹤，加萊看了一眼，便徑直上了樓。

有人進來過。手觸在門把上，加萊頓了一下，就一把推開。

加萊大步進了房間，喚道：「米飯？」一聲音忽然噎在嗓中，他怔怔看著站在眼前的米飯。

米凡不自在的摸了摸頭髮。總是披散在背後的長髮今天被編成了寬鬆的辮子，清新的插著一朵小黃花。變化不只如此，她的臉上甚至化了點淡妝，精心的描畫眼線，塗上唇膏。

加萊一直看著她，她有些臉熱，手攥了一下衣角。

如果不是旁邊有不同種的動物，米凡真的會誤認為菲若將她帶去了哪個高級場所，一條圍巾上百萬的那種。不過，這家美容中心，即使服務的對象不同，價位卻是一樣的高，但米凡沒看到菲若向喬報上的數字，不然她會覺得心絞痛。

在博索萊伊，那個老闆娘做衣的手藝雖然不錯，但和諾特丹的潮流還是跟不上，提供給米飯的幾件衣服都是偏可愛的風格。而米飯現在穿在身上的這件，卻十分有女人味，溫雅不失鮮嫩，加萊還未見過米飯這樣的打扮。

忽然覺得米飯看起來不像他的乖巧寵物了。

加萊從她彆扭用手按著的包臀短裙上移開視線，「誰讓妳穿成這樣的？」

米凡彆扭的拉了拉裙子，說：「你弟弟，叫女僕帶我去的。」

又是他。加萊皺眉說：「衣服換下來，把妝洗了，這樣不適合妳。」

米凡忽然覺得有點受傷。她是化妝苦手，被菲若帶去竟然享受了超高待遇的服務，粉撲、眼線、唇膏一齊上陣後，她對著鏡子都很想替自己按個讚！

雖然突然改變風格她很不適應，也打算穿這一身向加萊告一下喬的狀之後就換下來，可是加萊這一臉嫌棄的模樣還是傷害到了她的玻璃心。

有這麼不堪入目嗎？她覺得還是不錯的啊！

「把頭髮也弄直。」加萊補充說。

米凡幽怨的回首一望。

因為這件事，米凡有一點點鬧情緒，把妝洗掉後，拿著梳子使勁的把尾端稍捲的頭髮梳直，可是，加萊根本沒有察覺到她的這點小情緒啊！

米凡重重的梳著頭髮。加萊走出門，把菲若喚了過來。

菲若正和新來的小女僕炫耀帶米飯去的那家寵物美容中心：「好高級的，妳絕對都沒享受過這麼貼心細緻的服務。」

接到加萊的召喚時，她還沒從興奮的心情中出來，把為二少爺送水果的任務交給小女僕，就樂滋滋的去找加萊了。可是加萊少爺擺出了冰山臉，她立刻意識到了不對，一五一十的把喬吩咐她的經過告訴了他。

「二少爺說他會跟您說的。」最後菲若有點委屈的說。

「我知道了，妳下去吧。」加萊瞇起眼，看向喬房間的方向。

幾次三番針對米飯的動作，他想做什麼？

這時，喬的房間中忽然走出一個銀髮青年，看向加萊，然後走了過來。

他還沒找他，他卻先找了過來，很好，他倒要看看他想解釋什麼。

「哥哥。」還未走近，喬就先笑著開口。

加萊微微抬起臉，不善的看著他。

「今天我給了哥哥一個驚喜，你看到米飯了吧？」喬彷彿完全沒有看到加萊的表情一樣，彷彿真的是送了個驚喜給哥哥一般的愉快。

加萊冷冷一笑。

喬一愣，看向他身後的那扇門，似乎看到了門內的米飯，他若有所思的說：「哥哥不喜歡嗎？我本想哥哥最近太忙，可能不會幫米飯購置衣物用具，所以自作主張讓菲若帶她去了。看來我還是對哥哥不大了解啊，原來哥哥不喜歡米飯穿扮成這樣的風格？」喬的語氣充滿歉意，可說完後，卻微微笑了起來。

加萊眉間皺起深紋，任他言笑自若卻一言不發。

喬敲了敲手心，想了想，說道：「說起來，哥哥好像是覺得米飯很聰明的。的確超過了一般小馥的智慧，我看她有些地方和人並沒有什麼區別。」

「你只是第一次見到米飯，倒是很了解。」

「即使哥哥不在諾特丹，我也一直很關心哥哥的情況的。」他笑道，「說起來，我很羨慕哥哥有這隻寵物呢。還記得小時候，父親還沒帶我回來時，我和我的母親住在一起，生活拮据，連隻鐘鼠都養不起。後來跟父親來到這裡，卻又一直沒有機會養隻喜歡的寵物。我看到哥哥的米飯的第一眼就很喜歡她。」

「不過哥哥有沒有覺得，像米飯這種足夠聰慧有自我意識的，也許最希望的是被人當作平等的對象相處，而不是沒有尊嚴任人玩弄的寵物。」

米飯她，難道是這麼想的嗎？不，他這個弟弟一向能言巧語，擅長誘導別人，不能跟著他的思路走。加萊瞇起眼。

「我的朋友在利特中心建造了一家遊樂園。」喬忽然轉換了話題，拿出一張卡遞給他，「哥哥可以帶她去啊，我想她一定會很開心。」

加萊沒去接，喬貼近加萊，將卡插入他衣袋中，微笑說：「哥哥不用這麼警戒，我對米飯是真心喜歡的，而且沒必要傷害她呀。米飯她，其實是很寂寞的吧。」

加萊一直板著臉，直到喬的身影消失。他用食指和大拇指嫌棄的捏起那張卡，上面是一對笑得白牙閃閃的少年男女，背後是一座顏色鮮豔亮麗的龐大的遊樂園俯視圖。

「這種地方……」加萊不屑的想，他才不會去。

*** *** ***

「遊樂園？」米凡驚喜的瞪大了雙眼，「我可以去嗎？」

加萊彆扭的把那張卡扔給她，「想去就自己去吧，我最近沒空陪妳。」

「哎——」她頓時又有點失望，「可是我自己……是沒辦法去的吧？」

「我會吩咐菲若的。」
「不好吧？」米凡猶豫的說：「上次她帶我出去就一直傻笑，我覺得她和我會走丟……」
並且她捏她的臉捏得好痛！以為她不會說話所以沒法告狀嗎！剛來的小女僕還未通過實習期，自然也要排除，而剩下加萊的親愛的弟弟喬，更是不用考慮。
米凡雙手捧胸，眨巴著眼期望的看著加萊。
加萊輕咳了一聲，撇過臉：「算了，我看看到時能不能安排出一天時間。」
於是兩天後——
「咦，這樣穿可以嗎？」米凡穿了一件長到腳踝的白色長裙，外面卻罩了件加萊的灰色帽衫，因為太大件，所以都快遮到膝蓋上了。
「這樣能把妳的耳朵遮住，只要妳不亂動，尾巴也不會被人看出來。」加萊退後兩步上下看了看，又讓她轉了一圈，沒什麼破綻，看起來就像一個還未長成的漂亮小女孩。
「行了，走吧。」
米凡小小歡呼一聲，把帽子往下一拉，開心的跟隨上加萊。
因為裝扮成人，所以米凡可以出聲說話。她在進入遊樂園時竟然算在了兒童票中，米凡才終於忍不住吐槽了起來：「我看起來有那麼小嗎？！明明前面的那人比我還矮呢，付的都是全票！」
米凡很受打擊，這是不是說明根本沒人發現她已經發育出了第二性徵？
她扯了一下加萊的手，問道：「我真的像小孩嗎？有嗎？」

加萊低下頭，她正拉著他的手仰著臉看她，一臉氣鼓鼓的十分生動。動了動嘴角，加萊眼中洩漏出一絲笑意，「如果妳再長高點，就不像了。」

她現在正在朝一百六十五公分靠近，不算矮了好嗎！好吧，跟這群外星種族比起來是矮了點，但就不能用人類標準來要求她嗎！

不過，米凡很快就忘記了這點小小不愉快。和地球不一樣，除了幾座超高的摩天輪，園區裡並沒有多少大型的遊樂設備。

加萊看了看進入時發給遊客的園區地圖，往旁邊的岔口走去。突然他想起了喬的話，他邁了一步，又轉身問了米飯一句：「想去虛擬競技場玩嗎？」

牆壁上茂密的樹葉搖曳著，森林中遊走著凶殘的走獸，而另一面牆上則是幾棟正在自動建造、不斷長高的房屋。米凡和加萊坐在挨著的兩張椅子上，前後各有十幾個人，大都成雙成對，低低絮語。

米凡捏著配發的墨鏡，小小聲的問加萊：「主人？」

「嗯？」

「這裡是虛擬競技場……怎麼玩呢？」

「……」加萊忽然想到米飯來自一個不知名的偏遠星球，應該沒有試過，「一會兒交給我吧。」

「噢，哦！」米凡看到周圍的人都把墨鏡戴上，加萊也抬起了手，便急忙把自己的墨鏡戴上。

一瞬間，眼前的景象一變，剛剛在大廳中的人都出現在一個沒有上下左右的純白空間裡。米凡猜想，應該和小說裡的網遊全息頭盔差不多。

奇妙的是，剛才她還坐著呢，一眨眼，就以站立的姿勢出現在這個純白空間中。

「妳還是選個生活類的吧。」

加萊清冷的聲音忽然在一旁響起。米凡一轉頭，看到不知什麼時候出現在旁邊的加萊往她面前伸出一根手指，輕輕一點。藍色的漣漪憑空泛開，出現了幾個瑩藍色的選項。字體很扭曲，她還沒認出是什麼字，加萊就點下了其中一個。

霎時間旁邊的人都消失了，只剩她和加萊，一個女聲傳入腦中——

【系統自動分配兩位為情侶身分，請以結婚為目標，努力破關。】

哎哎哎？

隨著系統的說話聲，純白的空間一一鋪展開來，一句話結束，米凡就身處在一個粉色夢幻的甜品店裡。幸好加萊還在她身邊，她迷茫的四處張望一圈，望向加萊，表情凌亂，「情侶，結婚？」

加萊輕咳一聲，他年少時只玩競技類的，多少年了從沒點過生活類的選項。不過還好他們面前出現了一個控制臺，上面有兩人的第一個任務。

【相互交換從未告人的一個秘密，提升情侶親密。】

這個面板好討厭，高度只適合加萊。米凡踮腳看了一眼，迷糊道：「啊？不會是認真的吧？」

加萊在旁邊纏著小花的秋千上坐下，面前的小桌上瞬間出現了一杯棕色甜飲。

「如果不完成任務的話，會一直在遊戲裡待到時間結束。不過，遊戲裡的時間流速和外面不一樣，比例大概是四十比一，在現實世界裡，兩個時刻後才會自動結束。也就是說——」

「也就是說，如果我們不按任務安排來，會在遊戲裡待上八十個時刻？」米凡接口道。八十個時刻也就是八十個小時，將近四天？

米凡微張嘴愣了一會兒，坐在了加萊對面；加萊垂著眼端起小茶盞喝了口飲品，十分淡定從容。

不過米凡莫名覺得他的內心很糾結。為了讓她可憐的主人不那麼尷尬，她決定犧牲自己先說她的。

「其實——」米凡絞了絞手指，說。

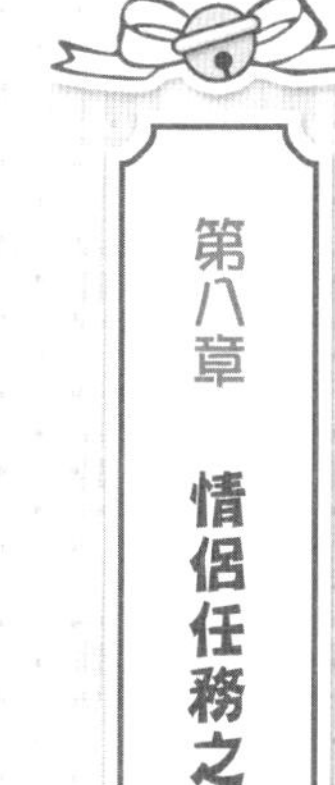

第八章 情侶任務之小秘密

That's not easy to be moe animal.

加萊垂著眼，巋然不動。

「其實，我……」雖然是在遊戲裡，米凡還是壓低了聲音，「我高中的時候，把一個男生送我的巧克力偷偷的放到另一個女生的抽屜裡了，因為她一直很喜歡那個男生。結果她以為那個男生也喜歡她，所以就去告白了，然後，哭著回教室了。」

加萊臉一抽，沉默的看了她一眼。

米凡到現在說起來都還很心虛，「她一直不知道巧克力是我放的，我也一直不敢向她道歉。後來想想，我幹的是什麼蠢事啊……」

於是加萊點了一下頭，表示對她最後一句話的贊同。

「那你的秘密呢？」

加萊想了一下，低聲說：「我的嗎？從來沒有人知道的是，我十二歲的時候，曾經差一點就能殺死我的父親。」

咦！米凡捂住嘴震驚的看著他。

加萊衝她微微一笑，「想聽聽過程嗎？」

他這一笑，米凡就跟著起了一胳膊雞皮疙瘩，雖然好奇心慫恿著她問一問，不過她還是說：「不用了，遊戲不是只要求說一個秘密嗎？我們還是進行下一關吧！」

看向遊戲面板，上面已經無聲無息的出現了一個新任務。

【雙方合作，兩人三腳達到目的地點，提升配合度。】

加萊食指從面板上一劃，挑出來了一條繩子。

米凡還在暗暗琢磨著加萊和他父親的關係，瞟到那條繩子，咦了一聲：「用這個綁腳嗎？」還以為會有更高級的辦法呢！

加萊站起來，手裡拿著繩子看向她，米凡便自覺的走到了他旁邊。

他彎下腰將兩人的腿綁在了一起，然後看了一眼地圖，紅色的小點標示著目的地。

「準備好了嗎？走吧。」

米凡以前也是參加過這種活動的，但她沒料到和加萊一起做有這麼困難。因為兩人個子和腿長差距都太大，而加萊又從未試過和人配合腳步，所以走了兩步，米凡就哎喲一聲被加萊帶歪了。

加萊長臂一撈，把她抓住了。

「注意點。」他說，就好像她沒上心一樣。

米凡鼓起臉頰，嘀咕道：「是你步子邁得太大啦，我跟不上。」

「……」加萊沉默了一下，再前進時，果然邁步小了點。

不過，沒走多遠，兩人的節奏有了不同，兩人的腿一扯，伴隨著米凡的啊啊聲，他們同時往地上倒去。

「啊！」最後一聲十分慘烈，米凡一面臉壓在地上，另一面被加萊高大沉重的身軀壓得變了形。

加萊一手撐地，迅速起身，米凡捂著臉被他拖了起來。

「我們還是喊口號吧，一邁綁中間的腿，二邁兩邊的。」

加萊頭疼的揉了一下額角，「那就這樣做吧。」

跌跌撞撞到達目的地的那幢紅色磚房時，米凡統計跌倒四次，被加萊壓在下面兩次，看著加萊趴倒一次。總之她是摔得最多的那個。加萊說到了的時候，她簡直淚流滿面。

加萊單膝跪下，將繩子解開，被繩子撩起的裙子下露出了一點紅色的勒痕，而加萊自己則完全沒有感覺到。

「疼嗎？」加萊指尖輕輕碰了一下，問道。

「啊，沒有。」米凡收回觀察那磚房的視線，搖了搖頭，「沒什麼感覺。我們要進去嗎？」她指向那棟磚房。

「嗯。」加萊牽起米飯的手，向屋子走去。

他溫熱的大手有力的握住她時，米凡怔了一下，被他用力拉了一下才回過神，趕緊跟上。

大門一推就開，房間中奇異的充滿了溫暖明媚的陽光，一個白髮的老婆婆坐在陽光中的籐椅上，笑咪咪的看著走進來的兩人。

【請接下琳娜婆婆的任務。】

「啊，這不是我親愛的孩子加萊嗎？這麼久不見，你已經長這麼大了。」

「好久不見，琳娜婆婆。」加萊一句話說得沒甚感情。

米凡咬了一下指甲，這個婆婆看起來真慈祥，也完全和真人沒有區別哎。

「過來，孩子，你的母親知道你回來一定會很開心，你現在應該去後山上獵一隻普路艾獸作為送你母親的禮物，這樣她才會樂於接納你的女朋友。」

喂，終於提到她了，可是要不要連個眼神都不給她啊？同樣是遊戲者，這麼忽視另一個真的好嗎？而且送她一隻普路艾獸就能接受她算什麼邏輯啊？身為母親，一隻野獸就能賄賂到她了嗎？

不過，老婆婆根本沒有接收到她內心快要噴湧出來的吐槽。加萊向老婆婆告別，然後牽著米凡的手去了後山。

「一會兒妳躲好就行了。」加萊無比熟練的從面板中抽出了一柄光劍，銳利的視線在山上的怪石和老樹間搜尋。

「那裡有隻怪獸！」米凡忽然指著遠處一隻移動中的動物激動的低聲說。

「快躲好。」加萊握緊劍，腳下踩風直迎上前！

哦哦哦！米凡立刻躲在了旁邊的一塊大石後，隨著加萊與她的距離拉大，她的面前也出現了一塊遊戲面板。米凡朝上面一看，便見右上角紅色光點一閃一閃的。

那是什麼？米凡微抬身想看清楚，身後忽然颳來一陣冷風。

米凡背脊一繃，猛地往旁邊滾去，就在她原來的位置，撲上了一直長著長長獠牙的猛獸，牠轉頭看向米凡，齜牙從喉中發出低低的吼叫。

這不是生活類遊戲嗎喂！沒說還會有野獸偷襲啊！

米凡學著加萊一揮手，在面板的位置一劃而過，摸到了一個木頭把柄，抽出來一看——尼瑪是把斧頭啊！不美型就算了，為啥不給她一個長柄的武器？！

加萊匆匆解決了那隻普路艾獸，趕到米凡身邊時，米凡正好一斧頭砍進了那隻野獸柔軟的腹部，散發著腥味的鮮血頓時濺了她一臉。

米凡正血脈沸騰著，第一次砍怪就這麼成功，是不是說明她在這方面還是很有天賦的！

她握著滴答著鮮血的斧頭，興奮的看向加萊，「我砍死牠了！」

加萊嘴角一抽，他發現米飯新的一面了，還是挺有獸性的嘛。不過，要不是遊戲為了平衡，會把弱者體力值提升百分之五十，她未必能打死這隻野獸。

還是讓她開心一會兒吧。加萊默默的掏出一張帕子，「過來，我幫妳擦擦臉。」

米凡走過去，仰著頭讓加萊在她臉上使勁揉搓。

「我們是不是還要回去琳娜婆婆那裡？」

「嗯。」

拖著普路艾獸的屍體回去，白髮老婆婆又接連發布三個任務給他們倆，東奔西跑做完後，再回那棟紅色的小磚屋，終於不見老婆婆了，取而代之的是一名挽著髮髻的優雅的夫人。

應該就是加萊的「母親」了。米凡想。

這位夫人先給了加萊一個熱情洋溢的擁抱，然後歡喜的看著他說：「我的兒子長大了，在外遊歷磨礪了你，使你成為了真正的男子漢。不過，這位小姐是……」

終於捨得看她一眼了！米凡衝她露出一個樸實憨厚的微笑。

「這是我的女朋友。」

聽見加萊的聲音，米凡心裡一驚，不由自主的摸了摸耳朵。

聽他這麼說有點奇怪，可意外的不反感呢！嗯，一定是虛榮心在作祟。

「我們來請求母親的祝福。」說出那句話時，加萊也彆扭的停頓了一瞬，說完後，他下意識的看了一眼米凡。她也正看著他，臉蛋微紅，傻乎乎的衝他笑了一下。

夫人誇張的捧臉叫了一聲：「天吶，孩子你難道忘了你的未婚妻了嗎？那個從小就和你訂下親的女孩。這個小丫頭有什麼好的，你看她那麼矮，胸那麼平，一點也沒有女人該有的味道，孩子你為什麼會看上她？」

米凡臉一僵，用力的抓了一下加萊的衣角。

加萊嘴角洩漏出一絲笑意，注視著夫人，卻不動聲色摸了一把米凡的頭，「我不會放棄她的。」

「唉……」夫人哀怨的一嘆，「孩子長大就不聽話了。好吧，只要你們能正確回答我的問題，我就答應你們。」

米凡忽然覺得最後這一關應該不大好過！

「你——」夫人指著米凡問加萊道：「你能報出她的三圍嗎？」

什麼呀！米凡默默的雙手捂住臉，在手心後做了個無聲吶喊的表情。她不想看加萊這時的表情，一點也不想！然後，米凡從指間偷偷瞄了加萊一眼。

只見他表情淡定無比，眼也不眨的報出了三個數字：「81，59，82。」

——說、說出來了！

不過，因為她並不知道自己的三圍，所以不曉得加萊說的是不是正確的數字。但看那位夫人並沒有質疑，而是把視線轉向了她。難道說準了？

加萊輕輕吐出了一口氣。老闆娘為米飯做衣服時曾估量了她的尺寸，看起來應該挺準的。

這下緊張的人輪到米凡了，她眼睛眨也不眨的看著夫人。

「那麼，小丫頭，妳知道我兒子的小名嗎？」

咦，她以為問她的問題會比較重口呢！這個問題雖然純潔無比，可她確實不知道啊！

「呃……」她看向加萊，他面無表情的回望。

「是……小萊萊？」

「嗶！」一聲刺耳的厲響。

【妳還有兩次機會。】

「那就是，嗯，寶寶？」

「嗶嗶！」

「好吧……」她無辜的又望了加萊一眼，他沒有給出一點提示，那她就亂說了：「也許是嘟嘟？」說完她自個兒就樂了，等著系統再次發出提示錯誤的噪音。

結果！夫人竟然捧臉一臉夢幻的說：「啊～太好了，你們兩個果然對對方有足夠深入的了解，我同意你們的婚事！」

啊？什麼？過了？她說對了？

米凡立刻去看加萊的臉色。果然，他的臉黑黑的，撇開了臉。

「噗。」她一不小心就笑出了聲。

小嘟嘟？米凡捂著嘴咯咯的樂個不停。

加萊尷尬的低叱道：「別笑了。」

米凡仍合不攏嘴，問他：「主人，你小時候大家都是這樣叫你的嗎？」

「……只有我母親，她去世後就沒人這麼叫我了。」

「啊！」米凡的聲音猛然變小，「對不起，我不笑了。」

加萊搖了搖頭，看她一下變得嚴肅的臉，反倒覺得不該這麼說了。

「我小的時候她就去世了，這個小名還是管家告訴我的，他說因為我小時候很能吃，又肥又胖，像個肉球，所以才這麼叫我。」

「看不出來啊。」米凡覺得他的描述很有趣，又微微展露了笑顏。

夫人拍了拍手，「好了，看過來，讓我們開始婚禮吧。」

「遊戲結束了。」加萊對米凡說。

音樂聲響起，夫人的身影消失，而布置樸實的房間消失，變成了鮮花和白紗裝飾的廳堂。

手裡忽然多了束花束，米凡低頭一看，自己身上竟然不知什麼時候穿上了一身白色婚紗。

「不會還有洞房吧……」米凡疑慮的嘀咕道。

「不會，交換完戒指我們就能出去了。」加萊平靜的說。他穿著白色的西裝，朝她攤開手。

竟然被聽到了。米凡臉一紅，拿起加萊手心的那顆戒指戴在無名指上。

周圍的景象飛速向後扯去，米凡猛地睜開眼，一片漆黑。

「哎哎，加萊？」為什麼看不到東西了？

這時眼前一亮，加萊從她臉上摘下墨鏡，無語的看著她。

米凡摸了摸鼻子，自己正好好的坐在椅子上。遊戲真的結束了。

大略一算，他們大概在遊戲裡度過了五、六個小時，她看了看左右，還有二十多個人待在遊戲裡沒有出來。

接下來，米凡又玩了幾個不那麼刺激的遊戲，過了兩個小時，她就覺得累了。在那個虛擬遊戲中，雖然肉體是坐在椅子上，但是在精神世界中折騰來折騰去的，出來後就有點疲憊了。於是她和加萊商量，打算回家了。

坐在克蘭克家的駕駛員開來的小型飛行器上，米凡忍不住打了個哈欠，手插在帽衫口袋裡，往後面靠了靠。手指忽然碰到了個硬硬的東西，米凡拿起來一看，不禁驚異的出聲：「這個不是遊戲裡的戒指嗎？」

加萊在她旁邊，斜眼一看，然後伸手在他的上衣中也拿出了一枚戒指。

「是遊戲中贈送的獎品吧。」加萊看了看，再用指尖捏了捏。

「唔……」米凡開心的笑了一下，把戒指珍惜的收了起來。

看到她的動作，加萊也不吭不響的把戒指放回了衣袋中。

飛行器行駛得很平穩，米凡不知不覺間就沉沉的睡了過去，腦袋一歪一點的，慢慢往加萊的肩頭靠去。加萊把她的腦袋撥了撥，讓她靠得更舒服一點。

喬站在他二樓房間的窗前，撩起窗簾看著樓下飛行器穩穩落地，他的哥哥抱著那隻小寵物穿過花園，向這邊走來。米飯的身上穿著哥哥的舊衣，縮在哥哥懷裡被帽子擋得看不見臉。

喬輕嘆了一聲，「一定玩得很開心吧，真好呀——」

然後，他緩緩綻開了一個愉快、欣慰的微笑。

***　　***　　***

米凡大睡一場，直到被餓醒。

加萊又不見了。不過他留了言，告訴她房間內網路的口令。

加萊主人真是越來越貼心了。米凡笑嘻嘻的想。

接下來幾天加萊雖然依舊忙，不過米凡沒有問他在忙碌些什麼。加萊每天回來的時候，都會替她帶點小玩意兒或者小點心，讓米凡很是開心；而喬也不大來找她的事了，一般只在三個人一起用早晚餐的時候能碰見他。

家中的僕人對她和主人同食同睡的超高待遇沒有異議，偶爾相遇，也只不過用閃亮亮的眼神好奇的打探她，大膽點的可能趁沒人之際用爪子摸一下她的腦袋。

總之，米凡覺得自己的米蟲日子過得很不錯。物質上極大的滿足，而加萊和她之間也越加融洽隨意了。

然而，轉變發生在這天晚上。加萊比往日回家晚了一個小時。

不知道又在忙什麼，好辛苦，米凡同情著加萊。最近飲食規律，現在她已經很餓了，米凡想了想，偷偷的在樓梯轉角向下望，喬孤零零的坐在餐桌邊等著加萊。

如果他不在下面的話，她很想下去先吃點東西。

這時，好像察覺到她在偷窺一般，喬忽然抬起頭，向米凡看去，「站在那裡做什麼？下來吧，先吃點麵包墊墊肚子。」

米凡摸了摸肚子，猶猶豫豫的走了下來。喬笑著遞給她一杯熱飲，說：「如果有事的話，哥哥應該通知妳不要等他才對。妳可以跟哥哥提一下的。」

米凡小小抿了一口。她現在仍堅持不在喬的面前開口，任他說什麼都不回答。不過喬對她一直是這樣平等又關懷的態度，米凡就算一直覺得他有陰謀，但還是逐漸改變了對他的一些感觀。一直很溫柔的人，即便對其心懷戒備，也會在不知不覺間就放鬆了。

喬又挑了些不輕不重的話題，輕鬆和緩的對米凡閒說了起來。米凡雖然不答話，但也忍不住傾聽著。氣氛和諧，喬說著一些瑣事，講起了加萊以前被女生追求，結果喬被一些不了解情況的女生要求幫忙遞情書給加萊的事。

米凡正聽得酸不溜丟的，喬敲了敲桌子，說：「哥哥一直沒有正式的交往對象，估計他的眼光可是很高的，他最近見的那位小姐壓力應該挺大的。」

哎？米凡一愣。

看到米凡的表情喬便知道了，笑道：「妳平常都不問哥哥的事，所以妳應該也不知道。族裡決定了一位合適的聯姻對象，作為未來要接替父親地位的繼承者，哥哥最近就在和那位小姐交往中。」

什、什麼呀……米凡想說她聽不懂，可他一字一句說得這麼清楚，一字不漏的進入她耳中。

——加萊，有交往對象了？

米凡努力回想著是否有在加萊身上發現什麼徵兆，但是沒有，加萊並沒有因為有了交往對象而有不同的表現。她的臉上不禁露出了一絲迷路般的茫然。

加萊已經有了女朋友，還是聯姻性質的，那麼不出意外的話，他很快就會結婚。加萊身邊就會多出一個永遠的伴侶，而她，多了一個女主人？

並不是這麼簡單的事，米凡想到有了新女主人後的生活，心情就如同忽然多了個後媽的小孩子。她能夠腦補出一籮筐被刁難挑剔的故事，然後在加萊娶了媳婦、忘了寵物之後，她的生活就變得更加淒慘。可是，這不是早晚要面對的事情嗎？如果她一直待在加萊身邊，早晚要看著他走上結婚生子這條世俗老路。

米凡苦笑了一下。是啊，她為什麼沒有早點想到？聽到這個消息還這麼吃驚。

喬看了看她，似乎也是發現了她的神情變化，關心的問道：「妳好像不太開心？也是，突然知道這件事會很難接受吧。」

見米凡埋頭不吭聲，他傾身，眼神中滿是關懷，「等哥哥回來，妳和他交流一下，有心結的話，說開了就好了。」

米凡悶悶的點了一下頭。喬微笑，摸了摸她的耳朵，「多好啊，妳還有機會，我卻是連想和哥哥坐下來好好的談談，哥哥都不願答應。」

他說的沒錯，是應該好好談一談。如果加萊願意和喬坦誠談一下的話，或許兩人之間的隔閡能解開不少也不一定。

米凡忽然心一驚。剛才她似乎點頭了？對喬的話做出了反應？

她小心翼翼的抬頭，卻見喬並沒有特別的神情。

……也是。

米凡忽然想開了，喬肯定已經知道她是能夠說話的，不然不會從一開始就一直像普通人一樣對待她。加萊也說過，喬一直關注著他，甚至連她的秘密都透過不知道是什麼途徑了解到，付諸的精力一定很多。

喬對加萊這麼執著，只是因為與他不和嗎？

「大少爺，您回來了。」管家先生說道。

米凡和喬同時抬起頭。加萊則是面無表情，看起來兩人同時看過來讓他有些不知所以。

「哥哥，今天又和那位小姐見面了嗎？」

「我的行蹤你知道的倒是清楚。」加萊冷冷回道，拉開椅子坐到米凡身邊，似是不經心的看了她一眼。

米凡低著腦袋，等著加萊說一說他的那位小姐，可加萊卻吃起了東西。米凡嗅了嗅，明明和往常一樣的氣味，她卻覺得隱隱約約聞到了女性香水的味道。她忍不住撇頭看了看加萊的側眼。

全程關注著加萊的喬垂下睫毛，掩住了眼睛中的興致盎然。

要……問一問他嗎？現在？喬的建議猶在耳旁。

加萊不喜歡面對著喬，用過飯就回了房。米凡踟躕了一下，揪著衣角問道：「主人，今天你去見的那位小姐是你的女朋友嗎？」

「什麼？」加萊漫不經心的回問道，「什麼女朋友？哦，妳說的是她。」

米凡瞪大眼，屏住了呼吸。

「女朋友……」加萊唸著這個詞，有些不自然，「不算是吧。」他撇撇嘴，冷笑一聲，「差不多應該算是未婚妻了。」

在他否認的時候，米凡沒覺得輕鬆，果然有了接下來的這句話。米凡反而沒有太吃驚。她慢吞吞哦了一聲，「那，該恭喜主人了。」

「有什麼可恭喜的？」加萊搖搖頭。

那位家族中一致推選出的他妻子的人選，是加萊母親母族中的一個女孩，聽聞和他畢業於同一所學校，成績優異。見面後，他對這位小姐的感觀倒也不錯，她是個很有精神、個性灑脫的女孩，並且巧的是，竟然還是他同系的學妹。

他欣賞她，但也僅僅如此，對她的欣賞還不足以讓他願意娶她為妻。不過像他這樣的人，又有幾個是為感情而結婚的？就如同安麗爾，她同樣也是家中安排的聯姻，她並沒有什麼抵觸便接受了。

對他們而言，愛情並不是生活的必需品，不是嗎？

這幾天他和那位小姐按部就班的約會見面，即使兩人的婚姻已經十有八九了，但結婚前該有的步驟仍然是不能少的。可是兩人約會時談論的話題卻不怎麼符合傳統。今天他們談論了整整兩個時刻的應對浮石區埋伏的最有效的戰艦陣法，意猶未盡，並且約好下次好好對戰一次。

兩人對對方的印象都不錯，雙方的家族也對這門婚姻抱著不小的希望，所以對加萊來說，她差不多已經算是他的未婚妻了。而這樣順其自然的事情，也算不上什麼喜事。

米凡等了一會兒，沒聽到下文，她便明白加萊沒想對她多說，她心不在焉的坐下來，望著絲毫沒注意到她情緒的加萊。如果只是處在寵物的位置上，她應該再問問別的問題，比如她未來的女主人是什麼樣的性格，又是否好相處。可米凡沒有心思去理會這些。加萊真的要結婚了啊！

她似乎太天真了，總以為能跟在加萊身邊一輩子都不變，卻從來沒想過，怎麼可能沒有改變？難道，是她潛意識裡就覺得她和加萊可以一起度過全部的歲月而不需要別人插入嗎？

可是，她為什麼會這麼想？對加萊而言，她，不就只是加萊養的一隻寵物而已嗎？除了她自己，別人也都是用同樣的眼光在看她的——一隻可愛柔弱的、沒有絲毫威脅性的低等生物。

她有什麼理由插手加萊的人生，對他理所當然的婚姻表示不快？

她只是他的寵物而已，僅此而已。

次日，加萊照舊早早離開，這次米凡知道他出去後會見誰、會做什麼事了。

米凡失魂落魄的走下樓梯，踩空了一階差點摔下去。

「小心點！」喬連忙站起來。

「沒事……」米凡低聲說。

喬舒展了眉，笑著說：「今天我有些事也要出去，米飯要是有事就去找菲若吧。」他拍了拍走下來的米飯，戴上帽子走了出去。

勉強吃了一點東西，米凡就吃不下了。

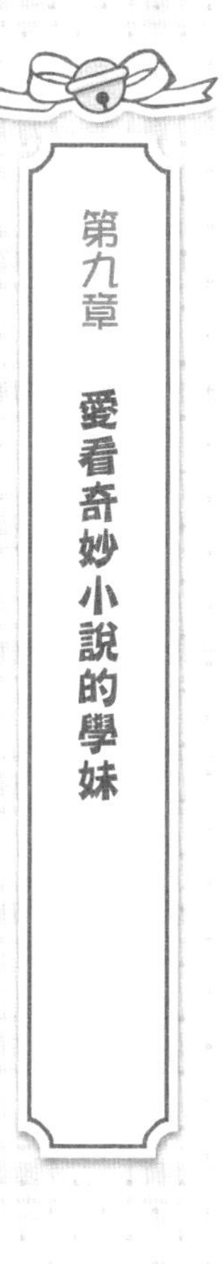

第九章 愛看奇妙小說的學妹

孤單的坐在長桌前，米凡垂頭喪氣坐了一會兒，杯子中的牛奶已經涼得沒有熱氣了。米凡拖著沉重的腳步，準備找個安靜的地方仔細剖析一下內心。

菲若圍著粉色的圍裙蹬蹬蹬迎了上來，「小米飯，別走，姐姐還有好吃的飯後點心留給妳哦～」

米凡：「……」

正想說不用了，米凡心裡一咯登。剛才心思不寧的，她好像對喬開口說話了？

忐忑的回憶了一下，米凡確定自己真的說出了口。

……算了，喬反正早就知道了。

米凡幽幽的嘆了口氣，她實在不聰明。但是，即使她總會嫌棄自己不夠聰敏，可到了這時，卻不會分不清埋藏在內心的感情。

That's not easy to be moe animal.

那大概是嫉妒，嫉妒站在他身邊的不能是她。

她是喜歡加萊吧。米凡想。

仔細想想，似乎的確是喜歡。並不奇怪，確定這一點時，米凡都覺得這太理所當然了。很難不喜歡上他吧？

米凡慢慢的彎下腰，蹲在地上，尾巴耷拉在地上，她稍微側眼就能看到，意念稍動，尾巴尖就順著她的指揮在地上掃了掃。

不能讓加萊知道，如果他知道她對他的感情已經不限於主寵關係，可能會嘲笑她，更有可能的是，從此嫌惡她，不再願意留她在身邊。

在加萊眼裡，她始終是他養的一隻寵物，始終沒有改變過。試想，如果她養的狗狗有一天將她當作同類追求——即使平時再愛牠，自己也會覺得噁心的，不是嗎？

絕不能讓加萊知道！

米凡默默抱緊了膝蓋。加萊身分高貴，婚姻對象也是兩個家族共同決定的門當戶對，就算她不將自己當作什麼寵物，也配不上他的……

昨天米飯好像有話要說。加萊一絲不苟的坐在會議桌前，思緒卻跑到了昨晚。有什麼事嗎？難道是他不在家時，她和喬相處時發生了什麼？

他有些大意了，畢竟喬對米飯過於關注令人生疑，他外出時米飯單獨在家，令人不大放心。

加萊搖了一下頭，在議會結束的時候收回了亂想。

最近六座地下城市水位上漲，經過測量，預計二十年內將會全部淹沒。議會已經開始計畫將這六座城市整體遷移，雖然仍在論證階段，作為後方支援的能源部也應提早準備。

不僅僅是這六座城市，地面環境的惡化也嚴重影響了運輸和交通，加之各地頻頻發生的暴亂，雖然很容易就能壓制下去，但還是讓整個國家管理系統繁忙了起來。

加萊頂著虛假的星空回到家時，只有管家還未入睡，立在大廳中迎接他。

他胡亂吃了點東西，便上了樓，房中是黑的，他想米飯應該已經睡著了。

推開門，他無聲無息的走進來。他聞到了熟悉的味道，米飯就在房間裡。在黑暗中他的視力仍然不錯，他看到她側著身睡在床上，雙手交疊枕在頭下，於是他輕輕走過去，彎下腰側頭看著她半埋在頭髮中的臉龐。

睡得很香啊！加萊露出一絲微微的笑意，看了一會兒後，伸出手指，捏住她的鼻子。

米凡睡得並不沉，迷迷糊糊中，醒著時的那些思緒都化作了實體的文字在她腦中飛來飛去。忽然一陣窒息，米凡一邊張開嘴大口喘著氣，一邊睜開了眼。

「主人……」她含糊的嘟囔著，揉揉眼睛，撥開加萊的手，「你回來了啊……」

「嗯。」加萊輕聲應著，一邊坐到床邊。

米凡清醒了一些，看了看時間——已經是半夜。

這麼晚了……米凡心中說著，向加萊看了一眼。約會到這麼晚嗎？他看起來心情不錯，和那個小姐相處得愉快吧。那位小姐一定是很優秀的人，很少有人能讓加萊開心起來的。

加萊發現米凡臉上又露出了那種心思重重的表情，遂問：「妳是不是有事情想對我說？」

米凡心中忽然一下慌亂起來，當她辨明自己的感情後，就覺得其他人能輕易看穿她的心思。加萊忽然這樣一問，米凡便心慌的覺得是加萊看穿了她對他的感情了，她連連搖頭，「沒有，沒有啊。」

加萊篤定的目光讓她有些慌，他眉毛微微皺了起來，眼神是不贊同的。他每個細微的動作都讓她更加緊張。

「如果是關於喬的，妳沒必要瞞著。」

……啊？米凡愣了一會兒，怎麼扯到喬的身上了？

她仔細揣測了一下，遲疑道：「我不知道喬有做了什麼事啊？」

「真的嗎？」加萊捏住她的下巴，抬起她的臉仔細審視著。

米凡臉上是實實在在的迷茫。

確定米凡說的的確是實話，而並不是被喬威脅的違心之語，加萊略放下心。

「妳現在和喬相處的時間越來越多了。」

「有嗎？」米凡回想一下，發現確實如加萊所說。不知不覺間，她能待在喬身邊而不會覺得渾身彆扭了，因為始終沒感覺到他身上有威脅。

雖然確定了喬並沒有做什麼，但加萊對他的警惕心仍沒變弱，他嚴肅的要米凡離喬遠點。

米凡驚愕之外，還是很認真的答應了。

***　***　***

三天後，加萊在議會前的餐廳中用餐，面色冷淡的將叉子既準且狠的插進了一塊牛排中。那手法讓剛走進餐廳的哲羅姆忽然打了個寒顫。

「喲，這麼巧。」

加萊掀起眼皮，看到來人後，嘴角微妙的一耷，矜持點頭，「叔父。」

哲羅姆坐到加萊面前。從外表上看，他雖然和加萊的年紀相當，但其實是和加萊父親同年生的。克蘭克同族之間的血緣關係複雜，論起來，這位叔父和加萊中間隔得挺遠的。但加萊經常見到他，這位叔父處事圓滑，在族中的地位並不低。

哲羅姆先是誇張的左右張望一圈，說：「這裡的光線也太暗了，不像吃飯的地方，倒像賭場。」

「在這裡用餐的都是從對面來的，他們不都是賭徒嗎？」

「唔……」哲羅姆捂著嘴嗯了一聲，湊上前八卦道：「你和那妞兒交往得怎麼樣了？」

哲羅姆的語氣有些輕浮，但加萊早已經習慣了他表現出的不正經。瞟了他一眼，加萊語調平平的說：「還好。」

一個男僕走來，躬身問哲羅姆有什麼需要，哲羅姆擺擺手，卻要了副餐具，從加萊餐盤中叉走了一隻起司酥蝦。

……加萊頓了一下，把刀叉放了下來。

哲羅姆毫無不好意思的樣子，嚼了兩下點點頭說：「味道還算可以……嗯，你怎麼不吃了？哦，吃飽了？那左右無事，講講你跟那妞的事吧，你們倆發展到什麼地步了？」

「您急什麼。」加萊不耐煩應付他的打探，推開椅子站起來，不留情面的說：「我還有事，請恕我先走了。」

哲羅姆笑咪咪的揮了揮手。待加萊的身影消失，他才自語道：「脾氣可真不好啊，以後可怎麼相處呢……」

加萊心中不悅，哲羅姆不會無緣無故來找他，無非就是想知道聯姻一事如何了。克蘭克家族因為他父親被捕而遭受了不少的打擊，急需要和蒂莫西家族聯姻來緩和現在的這種局面。雖然這一連串的打擊為家族帶來不少麻煩，但是對加萊而言，父親還是一直被關起來比較好。

既然被提醒了，加萊便約了那位未婚妻小姐，兩人到預約好的練習室中大打了一場。加萊雖然畢業之後沒有進入軍隊，但有伊凡夫拖著，也沒有將在學校中學到的技能生疏了。

不過三局，她就從系統中退了出來。

「不愧是連續三年在模擬戰中名列第一的傳說人物！」額頭帶汗的她很興奮的說：「學長果然很厲害！」

加萊淡淡的笑，「我失誤了不少。」

「啊！我以為是你在讓著我。不過學長也有失誤啊，為什麼呢？」

加萊沉默不語。她摸了摸下巴，八卦道：「學長為情所困吶？」

他皺了一下眉頭，想否認。可是她已經興致勃勃調侃開了：「學長你是個男子漢呀！既然喜歡人家就要有擔當，勇敢的去追求吧！你要給她幸福！雖然我沒談過戀愛，但是理論知識是很豐富的，並且在同性戀愛和跨種族戀愛這些非主流領域中格外有經驗！這樣吧，學長，回頭我傳幾部小說給你，戀愛的種類也是有很多種的，你看他們都能跨越世俗的重重障礙和長著觸角的戀人在一起，學長你就能燃起信心了！」

加萊默默的抽了一下嘴角，沒吱聲。所以她的理論知識都是從亂七八糟的小說裡看來的吧？

女孩感嘆了一聲，「不過，原來學長這麼優秀的人，也有追不上的人啊！」

他看了她一眼，忽然一笑，「妳不也拒絕我了嗎？」

她一下子尷尬起來，「我是獨身主義者，所以不想結婚，可不是因為學長你不夠好啊！」

她和加萊一樣，對對方都有好感，卻也只限於此。而且她更是對男人沒有什麼興趣。

看她不自在的樣子，加萊笑了一下，然後又嘆了一聲，「妳是什麼想法，難道重要嗎？」

女孩的情緒低落下來，「可學長你有喜歡的人了，我不能和你結婚。」

「……妳想太多了。」加萊不得不出言否認，「我沒有喜歡的人。放心好了，我們結婚只是個形式，只是讓兩邊放心聯手的一份合約而已。」

雖然明確否認了關於她猜想的他的感情問題，可晚上加萊檢查郵件的時候，還是發現了幾十部分類齊全的小說。加萊點開，臉上的表情從震驚到窘然，最後才恢復成淡定。

因為不知名的心虛，標著人獸的那個檔案他選擇性的無視了，寫著冰戀、慕殘的那幾個看起來都很詭異，他也理智的沒有點開，最後加萊選了寫著耽美的那個檔案點了進去——這個詞看起來還比較正常。

然後他看到了一個明晃晃的標題。

《強攻強受，學院虐戀（加萊．克蘭克╳伊凡夫．布里奇）》

他沉默了一會兒，把這篇文回傳給學妹。

果然是不可靠的。他無言的關掉了郵件。

房間中很靜，他在床上閉眼躺了一會兒，忽然靜靜的睜開了眼睛。

黑暗中亮起了幽幽的藍光，加萊打開了郵箱，手指在半空中遲疑了一會兒，點開了學妹寄來的一個名字看起來還算正常的檔案……

「牠尖利的指甲縮回爪子中，厚實的肉墊搭在她身上。而她急促的喘著，淚眼盈盈的注視著牠，主動抱著牠毛茸茸的脖子、將牠的頭按在她豐滿的胸部上。牠從喉中發出低沉的咕嚕聲，有力的尾巴捲在她的小腿上，將她的腿高高抬起……」

不僅是人獸，這還是一篇高H的肉文。

加萊耳根泛紅，做壞事一般朝門口的方向看了一眼，沒人。他匆匆的把下面的情節流覽了一遍，說好的經過抗爭兩個不可能在一起的情侶終於突破世俗的故事呢？全篇除了肉，還有別的情節嗎？

所以，學妹，妳就寄這種小說給妳尊敬的學長嗎？

正在這時，一封新郵件的提示出來了。

「嗷嗷嗷嗷學長！我錯了！我絕對沒有意淫你和伊凡夫學長！那篇文是別人塞給我的，我看都沒看！看在我提供給你那麼多有指導性的小說的分上，原諒我吧學長！」

他猜她的確是發錯了。可是，他剛看的那篇肉文也算有指導性嗎？

「啊是這篇人獸文呀！學長不覺得這篇肉得很有創意嗎？學長可以從中學習找找靈感，在床上拿下你那位心上人也是個不錯的主意，讓她再也離不開你的肉體！」

「……」加萊手指顫抖了一會兒，因為實在不知道要回她什麼，索性直接關掉了頁面。

他對她的第一印象實在錯太多了。想當初，他只是覺得這學妹大方開朗又熱情……之類的。

和她比起來，加萊忽然覺得自己甚至可以說很保守了。

雖然之前他和米飯……有些過於親密的接觸……但是起碼米飯沒有觸手也沒有鱗甲，不僅是人形的，長相也稱得上甜美。

加萊莫名感覺到了安慰。可是閉上眼的時候，那篇肉文的情景彷彿在腦海中復原了。他彷彿看到一隻健壯的野獸，長著凸出的獠牙和尖利的指甲，將一個半裸的豐滿少女壓在身下，用靈活但有力的尾巴捲起她的腿。

他忽然想起布林見到米飯的時候，就用尾巴纏上了她的小腿。

——如果下次他再看到布林這麼做，一定把他拎走！

被喬嘲笑假正經的加萊，在度過若無其事的一天後，還是忍不住躲起來把那篇人獸文掃了一遍。

原來人獸也分這麼多類型，加萊翻了一下，大都極重口味，很多都是女主角視角，難道現在的女生流行這種嗜好嗎？

有一篇的設定令加萊格外注意，男主角是個有獸性特徵的半獸，是一個奴隸，而女主角是個單純的貴族小姐，有一天她的父親將這隻半獸給了她，故事就這樣開始了……

很有既視感的設定讓加萊懷著對這篇故事結局的好奇看了下去，最後的結局是兩人排除重重萬難，到了宇宙盡頭一顆荒涼的星球，再也沒有分開。結局就像寫童話一樣……不過女主角還是因為半獸男主角勇猛的床上能力愛上他的。

加萊哂笑了一下，然後關掉這份檔案。

＊＊＊　＊＊＊　＊＊＊

一架小型飛行器中，兩個並不算很熟識的男人並排而坐，望著前方的拘禁所。

哲羅姆無聊的敲著手下的操作板，噠噠聲十分有節奏，他時不時瞟上喬一眼，喬唇邊一直掛著笑，哲羅姆抖了抖。

他問道：「沒想到你對你父親倒是用心。」

喬謙遜的笑道：「畢竟是我的父親啊，自然不想看他在那裡面受苦。」

「真有孝心啊哈哈哈！」哲羅姆打著哈哈。

孝心？他在心裡嘖嘖了兩聲。鬼才信。

加萊阻撓莫納出獄，那些動作幾乎是放在明面上做的。似乎是一個信號，逼著其他人在他和莫納之間做出選擇，是支持他這個未來的族長，還是他的父親。

可莫納畢竟做了族長那麼多年，自然有他的中堅勢力在支持著。哲羅姆此行，就是來接莫納回去。不過他沒想到，喬在其中竟是出了一些力。

拘禁所中走出了一個男人，臉龐乾淨，衣著整齊，只是表情很臭，極臭，非常臭。

喬愉快的微笑，走下飛行器，迎向莫納。

米凡發現今天有些不大一樣。加萊竟然留在家中沒有出去，而喬卻不在。

加萊似乎在等著什麼，不說話，看起來很平靜，但眉間的微皺卻洩漏了他此時的煩厭。

然後，米凡便知道加萊在等什麼了，因為管家先生忽然說了句：「主人來了。」

加萊瞥他一眼，站起身面向門口。

米凡忽然跟著緊張起來，耳朵也豎了起來，聽見了紛雜的腳步聲正在靠近。

當眾多腳步聲來到門前時，管家先生推開了門。一片白光頓時投入了大廳內，令那些人的臉孔都晦暗不清。米凡有點怯，悄悄挪動腳步，躲到了加萊身後。

加萊看了一眼站在正中的男人，說道：「父親。」

「哼！」莫納毫不掩飾的狠狠哼了一聲，他對加萊做過的事情是很清楚的。

加萊只看了莫納一眼，便又將眼光轉向了人群中的喬。喬迎著他的視線，衝他微微一笑。兩人心中都瞬間閃過了許多念頭。喬看了看莫納的背影，又看了看躲在加萊身後只露出半個身子的米凡，笑容變得更加愉悅。

接下來，就有更好的戲看了。

加萊只待了片刻，便昂然甩下眾人上了樓，米凡連忙亦步亦趨的跟上。待進了房間，米凡小聲問道：「那就是你父親啊？」

加萊發出一聲輕嗤。

米凡倒是斷斷續續聽到過下人討論加萊和他父親的事情，所以加萊這麼一哼，她縮了一下脖子，不打算再問了。

好不容易適應了加萊，以後她又要面對那個看起來心情不好的男人。米凡一想就愁了起來。

而加萊似乎也想到了這一點，低頭對米凡說：「以後少出房間吧。」

「嗯。」米凡認同的點頭。

看她這麼乖巧就同意了，加萊張嘴想說什麼，但還是沒有說出口。

委屈她了。在博索萊伊時，他起碼還能經常陪著她，偶爾帶她出去；可回到諾特丹後，每天都早出晚歸，把米飯扔在家中，對她的照顧也少了很多。而父親回來後，他竟是要她連房門也不許出。

都這樣了，米飯還一點都不會不滿。

加萊心中泛起愧疚感，認真的思索著用什麼辦法補償米飯。

第二天米凡醒來時，床邊又是空空蕩蕩的。加萊又走了。

米凡揉揉眼睛，起身拉了拉領口，呆呆的坐著。

她忽然發現，她無法真正的融入加萊的生活，加萊每天去做什麼、經歷著什麼，她都一無所知。而加萊也並不需要她對他的了解。她的存在對加萊而言，似乎並沒有意義。米凡手撐著床沿坐在床邊，心情迅速低落到了谷底。

影子斜斜的投射在地上，清淡的男聲微含不解的問道：「不是讓妳接著睡嗎？」

哎？

沉浸在沮喪心情中的米凡猛地抬頭，發現加萊不知何時走了進來，右手提著一個袋子。她聞到裡面有清甜的味道，不禁一大半注意力都放在了那袋子裡。

加萊因為她那十分專注的眼神笑了笑，將袋子遞給她。

米凡小小的歡呼了一聲，裡面是她喜歡吃的小紅果。頓時剛剛的憂鬱全被她拋到腦後了。

米凡歡快的啃著一個個果子，嘴脣都被果子的汁水染紅了。加萊在旁邊看著，想起回來時碰到喬的場景。

加萊回來時一手拎著袋子，另一隻手解著外衣的釦子，而喬正好從樓上走下來，笑道：「哥哥難得回來這麼早，我還想要是哥哥仍抽不出空的話，米飯的小零嘴和一些日常用品都沒了，我又要讓菲若出去一趟了。」

加萊淡淡的斜瞥了他一眼，「多謝了，不用你費心。」

喬搖頭笑道：「哥哥顧慮不到的地方，我就應該幫到哥哥才是。」

加萊輕輕哼了一聲，與他擦肩而過，「我不想動你，別搞那麼多花花心思。」

他能想像得出，聽到他這句話後喬臉上那討厭的虛偽笑容。

「好吃。」米凡舔舔嘴角，心情因為美食的撫慰而愉快起來。

加萊笑著幫她擦了擦嘴角，「以後我會幫妳多買些。」

其實……米凡忽然想到：「我可以自己出去買嗎？」

總是待在房間中，一天又一天的不能出門，真的很難受。

加萊一怔，然後說：「外邊有禁制，妳自己不能出去。」

「哦。」米凡想起來確實有這回事，就算菲若他們想要出去也是要輸入什麼口令的，不過……

「要是我想出去呢？」她指了指自己。

「妳想自己出去？」

外面太危險，她不是很敢自己出門，可米凡還是想問清楚：「我不能自己出去嗎？」

加萊點頭，「妳要出去，我陪著妳才行。」

米凡糾結的看著他，其實她只是問問，提前預防萬一他父親看她不順眼，她好有個退路，畢竟加萊總是不在。得到加萊這個回答，米凡更加深刻感受到了自由受限。

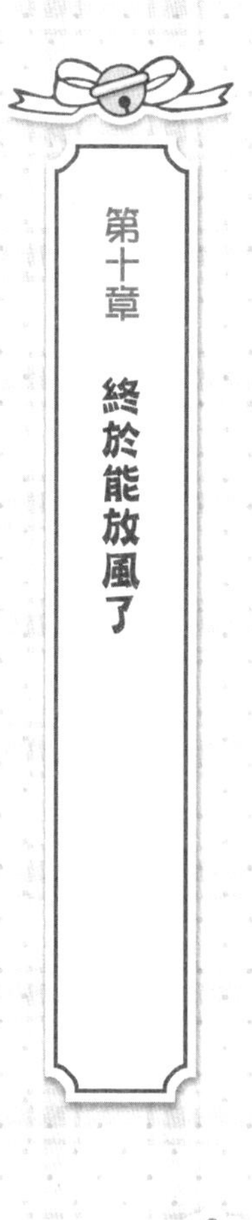

第十章 終於能放風了

「二少爺。」菲若端著餐盤，對迎面走來的喬蹲身行禮。

喬看了看放在餐盤上的食物，一碟湯、兩塊麵包、放在小籃子中的新鮮水果，另加一罐開了口的寵物罐頭。

「大少爺吩咐我為米飯送過去的。」菲若說。

喬用食指點了點下巴，本來滿懷期待等著好戲發生，可這兩天竟然連一次都沒見到過米飯。哥哥倒是小心謹慎，可是他不會打算一直把米飯關在房間裡吧？也太狠心了。

喬感慨的搖搖頭，對菲若說：「我來送給米飯吧。」

菲若愣愣的把餐盤遞到了喬的手中，轉身咬著手指想：二少爺對小米飯也很好的呀！

That's not easy to be moe animal.

趴在床上，米凡百無聊賴，電視裡正演到生離死別的高潮，男主角帥氣一躍，在半空光劍一揮斬殺了魔鬼，法力消失，女主角屍體墜下化成了四散的光點。音樂頓時煽情起來，米凡卻提不起興趣來為死掉的女主角掉幾滴眼淚。

——她的人生真是沒有意思啊……悶得她快憋出問題來了。

「咚咚咚。」聽到敲門聲，她一躍而起，跑過去把門打開。

哎哎哎？

喬笑著道了聲好，托著餐盤繞過擋在門前的米凡走進了房間。

怎麼是他？菲若呢！

米凡皺皺眉，卻立刻被喬捕捉到了。

喬掛著萬年不改的笑容，將食物一一擺在桌子上，說著：「這兩天米飯連用餐都待在房間裡，我有些擔心，所以來看看妳。」他抬頭問道：「米飯不餓嗎？呆站在那兒幹什麼？」

他這麼一說，米凡立刻覺得胃在嘰嘰咕咕求填滿了。

嘛，管他是不是真擔心她，先填飽肚子再說。

於是米凡以橫掃之勢把食物處理得乾乾淨淨，連碟子上的麵包渣都不剩。即使喬和米凡同桌共食了一段時間了，但她那又迅速且不失禮儀的特殊用餐方式還是能震驚到他。

「妳還真是……」

「嗯？」米凡茫然。

喬搖下頭，「算了，沒什麼。」

——哎？有什麼事就直接說啊！

「妳以前是不是被人搶過飯吃？」

——沒呀……

米凡更迷茫，過了兩秒，才明白喬在嘲笑她呢！

喬撐著下巴，看看桌子上的杯盤，雖然被米飯吃得很乾淨……

「好了，一會兒我讓菲若來收拾。」喬走出門外，說道：「今天父親大人不在，有些事還要讓管家多看著點，我讓菲若少負責些事，妳若有什麼需求就去找菲若。」

果然，過了一會兒菲若敲了敲門直接進來，將盤碟收拾好，走前還飛快伸手摸了摸米凡的耳朵。

菲若走後，房間中又恢復了安靜，雖然電視劇的劇情仍然繼續著，但米凡已經完全自動過濾掉了。因為太無聊，米凡每天除了期待加萊回來，就期待著一日三餐的內容了。

米凡像四肢斷掉似的，癱軟成一灘。吃得撐了哎呦，如果摸摸肚子，就能感覺到胃都撐起來了。死屍似的躺了半天，胃還是有些不舒服，她想溜達溜達消化一下。

米凡懶洋洋的像顆圓球一樣滾了一圈。

喬走前隨口說的那句話，能聽出來些什麼。莫納現在好像不在，而家中似乎有事，大家都在忙。

她其實是可以出去的吧？加萊怕的是她被莫納為難。而今天莫納又不在。反正又不能走出這棟建築，她就樓上樓下隨便走走好了。

空蕩無人的走廊上，只見一扇門悄然打開，一個毛茸茸的腦袋探了出來，作賊似的左右看看。果然都沒有人。米凡高興的嘿嘿一笑，搖搖尾巴跑了出來。

平常總能看到一、兩個僕人的，可米凡下樓轉了一圈，卻連一個人影都沒看到，菲若也不知道去哪裡了。米凡頓時覺得空氣都變新鮮了。在房中憋了幾天，才出房，還沒走出這建築的門呢，她就有種飛出籠子的小鳥的感覺了……

隨意閒逛，胃裡已經不是那麼撐了，可她還不是很想回房。她拖著一張椅子哼哧哼哧走到窗戶邊，踩上去向外面望去。

庭院中的花草依舊嬌豔，人造的蒼穹上散發的陽光也仍然明亮。人嘛，也仍然是沒有的。

都幹嘛去了啊？米凡有些納悶，不過加萊家還是很大的，他們居住的這棟是主樓，左右還有一些其他用途的建築，可能人都去那裡了吧。

她從二樓下來，把一樓逛了個遍，都沒有人。也就是說，現在這裡是她的地盤了？

米凡嘿嘿一笑，不趁這個好時機做點什麼總覺得對不起自己，但想了想，她不知道要做什麼呀！

她坐在廳中思考著有什麼是平時不會做而現在可以做的，但是因為座椅太舒服了，米凡坐著坐著，身體一點點往下蹭，最後……睡著了。

嘴角好癢啊……米凡動了動手，擦掉流到嘴邊的口水。

什麼時候了啊？她睜開眼睛，心裡一跳。她睡著了啊？

米凡慌忙跳起來，環視一圈。

天色如常，不知道睡了多久了，還真是豬啊！米凡懊惱的甩甩腦袋，頭也不回的跑上了樓。

正好進門的莫納看著二樓樓梯拐角一閃而過的尾巴，問道：「那是什麼？」這時他腦中一閃而過返家那日躲在加萊身後的那隻小馥，於是又問道：「加萊養的？」

喬抬頭看了看已空無一物的樓梯，輕聲說：「是的，父親。」

「哼，玩物喪志。」才因為美色而入獄的莫納不悅道。

喬笑了一下，什麼都沒有說。

當晚，一家人聚齊，坐在長長的餐桌邊用餐，比起米凡還在的時候，更加安靜了。安靜的侍立在一旁的菲若都替這父子三人感到尷尬了，她偷偷瞟了一眼管家，發現他那布滿皺紋的臉上依舊面癱。

加萊放下了餐刀，管家先生躬身上前，低聲問他要不要再續一杯紅酒。

「不用了。」加萊說道，起身要離開。

「等等。」莫納語氣不善的叫住了他，說：「你養的那是什麼東西？」

加萊一臉努力掩飾都掩不住的厭煩，說：「你不是看見了？」心中想說的卻是：關你屁事。

莫納臉一黑，卻沒有發火，語氣依然不善的道：「不做正事，盡弄些不三不四的。」

加萊冷笑，不再回應他，徑直上樓去了。

莫納瞇眼，臉色慢慢恢復了平靜。忽然他想起什麼，向身旁一臉對爭吵習以為常的喬問道：「這幾天我怎麼沒見過那隻小馥？」

喬望著莫納，說道：「可能是因為父親回家時她已經睡了吧。您知道的，這種低等生物都會把大把時間浪費在睡眠上。」他輕柔無奈的笑了笑。

莫納背著手離開餐桌，昂著下巴好像目光能穿透牆壁看到二樓的房間似的。

「那隻小馥養在哪裡？我去看看。」

喬露出尷尬的神色，他遲疑了一下，說：「她……在哥哥房裡。」

「什麼？」莫納先是一驚，緊接著大怒：「那種東西養在房裡，他也不嫌髒？」

莫納總是對加萊有著苛刻的挑剔，一些微不足道的地方也會引起他的勃然大怒。

喬望著莫納咬牙的樣子，那張尚還英俊的臉扭曲得顯出了一些老態。自莫納從拘禁所中出來，他對調動了勢力、用手段讓他在拘禁所足足多待了十幾天的加萊就一肚子氣。

哥哥倒也是好樣的，雖然說過可以把繼承者的位置讓給他這種話，可是這次回到諾特丹，哥哥憑著他未來族中執掌者的身分，倒是拉攏了一些人。而父親也開始警惕，雖然不會直接發生衝突，不過以父親的脾氣，哪能輕易放過哥哥，讓他好受呢？

喬搖了搖頭，犯愁似的輕輕嘆了一口氣。

＊＊＊　＊＊＊　＊＊＊

加萊最近對米凡心懷愧疚，總想著如何彌補她。考慮到她很久都龜縮在家中，他提前幾天將時間表上安排的事情分散到其他天，特地空出一天來，將米凡帶出來放放風。

「哇！」加萊給的這驚喜完全在意料之外，等加萊家那高高的金屬捲花鐵門被遠遠拋在後面，她才小小聲的歡呼出來。

神清氣爽呀～她腳步輕快的走在加萊身邊，臉上也神色飛揚起來。走了好一會兒，她才想起來一件事，問道：「我們去哪裡？」

「隨便走走，妳有想去的地方？」

看到她開心得臉都放光了，加萊也覺得一直壓在心上的那堆垃圾化為空氣了，輕快了很多。

「我來諾特丹只出來過兩次，不知道哪裡好玩。」米凡不僅臉放光，眼睛也跟著亮了起來，「主人說去哪裡我就跟著去哪裡！」只要不是醫院就沒問題！

米凡倒真沒想到，加萊說隨便走走，就真的只是隨便逛逛。

以米凡的速度和體力，感覺到累的時候，兩邊還是大片大片和加萊家一樣占地很廣的莊園，外面設置的半透明防護罩過濾了裡面的景象，看起來有點玄幻。但走了這麼久，周遭景色都是一模一樣的，根本沒什麼好看的。

加萊也覺得無趣了，「妳太慢了。」

米凡鼓了鼓腮幫子，不滿的說：「你不早該知道了嘛！」

加萊屈起手指，敲了一下她的額頭，假裝嚴肅道：「還敢頂嘴？」

她做出擦眼淚的樣子，嗚嗚的說：「我錯了，不敢了。」

「嗯，保持這種態度。」加萊點點頭，說：「看妳認錯態度還可以，我就慈悲一下吧。」

一分鐘後，米凡仰著腦袋看著頭頂正上方的飛行器。

飛行器停在了諾特丹的商業中心邊緣，米凡跟著加萊從飛行器下來後，加萊把她塞在領口下的翻譯器挑了出來，晃了晃，「這裡人就多了，不要說話了。」

米凡了解的比了個 OK 的手勢，加萊略迷茫了一下，很快就不再想她這個奇怪手勢的意思了。好多人。

跟著加萊一路向南走，逐漸靠近這片商業中心繁華的最核心，人潮也呈指數增長。米凡聞到了濃濃的——人味，頓時覺得這才叫人間。

好多俊男美女……米凡左看右看，忙得目不暇接。元族人的青年期很長，造成在街上走的這些人大都是年輕面孔，也有百來歲的年紀頂著少年臉極具欺騙性的男性，不過，很賞心悅目就是了。

米凡瞪大眼睛。比如那兩個青年，一個金髮凌亂，穿著鬆垮，臉上一副沒睡醒的表情。走在他旁邊的青年戴著黑框眼鏡，同樣閃亮顏色的頭髮梳理得一絲不亂，充滿著精英氣質。

米凡和這兩人擦肩走過的時候，便聽那精英青年對旁邊懶懶散散的青年喚了一聲父親。

她完全沒猜到兩人是父子關係啊，看著頂多是兄弟吧！她眼珠子都快瞪出來了，扭著脖子看著那兩人的背影……

扭著頭，腳步變慢，加萊察覺到了，低頭一看，米飯腦袋都快扭成一百八十度了，投入的看著什麼。加萊順著她的視線向後看去，那裡正好是連通一處廣場的臺階，人很少，米飯視線所指的方向處只有兩個青年。

看背影，也不過爾爾。加萊微微抬了一下下巴，對米飯眼光如此之低十分不滿。

「啊？」

米凡疑惑的抬頭看他，他忽然發現自己把那句「不過爾爾」說出了口。

加萊以身高優勢俯視著米凡，「上學時，伊凡夫收到的情書可以裝滿他飼養丘斯的那間房間。」

米凡茫然，忽然聽不懂加萊的話了呢……

「我收到的比他的多。」

加萊說了這麼一句話之後，邁步向前。米凡覺得，他的背影好像有股不知道為啥的傲然？

加萊最終停下來的時候，米凡捏著他的衣角，使勁抽了抽鼻子。

這裡是……餐廳？

「走吧。」加萊拉著米凡抬步上前。

「可以嗎？」米凡小聲問：「這種地方可以帶寵物進去嗎？」

加萊挑了一下嘴角，手掌托在米凡後腦，推著她往前。

果然在門口就被侍者攔住了，但加萊亮出來個什麼東西，侍者本就很彬彬有禮的態度立刻更加恭敬了。

「好棒。」

餐廳中一股貴族驕奢悶騷的氣質，米凡要坐下時，一旁伺候的女侍者輕快迅速的幫她拉開了椅子。米凡略吃驚的看了她一眼。不愧是星級餐廳，看人家的服務，只要進來的客人就是上帝。

米凡一本正經的點了點頭，然後被加萊瞪了一眼。

「咦，那不是加萊嗎？」

二樓走廊，有人靠著扶欄吃驚的叫出來，然後不懷好意的瞅向莫納。

「莫納先生不叫加萊上來嗎？您的兒子年少有為，不像我們的兒子，唉，不成器啊！」

莫納笑著擺手，「他哪裡比得上諸位，也是個不成器的。」

加萊與莫納針鋒相對已經眾人皆知，遂故意拿加萊來刺激莫納。莫納雖然沒露出什麼，可心裡還是梗得慌。他不想將話題留在加萊身上，可眾人仍在望著下面正往外走的加萊。

「那是小馥吧？沒想到加萊也會養這種東西啊！」

「哈哈哈！確實意外。女士們比較喜歡養小馥吧？」

「這倒不是。」一人露出了猥瑣的笑容，「小馥這種東西是人形的，長得也不錯，雖然像小孩似的，可有人就愛這一口啊！」

「聽說普南家的小兒子就玩死了好幾隻……」

齊齊看向加萊牽著身邊小馥走出去的背影，大家都露出了意味深長的笑容。

這下莫納再也遮掩不了他的心情，臉黑沉沉就像暴風雨來臨前的天空。

米凡被加萊帶著放了一圈風，心情輕快，儘管有些累，但還是蹦蹦躂躂著一路回家。

加萊雙手插在口袋裡，含笑看著兩步外蹦躂得跟螞蚱似的米凡，那笑容充滿了母親的慈愛。

不過這慈愛的笑容在看到大廳中一臉風雨欲來的莫納時，立刻轉變成了彙集著厭煩、蔑視、欲殺之而後快等種種負面情緒的冷笑。

米凡在看見莫納的第一眼就縮了，倒退了兩步拉住加萊的衣角。

加萊收回視線，面不改色的和莫納擦肩而過。

「她是怎麼回事？」莫納冷聲問，扯住了加萊身後的米飯。

加萊立刻回身，將驚慌的米飯拉回身邊，「和你沒關係。」

莫納大怒：「和我沒關係？！你都幹出這麼丟人的事了，還和我沒關係？！」

加萊皺著眉毛，又聽莫納氣喘著狠聲說：「住一起、吃一起，還帶著她到餐廳，你倒真把她當人了？一隻低等生物，連智商都沒有，你想玩什麼女人不行，要玩她？」

莫納罵到最後一句時，加萊表情驀地一變。一直縮著腦袋的米凡也睜大了眼睛，臉猛地紅了。

「你也真夠爭氣的，想弄死我還不夠，還要把我名聲弄臭？」

「你的名聲？」加萊嘲笑道。

隨之不再理會莫納，他緊攥著米飯的手走上樓。走到轉角時，他回首看了一眼面露冷獰的莫納。

——母親，我始終不明白，這種人，有什麼值得妳愛的？

回到房間，米飯不安的動了動手。加萊反應過來他還握著米飯的手，就像她的手是烙鐵一樣，他猛地放開手退後兩步。

尷尬……加萊臉上清楚的流露出了他的心聲。

米凡偷偷的將手藏在背後，低下了頭。

莫納的話讓米凡覺得很不舒服，她想加萊一定比她更討厭那些話。加萊對她的態度從來都沒變過，養著她，也不會提什麼要求；對一隻寵物而言，他是很好的一個主人。

米凡酸苦的想，就算情感上她對加萊有一種期待，但如果別人將加萊與她扯成那種關係……她會不開心。她害怕加萊生氣。

他都已經打算結婚了……

加萊一直沒有吭氣，米凡心裡一沉——不會真的惱羞成怒了吧？

「主人……」她怯怯懦懦的叫了一聲。

加萊正心煩中，手掌在她頭頂按了按。

加萊也許確實是惱羞成怒。米凡可能沒意識到，她其實有種自我保護機制，對於不想記得的事情，她能將之埋在記憶深處。所以米凡自從來到諾特丹後，一次也沒想起來過上次發情期時她差點強了加萊；而加萊的記憶力卻是正常的，那幾天的感受他還記得很清楚。父親的那句話讓他很生氣，米凡或許猜對了。

加萊真的是惱羞成怒，惱羞於他甚至沒有底氣去反駁父親。

他怎麼可能喜歡自家寵物？加萊不由得露出了尷尬的神情。

「啊？要分房間睡嗎？」

米凡抱著枕頭站在床前，卻被加萊阻止前進。

「前兩天不是……」睡得好好的，怎麼忽然要趕她出去了？難道莫納的話，加萊當真了？

加萊將頭一撇，低聲說：「太擠了，妳去隔壁吧。」

擠嗎？她覺得這床挺寬大的啊！不過，米凡傷心的低頭看著加萊的腳一會兒，還是乖乖的抱著枕頭去了隔壁。

加萊莫名的鬆了一口氣。他也不明白為什麼要趕米飯去隔壁房間睡，雖然他總告訴自己他喜歡米飯，是因為作為寵物的米飯真的很可愛而已。可是自從莫納那麼說了之後，他看到米飯穿著白色吊帶睡裙過來時，便覺得渾身都不自在起來。

明明之前和她同寢同睡，他從來都不覺得尷尬，因為米飯香香軟軟的，有她在旁邊，睡起來是很舒服的。而現在這樣做，不正是證明了他的心虛了嗎？加萊忽然後悔，想要叫米飯回來，但她已經關上了隔壁的門。

加萊在她門前站了一會兒，煩惱的皺起了眉。

罷了，他坦坦蕩蕩，莫納說的事根本不會發生，本就不該多此一舉，明天便將父親那番胡言亂語忘掉吧！

加萊本想保持心境平靜的，可是半夜的時候，桌子上的杯子忽然滾落到了地上，發出清脆的破裂聲，他猛地睜開眼，床在左右搖晃。

怎麼回事……是地震？！

加萊剛坐起來，米飯便光著腳驚慌失措的跑進來，直奔著他飛撲上來。

「是、是地震了嗎！我們要不要躲出去？」

她揪著他的領口，幾乎要縮進他的懷中，加萊按照平常的習慣安撫的將手按在她的頭頂，「不用了，已經停下來了。」

「啊——」米凡感受了一下，羞愧的發現果然如此。

作為小馥，她的第六感變得很靈敏，在沉沉的睡眠中忽然醒過來後，米凡莫名的覺得有些心慌，可又不知道怎麼回事。在她閉上眼決定接著睡時，床忽然搖了起來。

見證過強烈大地震災後的慘況，米凡曾設想過如果遭遇地震要怎麼科學求生。不過當地震真的發生時，她都嚇懵了，腦袋裡什麼都沒有，直接衝向了加萊尋求安全，沒注意腳下的晃動已經停止了。

加萊輕笑出聲，「真丟人，膽子這麼小。」

米凡臉一熱，往他旁邊一歪，「像你這樣淡定才不是正常人的反應吧！」

她撈起一個枕頭往臉上一壓，悶聲悶氣的說：「哼，我就是膽小，所以我今晚就要睡在這了！」

加萊一愣。

他要坦坦蕩蕩！坦坦蕩蕩！

於是加萊說：「睡吧，沒有警報說明沒有危險，諾特丹也從來沒有地震過，剛才可能是哪裡發生了坍塌。」

米凡「嗯嗯」的點頭，「我相信你們！」

看米飯真的打算睡了，加萊也慢慢的躺了下來，小心的和她隔開了一段距離。

米凡覺得自己挺機智的，順勢留了下來，而加萊竟然也沒有反對，說明他對她並沒有那麼排斥嘛！害她因為被他趕出臥室還傷心了一會兒。

心事解決，米凡蒙著臉很快就和周公重逢了。她在睡夢中翻了個身，腿就搭在了加萊身上，還清醒著的加萊一下子便睜開了眼。米凡喃喃兩聲，腿蹭了兩下，加萊忽然覺得有點喘不過氣來。

「你想玩什麼女人不行，要玩她？」

他……他曾和米飯有過的接觸，遠比現在的這點觸碰更親密。

當、當然，那是個錯誤！那是因為他經驗不足，沒有認知到發生了什麼事。那樣的事情，他不會再犯了。

加萊抽出腿，挪到了床邊上，和米飯之間隔了足足有一手臂的距離。

這樣就安全了。

加萊背對著米飯，試圖讓心平靜下來。但是看不見不代表感觸不到，米飯身上的香味總是能絲絲縈繞著鑽進鼻中，昭示著她的存在，然後她清淺的呼吸聲也好像一聲比一聲更清晰，最後就像在他耳畔響起的一樣，伴著溫熱的呼吸吐在他耳中。

加萊莫名燥熱起來，他乾脆轉過身看著米飯。

她的雙手搭在枕頭邊上，屈著腿正睡得安靜，並沒有碰到他。

「主人，主人？加萊？」

加萊被一連串清甜的呼喚聲叫醒了，頭有些昏脹，他瞇起眼睛。

一張水嫩可愛的面容在他頭頂，看到他睜開眼睛，她頭頂的耳朵還擺動了兩下。

「你今天不是還要出去嗎？是不是晚了？」

昨晚加萊思緒混亂，沒有睡好，他轉了一下眼珠，忽然掠過了一截白得晃眼的大腿。

「你都有黑眼圈了呀！」

溫軟的指尖在他眼底輕柔的觸碰了一下。

加萊猛地從米飯腿上收回了視線，鎮定自若的坐了起來，然後又不經意般的瞟了她一眼。她今天穿的是很簡單的白色T恤，下面是一條短褲，頭髮也紮了起來，俐落的垂在腦後。清清爽爽的，就像還未知世事的小女孩。

加萊清咳了兩聲，輕聲說：「褲子太短了。」

「哎？」

米凡當然沒因為他的隨口一說就去換衣服，她發現今天的加萊有些不對勁。比如那躲閃的視線。

於是，吃早餐的時候，米凡含著勺子，懷疑的向坐在對面的加萊問道：「主人，你是不是想做對不起我的事啊?為什麼不肯看著我?」

加萊淡定的抬起臉，「妳說什麼?」

「你看著我啊！」米凡指著自己的臉，「你說話時為什麼不肯看我?難道我一晚上忽然變得很好笑了?」說著，她衝加萊做了個鬼臉。

「沒有。」加萊淡淡的說，一派風輕雲淡的抬眼看向了米凡。

那雙認真看著他的黑溜溜的眼睛裡有他的倒影，可是似乎又盛滿了整個宇宙。
加萊忽然狼狽的撇開了臉，隨口說：「因為妳鼻子上沾了塊灰。」
「咦？」米凡摸了一下鼻尖，舉起勺子背照了照，「沒有啊？」
「剛才妳擦掉了。」加萊放下刀叉，匆匆拿起外套，「我走了。」
「……」米凡垂下肩膀，臉上的笑容也不見了。
她看了看盤中的食物，儘管被加萊反常的樣子搞得食欲全無，但她還是慢慢的吃完了。

＊＊＊　＊＊＊　＊＊＊

加萊一整天都心不在焉。
三級人反叛的苗頭又起，各地都紛紛傳來了他們暗中謀劃暴動的消息。這兩天有開不完的會議，議會的幾個老頭陰惻惻的做著把叛亂者處理到太空黑洞裡的打算。
加萊漫不經心的想著別的事情。這種暴動鎮壓起來並不困難，可以說，在他們的殖民史上，這種程度的暴亂只是小菜一碟。
對他而言，目前最讓他煩擾的，還是與正經事完全無關的——莫納的那番話。
是的，儘管加萊企圖理直氣壯告訴自己無須多想，然而，心還是亂了。
回家的腳步變得很沉重。走到一半，加萊停了下來，不然，還是先調整一下思緒再回去吧。他相信他只是被父親說話時那確定無疑的態度干擾了，才會產生錯覺。

不過，米飯會等著他的吧。她又沒有通訊器，他沒辦法聯繫到她。

加萊在路口踟躕了一會兒，決定還是先回去一趟告訴她，他晚上不在家過夜了。以後再替米飯配備一個通訊器，有事時就方便多了。

想到這裡時，加萊忽然困擾的擰了一下眉，一個幽靈一般的聲音在腦海中自動響起了。

他好像能看到父親冷笑著對他說：「還為她配備通訊器呢，你真的把她當作寵物？」

天上忽然下起了小雨，無聲無息的落在了地上，行人紛紛一臉詫異的抬起臉望向上面。人工蒼穹仍然如同一張白紙，明明是在地下，卻下起了雨。這雨到底是從哪裡來的？

加萊將手攤開，接了幾滴雨水，然後抿緊了嘴，加快步伐回去有米飯在的那個家。

剛踏入大廳一步，脫下大衣抖了抖上面的水，加萊腳步一頓，便看到米飯從樓梯上朝他跑了下來。近了，便看到她焦急的臉色。

「你就這麼淋著回來了？！」她叫了聲，踮著腳尖試圖將他臉上沾著的雨水擦掉。

加萊不明所以的配合著彎下腰。米飯用袖腳往他臉上一陣抹，又急匆匆的拉著他往回跑。

「嚇死我了！主人，你趕緊去洗個澡吧！」

「洗澡做什麼？」

「外面落下來的水是從地面上滲下來的吧！從來沒發生過這種事情。那雨難道不是有毒的物質嗎？！」

加萊一怔，「這要等檢驗結果出來才知道。」

「所以啊！」米凡露出氣急的神色，「那你不擔心嗎！要不是我不知道你在哪裡，我就送傘給你了……對了，家裡沒有傘的吧……哦，我也不能出門的。」

她沮喪起來，她擔心也沒什麼用，她什麼都做不了啊……

加萊心底忽然湧起了一股暖流，他眼神軟化，語氣也輕柔了起來：「妳擔心我？」

「擔心死了！」米凡呆著臉，「主人要是死了誰來養我呀！所以求你了，快去洗澡吧！」

她推著加萊的後腰，把他推向浴室那邊，但是尾巴都因為用力而繃直了，加萊還紋絲不動。

加萊轉過來，上身下傾與米凡直視，「如果有一天我死了，妳該怎麼辦？」

這是什麼問題啊！米凡將他這個問題琢磨了一下，覺得不大美好，「我能做什麼？跑出去肯定會被抓。我想如果你死了，我會被你弟弟帶走吧？畢竟，我也算你的遺物之一。」

米凡回答得很現實，一點也不感性，並不是加萊想像中的回答。

但她說的對，她離不開他。

然而，她對他的擔心也是真實無虛的。這樣的米飯，本就值得他對她好。

所以父親說錯了，他關心米飯，喜歡有她陪伴，都是出於單純的心態。

加萊忽然覺得輕鬆了許多。愛上自己的寵物這種事，怎麼可能發生在他的身上？他想多了。

加萊本會一直這麼認為下去，但是有人不願意了。

第二天，加萊不在的時候，菲若進房收拾時，喬突然從她身後走了進來。菲若有些吃驚，但喬揮了揮手讓她出去。

——他怎麼又來了……

米凡眨眨眼，看到喬對她露出了一個十分溫柔的笑容。

「好幾天沒見米飯了，哥哥把妳藏得真嚴。妳還好吧？」

又來了，隔幾天就要關懷一下，圖什麼嘛！米凡不由得摸了摸鼻尖。

「哥哥和父親關係緊張，倒是妳被連累了。」喬搖了搖頭，忽然一歪腦袋，視線固定在角落裡，那裡堆著一雙絲襪，就放在加萊的一件襯衫邊。

米凡的視線隨之看過去，忽然也覺得有點不對勁。看起來……好像有些曖昧……

米凡心裡一急，差點想捂住他盯著那邊的眼，那是她打算今天洗的衣服啊！別想到奇怪的地方。

再看喬，他果然也流露出了微妙的表情。

「妳和哥哥睡了？」他忽然挑起一邊眉，問道。

米凡頓時像被一道雷劈中，渾身都焦黑了。她脫口而出：「你想多了呀！」

喬微微笑了。

她捂住嘴，定了定神。得了，他早就知道她能說話的，這時候也不用費勁掩飾了。她走過去把那堆衣服抱起來，「這是今天要洗的衣服，你先坐會兒吧，主人應該還要一會兒才能回來。」

喬笑意加深，忽然拉住了她的手臂，把她扯到了他身邊。

「陪客人說說話吧。」喬笑著將她抱在懷裡的幾件衣服拿出來，讓米凡坐下來。

米凡屁股往旁邊挪挪，警惕起來，悶聲不吭。

喬輕鬆的向後靠了靠，指著米凡脖間的掛墜問道：「這是哥哥給妳的翻譯器？」

米凡低頭摸了一下，提防的看著喬。

他輕嘆一聲，「今天總是被女孩子懷疑呢。」

米凡皺了一下眉。女孩子？他稱她為女孩子？

「再這麼看我，我就要懷疑我長了張壞人臉了。」喬輕笑了一聲，說：「可是，我和哥哥長得不很像嗎？米飯不喜歡我吧？為什麼呢？難道是因為我的出身嗎？」

他是加萊的弟弟，出身什麼的難道和加萊不一樣嗎？米凡眼中流露出一絲疑惑。

抓到了她這一點情緒，喬眼神微微沉寂。

「我的母親是賤民，我和哥哥，只是同父異母。所以哥哥和我一直關係不好，他嫌棄我的身體裡混入了骯髒的血液。」他淡淡一笑，有些落寞，「我被父親帶回來後，就一直承受著周圍人似有若無的異樣眼光，那些貴族不會當面表現出來，卻會在私下將我當作談資。我早已經習慣了，卻沒想到連妳也……」

喬那種苦澀無奈又傷感的目光投向米凡，逼得她不情願的開口說：「我沒有。」

他全然不信，淡淡苦笑，「是加萊的態度影響了妳吧。」

米凡皺眉，他說是因為加萊看不起他貴族血脈不純才兄弟不合，但米凡覺得不對。加萊對喬有敵意，卻不是鄙視，若是看不起，加萊才不會提防他。

「主人不會因為身分不同而和別人不合的。」潛臺詞就是，問題出在你的人品上。

喬垂著眼，濃密的眼睫遮住了眼中一閃而過的光。

「那麼……」他慢吞吞的說：「按照妳的說法，哥哥對待妳也摒棄了身分之間的偏見嗎？若他沒有平等對待妳，就也不會同樣平等的對待我。」

談話的走向似乎有些怪異，米凡沒有底氣的說：「他對我很好啊……」

「是嗎？」喬輕飄飄的說，目光定在了右邊的床上，「那是妳和哥哥的睡床嗎？」

「……不是。」米凡下意識的否認，但說完她就後悔了，房間這麼大就一張床，瞞不了人的。她這麼撒謊倒有點欲蓋彌彰的感覺。不行啊，她和加萊沒有什麼的……

喬果然懷疑的看了看她。據他所知，米飯是一直和哥哥一起睡的吧？難道是這兩天發生了什麼事，讓哥哥不願，或者不敢和米飯同睡了？

喬的興味忽然被挑動起來了，看哥哥這兩天對米飯疏離了很多，擔心是父親發揮了反面作用，他還特地來看看。也許父親的話確實刺激到了哥哥，反而點破了哥哥的心事，哥哥終於……

太好了，那麼就讓他助推一把吧！

他轉頭看向米凡，細細打量她。

米凡不由得往後傾了一下身，疑慮道：「怎麼了？」

「米飯已經成年了吧？」

「啊？」她覺得自己的臉有點紅，含含糊糊的說：「大概是的吧。」

其實她清楚，既然有過發情期，那就說明成年了，不過她難以在喬的面前開口承認啊！

喬從她略有起伏的胸前掃過，喃喃低語道：「那麼，身體也已經成熟了吧？」

米凡沒聽清楚，皺眉問道：「你說什麼？」

喬站了起來，低頭看著她輕快的道：「我想，哥哥是很喜歡妳的。」

米凡心裡一蕩，但很快又起了提防。

「他有時候大概也會覺得妳很可口，所以想逃避克制，分開睡覺避免受到誘惑。」喬開心的一瞇眼，柔聲說：「妳覺得我說的對不對？」

「你、你在胡說什麼？」米凡突然心慌，撇過了臉，「我不知道你在說什麼。」

「唔，害羞了呢。」喬輕笑，「哥哥有說過他喜歡妳嗎？看樣子沒有？」

他俯下身，胳膊撐在米凡頭頂，低下頭，和她的臉貼近距離，輕聲問道：「我們……試試哥哥的心，好不好？」

米凡眼中是喬放大的面容，他的笑容令她背脊一冷，她感覺到深深的不妙，這個距離超過了安全距離。

「你——啊！」

米凡捂住臉，驚愕的看著他。他舔了一下嘴角，微笑著瞇起了眼。

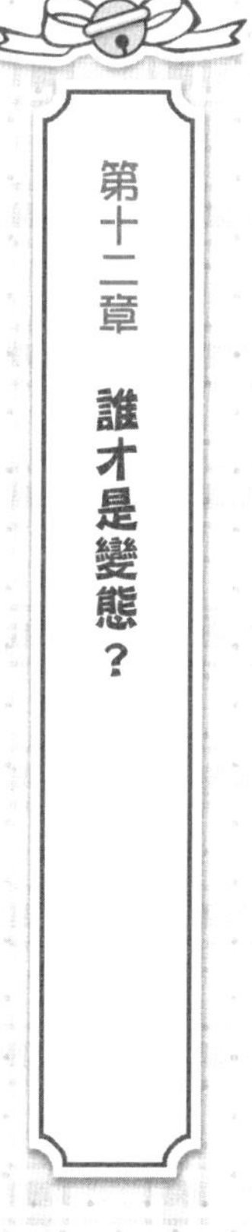

第十二章　誰才是變態？

That's not easy to be moe animal.

「你做什麼！」

米凡被喬嚇得嗓音都變尖了，他的脣碰到她臉上的感覺讓她尾巴上的毛都炸了起來。

「哥哥如果喜歡妳，看到妳被人動了，應該會很生氣吧。」他眉眼溫柔，雙手卻十分有力的禁錮著米凡。

——什麼跟什麼？救命神經病啊你！

米凡在他手底下扭動，緊張的嚷嚷：「你冷靜點啊少年你有心事我可以聽你說但是不要隨便拿自己的清白來賭！」

米凡一緊張就亂說了一通，她就是想不明白喬忽然發什麼神經。

這是要強姦的前奏吧？可完全莫名其妙啊她又沒招他惹他！

米凡有些慌亂，但並沒有怕得厲害。她不相信喬真的會犧牲自己來上她啊，他好歹還是個貴族。

「其實妳從來也沒把自己當作寵物吧？」他將她的雙臂按在她頭頂，一隻手禁錮住，而另一隻手則挪到了她的領口。

他垂下眼注視著她穿的這件連衣裙，尋找著下手的地方，一邊不緊不慢的勸說道：「別害怕，我們很快就能幫哥哥看清楚他的內心了。然後妳就能和哥哥在一起了，不好嗎？」

米凡瞪大了眼睛。

「一點也不好！」她尖聲大叫，用力的踢向喬。

她一腳結結實實的踢中了喬的腿，可他巋然不動。他抓住她的領口，向下用力一撕——嘶的一聲，米凡半邊身子便暴露在空氣中。

一瞬間，羞恥感伴隨著恐懼讓米凡的眼淚瞬間盈滿了眼眶，但她還是極力穩定著心神。裸身算什麼！最開始她都沒有衣服穿也沒什麼啊！別緊張別緊張！

米凡絮絮的對自己洗著腦，同時試圖也對喬洗腦：「你為什麼想要主人喜歡我啊？我不知道你幹嘛要這麼做，但其實你根本不必用這個方法……你放開我，換個辦法，我會配合你。我了解主人，他真的並不喜歡我，你這種刺激他的方法根本起不了作用。其實……其實我也很喜歡主人的。」

米凡噎了一下，接著說：「我暗地裡想了好多辦法，但主人怎麼可能和我在一起，所以我放棄了。既然你和我有同樣的意思，那我們商量幾個可行的辦法，我會配合你的。」

喬注視著米凡，她淚眼盈盈，卻努力的把脆弱的表情換成談判的鎮定，可是有些失敗，她內心的恐懼還是洩漏了出來，在她的努力下顯得格外楚楚可憐。

他彷彿自言自語的說道：「哥哥當然喜歡妳，可我要的不僅僅是這個，既然喜歡，就應該在一起啊！哥哥還不明白，他其實已經把妳當作他的女人。他必須要認清這一點，才能接受妳。」

抬起眼眸，他蠱惑般的輕聲說道：「妳也喜歡哥哥，想和他永遠在一起？那就試試吧。」

「等等等等等！都說了不管用的！主人一點都沒有喜歡我，他一直只當我是寵物！」眼淚終於迸出眼眶，親口說出這句話米凡還是覺得心被自己插了一刀。

然而，喬抱著她，以她不能理解的偏執在她臉頰上輕碰了一下，在她耳邊說：「那麼他必須要愛上妳。」

米凡渾身抖了一下，心中狂叫變態。喬正將脣落在她的脖間，卻被她的下巴撞了一下。

這樣太麻煩了。喬用膝蓋壓住她的腿，制止了她的反抗；又想了一下，他將她掉落在地上的那雙絲襪撿了起來，將她帶到床上，用絲襪把她的雙手綁在了床柱上。

他溫柔的摸了摸米凡的腦袋，說：「別亂動，不然我會傷到妳。」

加萊回來時，米凡正雙目放空的瞪著床頂。她聽見了加萊的腳步聲，便羞愧的閉上了眼睛。

然後，腳步聲在房門停下，他的呼吸聲也停了下來。米凡跟著屏住了呼吸。

加萊渾身僵硬的看著眼前這一幕，幾乎無法相信自己的眼睛。

米飯的雙手被綁在床頭，裙子上身被撕開了，粗魯的扯到腰部，圓潤光滑的肩膀上留下了好幾處牙印，甚至有一處隱隱露出了血痕，而她的脖間，更是布滿了吻痕。她緊緊的閉著眼，一動不動。

好像一塊大石猛地砸到心尖上，加萊渾身一顫，一邊脫下外套，一邊大步走向米凡。

感到身上一沉，帶著體溫的布料覆在她身上，米凡才有了勇氣睜開眼睛。雖然剛才一直安慰自己，但明瞭了自己對加萊的喜歡後，再讓她像一開始那樣光著身子在他面前晃蕩，就沒法突破那層心理大關了。

加萊的眼睛因為是銀白色的，所以總是顯得很冷漠。可現在，他的眸子卻像暴風雨來臨前黑沉沉的天空，烏雲席捲。

「是誰？」

米凡張了張嘴，頓了一下，說：「能先幫我解開嗎？」

加萊閉上眼忍了忍，然後將綁住她的絲襪解開。米凡收回手，立刻將外套按緊，小心的坐起身。

「誰幹的？」加萊又問了一遍，語氣加重，彷彿要將她吞了一樣。

米凡小聲說：「是喬……」話音未落，她就打了個寒顫，往裡縮了縮。

加萊渾身都散發著冷意，他面無表情，卻像瀕臨崩塌的冰川。

「喬……」他輕聲唸著弟弟的名字，嘴角抽了一下，露出一個扭曲的弧度，猛地站了起來。

米凡一驚，拉住了加萊，「那個，其實我沒事，他——」

「不用說了，妳什麼都別做，先等我。」加萊一把拂開她，大步走出去。

「等等！他沒碰我！」加萊的樣子讓米凡心裡一顫一顫的，抱著加萊的外套遮著身前就踉蹌著追了出去。

加萊應該聽見了，可仍然已經沒了影蹤。

不會出事吧……米凡輕喘著，迷茫的呆站了一會兒，然後無力的跪坐在地上。

喬壓上她的時候，她差點覺得他真的認真了。還好的是，他只是在她身上做出了一些曖昧的痕跡，就放開了她，甚至在離開前，他還和藹可親的為她理了理搭在眉頭上的額髮，卻讓她裸著身子躺在床上，維持著被禁錮的姿勢。

喬是故意讓加萊看見這一幕的。那麼這時加萊去找他，是如了他的願了嗎？喬口口聲聲一定要讓加萊喜歡上她，執著於這麼怪的想法，對他有什麼好處？

米凡使勁的揉了一下臉，埋在雙手後面。喬下手可真夠狠的，手腕被綁得那麼緊，甚至留下了青紫的痕跡。她抱緊了自己，搖搖晃晃的走進浴室。

***　***　***

喬叫來一輛飛行器，在威尼中心走進了一家新開的速食店，叫了一份新推出的尼哈星口味的捲肉套餐。四周都是在附近工作的服務人員，趁著休息時間來這裡解決肚子的問題。

喬在窗邊坐下後，不少女性的目光時不時的從四面八方投過去，從他英俊含笑的眉眼和精緻高級的服飾上一觸即逝。

在這裡工作的人都算是閱人無數，看上兩眼就大致確定了喬的身分——貴族會來這種平民式的地方倒是挺稀奇的。

大家都急著趕緊解決完面前的食物回去上班，所以喬沒做出更稀奇的舉動，他們也不再分給他什麼關注。可今天稀奇得很，過了一會兒後，一陣冷風捲來，一人氣勢洶洶大步走進來，大衣衣角都飄了起來，他走過的時候，衣襬打到旁邊人的腿上，怔住了坐著的那人。

速食店裡所有人的視線都集中在那人身上，就見他徑直走到窗前的那個貴族面前，砰的一聲一掌拍在了桌子上。

喬剛笑著抬臉，一個拳頭就狠狠的砸到了他的臉上。

他悶哼一聲，臉被打歪到一邊。這一拳力道十足，喬輕輕擦掉了嘴邊的血跡，然後輕輕一笑，喚道：「哥哥。」

加萊面色壓抑，眼神中的力道似山一樣的壓向喬，眸中燃著怒意熊熊的火焰。

有好戲看！圍觀群眾紛紛精神一振，用胳膊拐拐同伴，相互使個看熱鬧的興奮眼神。

「出來。」加萊的拳頭攥得死緊，宣洩著他急欲將對方揍成一灘爛泥的心情。但這裡不是動手的地方。

喬笑著說：「哥哥，你很生氣嗎？不過是一隻低等生物，玩一玩而已，也不用哥哥這麼激動的衝過來為她報仇吧。」

「她是我的東西，你既然敢背著我動她，那就別覺得我會對你手軟！」他手上青筋暴起，抓住椅背，發出了可怖的咯咯聲。

喬的臉色一凝，說道：「哥哥這樣子，倒像為自己的女人來討公道的。」

加萊面色更沉，二話不說，掄起椅子甩向喬。

獵獵的風聲襲來，喬輕巧的向後一躲，同時高聲道：「你何必這麼生氣，我又沒真的動她！不過是一隻寵物，就算我動了她又如何？哥哥要是不喜歡，把她送給我，眼不見為淨就好了！」

寵物寵物！喬一口一個的寵物讓加萊猛地停了下來，扔下手中的椅子，頓時碎片四射。他帶著冷然的表情與低沉的氣壓，一步步走向喬。

喬躲得微微喘息，衝加萊低笑道：「哥哥若能將她送給我，我一定會好好疼愛她的。」

剛說完，他還帶著笑意的臉就被加萊一拳打得扭曲了。

「唔！」

加萊一字一頓的說：「警告你，別再打米飯的主意。」

「哈哈哈！哥哥！你這獨占欲來自哪裡？沒想到像哥哥你這樣的人，也會有不能說出來的齷齪心思！」喬狂放的大笑起來。

加萊忽然扭曲了面容，「閉嘴！」

「你知道的！你心裡很清楚！」喬收斂了笑容，魔鬼一樣幽幽吐息：「哥哥愛上她了呢。」

這是兩天來第二個人這樣說，而喬的話就像一把利刃戳破了他自欺欺人的偽裝。加萊猛地掐住了喬的脖子，壓低聲音：「閉上你的臭嘴。」

「心虛了呢，呵呵……」

圍觀的群眾們貼在牆邊上，捂著嘴旁觀一場兄弟鬩牆，那個弟弟被揍了好大力的一拳，看得大家腮幫子都疼了，紛紛開始擔心那個弟弟的生命安危。但弟弟說了幾句話，做哥哥的就不動了。

「什麼什麼？他說了什麼？」

「好像是說寵物什麼的──」

竊竊私語的八卦聲在人群中傳播，露出意有所指的猥瑣笑容。

這時有人插了一句：「他們好像是克蘭克家的少爺，那個哥哥就是克蘭克族的大少爺，繼承人加萊・克蘭克。」

「哦──」大家發出恍然大悟的聲音。

胡說，胡說一氣。加萊用力得指節都泛白了，甩了一下，將喬摜到了地上，頭也不回的離去，那背影，看起來似乎比喬更狼狽。

喬摸著脖子上的掐痕，忍了忍，還是露出了笑容。

「真有趣，哥哥失態的樣子還真是少見。」

他掃了一圈圍站在牆邊看熱鬧的人，其中不少人還看著加萊離開的方向興奮的八卦著什麼。

他的笑容更加明顯。

「就讓全世界都知道，我親愛的、受人尊敬、前途無量的好哥哥，為人不齒的癖好吧！」

「並不是報復，哥哥。其實你與我無怨無仇，儘管你從來都沒喜歡過我。而我，也只是……太討厭你了。你和我們的父親一樣，都流著骯髒冰冷的血，腐爛得都快發出臭味了。看你痛苦糾結是我生活中唯一的期望。」

「或許，你能帶給我更多的精采。」

喬仰頭，依舊微笑著。

＊＊＊　＊＊＊　＊＊＊

將自己裹得嚴嚴實實，米凡將手放在桌面上，靜靜的站在房中。當加萊腳步邁進的那一刻，她立刻望了過去。

加萊的臉色不好，離去的時候殺意騰騰，可現在卻沉默得像一座大山，似傾欲墜。

他垂著眼，快步走過了米凡。

一陣風帶過，米凡要說的話噎在了嗓子眼裡。

「主人？」她回頭看去，加萊已經關上了裡間的房門。

……喬他，究竟做了什麼？！

米凡的手撫上了肩頭，有一處喬咬得太狠，到現在還隱隱作痛。到現在米凡才切實感受到喬性情捉摸不定，猜不到他會突然發什麼神經，實在太可怕。她皺著眉將衣領拉得更緊。

口口聲聲說著什麼喜不喜歡，她不過是加萊養的一隻只有觀賞作用的寵物罷了，說那麼一堆奇怪的話，他是神經病嗎？加萊對她雖好，可也不過是出於一個好主人的立場。

要加萊喜歡她？他是想用這個笑話氣死加萊嗎？

加萊回來時連看都不看她一眼，一定是喬的那些話把她和加萊湊到一起，令加萊感到了侮辱……

她趴在桌子上，將頭埋在了胳膊裡。

剛才她洗了好長時間的澡，喬在她身上留下的那股黏膩感始終不能消去。她是喬的工具，用來達成他對加萊想做的事情，而加萊也許真的如了喬的願。

她擔心的等了這麼久，等來的只是加萊一聲不吭的擦肩而過。看樣子，加萊順著喬的安排朝他想要的方向想了。明明很生氣的，米凡也一直等著想解釋一下，可他回來竟然不理她，她還以為他會安慰安慰她呢！

喬，喬……他究竟做了什麼？

米凡額頭抵著手臂，覺得鼻子發堵。

加萊肯定不願意理她了，像前兩天莫納激怒他之後一樣，加萊會遠離她。可能喬說了更過分的話，加萊也許反感到極致，不要她了。反正他也要結婚了，清理了她、迎接新娘嫁到不是更好嗎？

可笑的是，有時夜深人靜的時候，她還妄想著自己能與他以平等的身分站在一起。

她埋著臉，低低的抽噎出聲。肩頭劇烈的抽動，卻仍努力將哭聲壓抑在嗓中，她哭得鼻子都堵住了，呼吸不暢，一臉淚水的低低嗚咽著抬起頭找手紙，卻被旁邊的衣影嚇得打了個淚嗝。

加萊眉頭擰得死緊，沉默的看著她。

米凡含著滿滿一眼眶的淚，他的表情在淚光中含糊不清，她和他對視了一會兒，看不清楚，就低下頭接著抽噎了。

其實心中已經平靜了一些，可一旦哭起來彷彿不徹底發洩就停不住似的。只有過一次暗戀，戀愛經驗為零的她，再次喜歡上的人卻是根本不可能在一起的人，而現在，還遭到了嫌棄——米凡把頭埋得更低，用黑黑的頭頂對著加萊。

她嗚嗚嗚的哭了好一會兒，加萊終於忍受不了的說：「別哭了。」

本來快要停下來的，可聽到加萊的聲音時，就像觸動了開關，米凡吸了一下鼻子，淚水忽然又呼啦啦湧了上來。

她很不好意思的捂住臉，轉身背對著加萊，努力的控制情緒好久好久，才又平復下來。

聽得出她哭的聲音很壓抑，加萊心中煩躁不安，站了一會兒，把一塊手帕塞到了米凡手裡。

米凡拿著那塊帕子毫不遲疑的擦了擦即將流出來的鼻涕，仍在一個接一個的打著淚嗝。

她覺得自己現在一張花臉根本沒法見人，所以一直低著頭不敢看加萊。加萊看在眼中，反而嚐到了一點苦澀——她被喬傷到了，很痛苦，是他沒護好她。

他不是個好主人，不僅讓她因為他而受傷，甚至他還對她，不、不是……

米凡正偷偷的試圖不出聲的擤鼻涕，忽然感到加萊猛地站了起來，她用手帕捂著鼻子，驚異的抬起頭。

加萊頓了一下，又快步走回了裡間。

「嗚、嗚──」米凡又悲涼的泣出了聲。

哭得痛快了，米凡洗了把臉，就覺得有精神了許多。只要加萊沒親手把她扔出去，日子就還是要過下去的，那些糾結和不該有的情緒，依舊埋在心底吧。

其實，她早就為自己理清了處境，明白該怎麼做的。

房外沒人，她悄悄跑去廚房晃了一圈，弄出了一份麵，端著回了房間。

一雙腳出現在眼底，加萊抬頭一怔，她立刻咧嘴笑了一下，眼眶還紅腫著。她把瓷盤放在他面前，說：「我做的，主人，吃點吧。」

「妳做的？」他猶豫的問道。

「是啊。」

「妳還會做飯？」他有些遲疑的拿起叉子。

她不會，以前在廚房中看過媽媽做飯，她試了幾次就摸索得差不多了。

加萊吃了兩口，沒說什麼，卻將盤子拉到了面前。

米凡摸了摸鼻尖，等加萊又吃了幾口，斟酌著問道：「主人？」

手指動作一停，加萊低聲問：「怎麼？」

「喬是不是對你說了什麼？」

叉子尖忽然在盤底劃出一聲刺耳的聲音，加萊否認道：「他有什麼好說的，不過是故意氣我。」

米凡質疑：「就是這樣嗎？」

「那會是怎樣？」

「他、他沒有說奇怪的話嗎？」

「……沒有。他對妳說了什麼？」

「呃……」米凡搖頭，「沒有，他什麼都沒說……其實喬他……」

加萊背一僵，垂下眼皮。他忽然有些害怕。

他竟然在逃避。

「喬沒對我做太過分的事，真的……」米凡有些尷尬的看了加萊一眼，「他只是弄破了我的衣服。我想大概只是單純拿我來挑釁出你的怒氣吧。」

加萊的睫毛搧了搧，抬起眼皮，「真的？」

「沒騙你。」米凡果斷的點頭。

加萊的視線停在她肩膀上，米凡知道他想起了什麼，尷尬的側了一下身。

「是我的錯……」加萊低聲說。

情緒如此低落的加萊，讓米凡覺得很陌生。米凡有點不自在的動了動。現在加萊一直低著頭，米凡看了他一會兒，小聲的說：「主人，可是我覺得你沒有錯啊！」

「米飯……」他忽然問道：「妳有喜歡的人嗎？」

「啊？」突如其來的問題讓米凡不知怎麼回答，她不確定加萊的心思，猶豫著說：「如果你說的是地球人的話，以前是有的。」

「現在呢？」

米凡笑了一聲，「怎麼可能！我這樣子不會有人喜歡的。」頓了一下，她補充道：「有的話，也只可能是作為同類的小馥喜歡我，但小馥又不算人。」

「如果……」加萊皺了一下眉，「現在有人說喜歡妳呢？」

「和主人一樣的人嗎？」

他輕輕一點頭。

「呃，那樣他不就相當於喜歡上異種了嗎？主人你不是說，就算是地球人，也只是低等生物。這樣都還能喜歡上我，那這種人一定是變態吧！」米凡說道，急於證明她從沒妄想過這個可能。

她忽然愣了一會兒，憂心道：「果然是喬對你說了奇怪的話吧？為什麼要問這個問題？」

加萊直愣愣的盯著自己的手沒有理她，米凡喊了他一聲：「主人？」

加萊渾身一震，脖子生鏽了一樣嘎吱嘎吱的轉向她，表情僵硬，「什麼？」

「你……你為什麼這麼問我？」

加萊呆怔的看了她一會兒，說：「我只是在想……」

「什麼？」

「想妳以後要怎麼辦……」

咦，難道喬那喜不喜歡的話題，讓他開始擔心她的終身大事了嗎？米凡口氣輕鬆道：「要是我能回家，就好解決啦！但是在這裡，可能就得拜託主人一輩子了。」

她笑咪咪的雙手合十朝加萊拜了一下。

「我在聯盟的核心資料庫中查過好幾次，沒有一點關於妳說的那顆藍星的資訊，至今我們仍沒有到達宇宙的所有地方，可能妳的星球在一個遙遠偏僻的地方，找到那裡也許要很多年後了。」

米凡笑容不變，眼神卻微微黯淡了下去。她早就做好了這個心理準備，但聽到加萊這樣說的時候，還是覺得內心最柔軟的部位被人狠狠掐了一下。

這時，一雙手撫上了她的腦袋，幾乎是一碰上她的頭髮就立刻撤開了些距離。

「對宇宙的開拓仍在繼續，說不定什麼時候就會有發現，有消息的話我會告訴妳，可能的話也能幫妳回去，如果，妳願意的話。」

「真的嗎？」

「嗯。」

雖然不敢報以希望，可米凡還是抿著嘴微微笑了起來，「謝謝。」

「……」加萊手指微動，收回了手，他低頭拿起叉子吃了一口麵。

見他開始進食，米凡忽然也覺得有點餓了，時間應該不早了，她說了一聲，就跑開去呼喚菲若。

米凡走後，加萊才慢慢停下了動作。

他剛才，差點忍不住把米飯摟進懷裡。雖然是以前經常做的動作，可當他特地去注意當時心情由來時，卻再也不敢做出這樣親密的動作了。

他頭痛的按住額頭。

他們真的說對了，他竟然不知道從什麼時候起，越來越將米飯當作一個一樣的同伴來對待，自從米飯能夠與他正常溝通後，他對她的喜愛也漸漸變了質……

更糟糕的是，米飯說他是變態。

而且她說得沒錯……他、他真的是個變態。

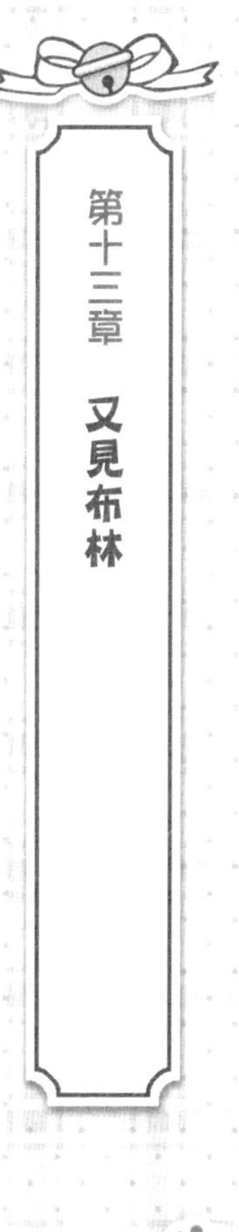

第十三章　又見布林

That's not easy to be moe animal.

前段時間上面漏了淅淅瀝瀝的水下來，過了兩天，米凡站在窗口向外看，發現花園邊的小路上竟然長出來了一朵蘑菇。

頭頂的人造蒼穹此時像一片深藍的冰晶一樣，悠遠不可觸。米凡趴在窗口，盯著那朵嫩黃色、長得很可愛的蘑菇。明明沒有土壤，也不知道它是怎麼長出來的，看顏色絕對是有毒的吧……

米凡認真研究著，在她身後的菲若捧著臉蛋，神情蕩漾的看著她緩緩搖動的尾巴。

「米飯，進來吧。」

加萊的聲音傳來。米凡咪了一聲，拉拉裙子回到房間。

也是加萊還在家，她才敢大膽的在走廊站一會兒。

加萊一夜未睡，可臉上卻看不出疲憊的神色，他輾轉反側，最後還是退縮了。這種令人唾棄的感情連他自己都無法接受，不僅他覺得自己骯髒變態，連米飯都這麼想，他必須要擺脫。

也許，他應該嘗試著和別的女性接觸。

「我可能要離開兩天。」加萊盯著展開的藍色虛擬螢幕，頭也不抬的說。

「啊？」米凡怔住，有點忐忑起來，「那我呢？」

他想離開她一段時間，或許這種情感就能淡漠下來回歸到正常的軌道上，所以當然不會帶上她。可讓米飯獨自待著，他也放不下心，喬不知在打什麼主意，父親也表現出了對米飯的敵意。想了一下，他對米飯說：「我走的時候會帶妳一起走，然後管家和菲若會在我一處閒置的房子那裡照顧妳。妳平時注意些，不要不小心開口說話了。」

一想起加萊不在身邊，米凡就有種強烈的不安感，因為她離開加萊的時候從來就沒發生過什麼好事。可她又不能一直黏著他不分開。她只能安慰自己以前不管發生了什麼事，最後也都好好的，所以……不用怕！

和米飯多相處一會兒，加萊就覺得多一分不自在，他聯繫到管家後，就打算離開。

米凡眼巴巴的看著他，等他反悔把她也帶上。

加萊被她看得加快了幾步，忽然又停了下來，從懷中掏出一個耳釘似的東西。

「通訊器，有事聯繫我。」

米凡剛接到手上，加萊就逃難似的大步離開了。

一直走到感覺不到米飯的視線了，加萊才停了下來，他嚴苛的緊抿著嘴，心想一定要將自己從墮落的深淵中挽救出來！

家族中那群老頭已經幾次三番暗示聯姻的進程該加快了，反正對此他沒有抵觸心理，或許可以去約那位小姐到外星遊一圈。

加萊像隻鬥敗的公雞，逃也似的快步走了出去，直到呼吸到外面的空氣，混混沌沌的腦子才略微冷靜了一些。

加萊雖是面無表情，卻是滿心懊悔。他無意識的走到了花園。但是在花園中，他卻看到了他的弟弟，喬。

加萊眼神一冷，轉頭走向了另一條小道。

喬歪了歪腦袋，並沒有追過去，而是喃喃自語道：「哥哥你是什麼打算?無法容忍自己，或者還想逃避嗎？」

他忽然彎了一下眉眼，「你以為有這麼容易嗎？」

「就像在沼澤中掙扎一樣，你會越陷越深。」喬心滿意足的翹起了嘴角，「你逃不了了。」

加萊回首，冷冷的瞪了他一眼。

第一次，加萊因為喬的話而嚐到了恐慌的情緒。

他害怕，因為他隱約意識到，或許消極的逃避真的沒有用……

***　***　***

加萊第一次到學妹、他名義上的未婚妻的家中拜訪。從她家與加萊家相似的規模上便能看出兩家的門當戶對。

加萊出來得慌張，並沒有提前通知，等了一會兒才得以走進學妹家中。

踏進門的第一步，加萊便從旁邊女僕斜瞟來的目光中覺察到了不對勁。

一路走向會客廳時，加萊發現每個走過的僕人都會自以為隱蔽的向他看過來。那是看猴一樣的視線！現在會客廳中，肯定有什麼他不知道的事情發生了，被未婚妻家的僕人圍觀成這樣太反常。

「學長！」未婚妻學妹叫了一聲，將會客廳的門關上，手一揚，還額外加了道禁制。

「我真是沒想到啊學長！以前我鼓勵學長你衝破世俗偏見追求真愛，竟然一上來就來了個這麼刺激的，還弄得人盡皆知。學長你也太猛了！」

加萊的眉頭要夾死蒼蠅了，「妳在說什麼？」

「哎？整個諾特丹都知道你和你養的那隻小馥，嗯……」看到加萊的臉色，她猶豫了一下，「我剛聽說，也不知道這事是怎麼傳開的。但我是不在乎的，學長啊，不管你選擇伴侶的眼光有多奇怪，我都會支持你的！」

她握著拳頭做個加油鼓勁的動作。

加萊有些出神……

「就算這樣，他們也不會放棄聯姻的。」

「我想了想，這樣也挺好的啊！就像你說的，婚姻只是個表皮，我們結婚後你可以隨意和你的情……嗯，人在一起，我也不用擔心被逼婚，學長我們可以和平相處挺不錯的！」她興致勃勃的說著，又問道：「對了學長，你那隻小馥好相處嗎？我沒什麼和小馥相處的經驗，有點擔心呢。」

「……米飯她……很乖。」

學妹露出了笑容，「怪不得學長你會喜歡她，我就覺得你會喜歡這一款的！」

加萊愣了一會兒，他遲疑的開口：「是的……」

她點點頭高興道：「我就說！我一直很崇拜學長你的，果然學長你對愛人的選擇也非比尋常，但是仔細想想，我就覺得……其實很有感覺的嘛！」

「感覺？」加萊呆愣的喃喃重複著她說的最後一個詞，腦中卻沒有解讀她的話。他只是想著，原來承認是很容易的。他剛剛說「是的」，他承認了。

「對啊～很有感覺的！我沒見過學長你家的小馥，但我見過的小馥都長得好可愛，又小小的，跟學長的體型差距很大，想來在床上……啊！」學妹捂住臉，不好意思的衝加萊笑笑，「不小心把心裡話說出來了嘿嘿～」

加萊怔了一下，神色不動，遮在頭髮下的耳根卻紅了。他想起來她曾經傳給他的那些檔案，他掃了幾篇，大概能想像出學妹腦補出了什麼。

加萊乾咳了兩聲。學妹有些太剽悍。

這時他忽然接到了通話請求，將他從局促的境地中解救了出來，他迅速接通。

通話另一端的人是安麗爾。她和加萊進行了例行的簡短寒暄後，直接進入了主題：「有件事想請你幫忙，能收留布林一段時間嗎？」

加萊怔怔的應了兩聲，「當然。妳已經到我家了？」

「是啊。是你弟弟告訴我地址的，抱歉沒有提前通知你。」

「……沒有關係……」加萊沉默了一會兒，說：「我馬上回去。」

***　***　***

加萊見到安麗爾的時候，她正把米飯拉到跟前興致勃勃的蹂躪她的頭髮。

看到加萊回來，安麗爾放下梳子笑道：「對不起，打擾你了。博索萊伊區沒辦法待下去了，沒想到回來諾特丹竟然連個住的地方也沒有，只好來騷擾你一、兩天。」

加萊盯著正在用尾巴騷擾米飯的布林，良久才回頭回覆道：「博索萊伊區毒氣洩漏嚴重我知道，前段時間的地震也是那裡震感最強，確實提前離開比較穩妥。但妳家在諾特丹不是有好幾處房產嗎？怎麼淪落到要到我這裡來擠的地步了？」

安麗爾無奈的說：「父親不喜歡動物，我沒辦法帶著布林和父親住一起；另一處房子的防禦系統損壞了，兩天後才能修好；而剩下的幾處被父親借給了從別區過來的朋友。我自己購置的那所雖然能住人，可是布林不喜歡，一抱進去就吵鬧個不停。所以我只好過來你這裡了。」

「都借出去了？」

安麗爾搖了搖頭，「是啊，你在議會裡應該也很清楚，圖盧卡各地都發生了異象，有的地方甚至有傷亡。只有西B和西R幾個區受的影響還小點，我們也只能到這裡來了。說起來，他們總不會坐以待斃，這顆星球崩潰的時間提前了，速度也在加快，必須要儘早組織遷移到合適的星球上才行。」

加萊說：「早就在選擇下一顆合適的星球了，但現在的局勢有些緊張，整顆星球移居的事情太大，要在穩妥的時候才能開始。」

「嗯。」安麗爾點點頭，說道：「我回去陪著父親，把布林留給你，不會讓你為難吧？」

加萊想了想說：「本來我要離開一段時間，已經安排好讓菲若到我的私人住所那照顧米飯。不過有些事情，我不會離開了，家這裡我也暫時不想住下去，就帶布林到我那裡吧。」

「多謝了，等另一所住處的防禦系統修好後，我就帶布林回去。」

加萊點了一下頭。

其實，對於布林的出現，他並不歡迎。

米凡一邊聽著加萊和安麗爾的談話，一邊分神應付著布林。

好久沒見，布林見到她後更熱情了，簡直就像狗狗對著一盆牛奶。他看著米凡的目光一如既往的專注，尾巴卻沒那麼老實，像蛇一樣扭動著往米凡腿上纏。

米凡一臉黑線，揪住了他的尾巴尖，不讓他亂碰她的腿。布林就順勢貼了上去，用頭在米凡的胳膊上又蹭又頂。米凡連連往後躲，還是沾了一身布林的味道。

布林這行為，就跟狗愛在樹根下撒尿一樣，用氣味來標示所有權。

加萊是嗅不到布林故意留在米凡身上滿是雄性攻擊性的味道，可是兩隻黏在一起的樣子依然使他暗暗的咬了一下舌頭。

那次米飯發情，布林可差點就占了米飯的便宜，這混蛋小東西還敢這麼放肆！

看米飯一臉無奈，一定也是不喜歡他靠近的。加萊心裡翻騰著，然而安麗爾的求助他不能坐視不理，布林是一定要收留的，不管多不情願。

安麗爾戀戀不捨的把布林揉搓了好一會兒，不斷保證明天就會來看他，即使布林腦袋隨著米凡左搖右擺根本沒聽安麗爾說話，她還是待半晌後才捨得離開。

「那麼布林就拜託你照顧了。」

「我會的。」加萊客氣的微笑。

安麗爾一走，米凡便開口問加萊：「主人你不走了嗎？」

加萊盯著緊挨著她的布林，嗯了一聲。

米凡注意到他的視線，也略有些不好意思，有點尷尬的摸了摸頭，「布林他應該是本能的靠近同類吧，畢竟我這個身體……」

「咪～」布林忽然湊上前在米凡的臉頰上舔了一下。

米凡小小驚叫了一聲，抱住布林的頭推開，然後乾笑著說：「他太調皮了呵呵呵……」

加萊半天無言，忍了又忍，還是忍不住上前拎著布林的領子把他從米凡身邊提開。布林也不掙扎，但是加萊一放開手，他就甩著尾巴朝米凡奔回去了。加萊的臉色頓時變得十分不好。

米凡有樣學樣的抓了抓布林的耳根，布林舒服的把頭往她手下蹭去，乖順了起來。

米凡輕輕的鬆了一口氣。

以前還好，但自從那次差點被布林撲倒後，他再對她做類似的親密行為，特別是在加萊面前，米凡就不免感到尷尬。

不知道為什麼，她有點擔心加萊的想法。她忐忑的看向加萊，見他的表情像是突然被人潑了一臉泔水，她更琢磨不透加萊的心思了。咬了咬嘴脣，她問：「主人？」

加萊飄忽的看向米凡。

加萊很不爽。並且他發現，看著布林靠近米飯簡直是無法忍耐的一件事。

就算他沒有喜歡人的經歷，也知道這種發酸冒泡帶衝勁的情緒叫什麼。這比他發現自己喜歡上了米飯這件事更糟糕。他竟然因為一隻實打實的小馥而……吃醋？

如果喬知道，一定會充滿惡意的狂笑不止，還捂著肚子在地上打滾。

加萊捂住額頭，不堪承受。

他不該輕易答應的，應該讓安麗爾陪布林住在這裡，省得他老纏著米飯。

加萊進行完一連串的心理活動，然後就看到布林被米飯撓得太舒服，把頭靠在了她的大腿上，還從喉間發出了愜意的咕嚕咕嚕聲。

很舒服吧，米飯的大腿枕起來很舒服吧？！

加萊一手牽著米凡，一手牽著布林，一路上吸引眾多的視線，搬到了他那座離家距離頗遠的私人住所。

離開家前還發生了一個小插曲，喬將興奮跟去的菲若扣了下來。

「菲若我還有用，哥哥就把她讓給我吧。」

他曖昧的笑著，看著注意到他後往旁邊躲了躲的米凡。

加萊已經沒了揍他的衝動，但不想理他的心情還是前所未有的強烈。加萊連一個目光都沒賞給他，拉著兩隻小馥徑直離去。

「哎呀呀，看他們，就跟度蜜月似的呀！就讓他們過個不錯的二人世界吧。那隻小馥，可以是不錯的調味劑。」喬輕輕的笑起來。

二少爺在說什麼嘛……菲若哀怨的偷偷瞥了一眼。新來的小馥也好可愛，她想和他們在一起啊啊啊啊！

*** *** ***

新房子不大，比起加萊的家，這處算是很小了，但是對於三個人來說還是寬敞得可以到處打滾。

對米凡而言，這才是真正的放出牢籠，可以到處撒歡扯大嗓子嗷嗷叫，除了加萊和布林之外，沒有外人，真是太自由了！

米凡高興了大半天，到睡覺時間都還興奮著，導致第二天早上直接睡過了頭。

她正睡得迷迷糊糊，忽然鼻子發癢，懶洋洋的揉了揉鼻尖，卻碰到一個毛茸茸的東西。她睜開眼睛，看到了布林的腦袋。

……他什麼時候爬到她床上的！

米凡推了他兩下。她發現天已經亮了，也是時候該起來了。

布林應該也醒了，但卻蜷成一團只管拿眼睛看著她，就是不動。

米凡嘆了一口氣，撥了撥頭髮，走出房間。

加萊這所住處閒置了多年，因為僱了人按時清理，所以並沒有變得多麼髒亂，加萊略收拾一下就可以住人了，但還是需要出去採購些必需品。米凡高舉雙手強烈要求同去，加萊看了看呆呆牽著米凡的手站在旁邊的布林，不假思索便同意了。

把茫然的布林關在家裡，加萊牽起剛才布林抓著她的那隻手。

等他們大包小包回來時，屋裡卻多出了一個人。

米凡看到大咧咧坐在屋裡正中央的那個人時嚇了一跳，她還以為是喬追了過來呢！

「喲！小米飯！」來者揮起了右手，娃娃臉上是漫不經心的笑容。

「伊凡夫？你怎麼找過來的？」

「我升職了嘛～」伊凡夫站了起來，鞋跟和地面碰撞發出清脆的一聲響，「有點權限，找個人容易多了。」

米凡打量著多時未見的伊凡夫，他穿著一身筆挺軍裝，腰帶束得極緊，插著一把小巧的銀槍和一柄匕首，顯得腰部細長有力，腳下穿著黑色皮革軍靴，簡潔得沒有一點額外的設計。這一身裝扮，讓伊凡夫的娃娃臉都顯出了英偉的男人味。

加萊走到伊凡夫身邊，兩人默不作聲的張開手臂擁抱了對方一下。

「我覺得我最近可能被掃把星附身了，到哪哪遭難。」伊凡夫坐下蹺著二郎腿，身體向後靠去。

加萊點了一下頭，「其實你從小就顯露出了這種體質。」他在伊凡夫的瞪視中說：「可見我和你保持朋友的關係至今，是很難得的。」

伊凡夫哼了一聲，「我這就要上戰場送命去了，你還想和我絕交不成？」

加萊沉默了一下，「什麼時候開戰？」

「過幾天吧，有消息證明他們想突襲。」說起這事，伊凡夫便顯得懶洋洋的，「現在圖盧卡不安定，趕緊打一仗大家可能還舒心點，要是能把艾思奇打下來倒也不錯，我們就能遷過去了。我看圖盧卡撐不了一百年了。」

加萊自然心中明白，這段時間圖盧卡地上地下發生的百年少見、強度超大的災禍不下百例，議會自諾特丹震了那一下之後，已經把移民外星的計畫擺上了會議桌。

「艾思奇不在名單上。」加萊說，「最合適的目標星球還沒確定，你們現在就是打開前路。」說著，加萊抬頭看到了靠牆而站卻專注聽著他們談話的米凡。

「米飯，這幾天還有餘震，不要站在那裡，過來。」

米凡忙跑了兩步，走到加萊身邊，瞪著大眼看著他：叫她過來做什麼？

加萊還沒說什麼，伊凡夫就笑嘻嘻的把米凡拉進了他懷裡，一把抱住，將臉埋在她脖子處蹭了蹭，滿足的說道：「嗯～還是這麼香～」

他的鼻尖從她的脖子上親暱的劃過，不僅米凡僵住了，加萊臉上也沒了表情。

「不過我覺得抱起來手感還是沒以前好啊！」伊凡夫把下巴搭在她的肩窩，面朝加萊看了他一會兒，「咦，你怎麼了，臉色怎麼變了？」

加萊吐出一口氣，忽略心中莫名的鬱結，對伊凡夫說：「把米飯放開吧，她不習慣讓別人碰。」

伊凡夫挑了一下眉，「是嗎？以前不好好的？」

他放開米凡，近距離將她上下打量了一番，目光在她胸前停留了不短的時間，看得加萊差點沒動手把米凡從伊凡夫眼前拉開。

伊凡夫漸漸露出了若有所思的表情。

米凡被他盯得有點慌，三步併作兩步躲到了加萊身邊，加萊看了她一眼，忍下把她拉到懷中的衝動，對伊凡夫說：「說正事吧，你哪天離開？」

伊凡夫仍盯著她看，嘴裡說道：「明天。」

「向你母親告別了嗎？」

「她不在諾特丹，被困在維西了。」伊凡夫看向加萊，「我估計這場戰爭會拖得很長，現在圖盧卡也出現了亂象，你幫我多照顧一下我母親。」

趁伊凡夫的注意力從她身上移開，米凡忙一溜煙跑進了內室。

伊凡夫瞥了一眼她的背影，摸了一下下巴，打斷了正對他保證會照顧他母親的加萊的話：「我發現一個問題。」

加萊一愣，「什麼？」

「你。」伊凡夫指了一下加萊，然後食指指尖指向內室，「你對米飯，該不會是真產生了點什麼不該有的感情啊？」

加萊彷彿沒能理解他的話一樣，反問：「你說什麼？」

伊凡夫瞇起眼，「那我直說吧，你是不是喜歡上米飯了？」

加萊笑了一下，「你想太多了。」

「是嗎？看來諾特丹傳瘋了的那些話都是謠言。」伊凡夫托著腮，建議道：「那今晚我在你這裡睡，你把米飯讓給我陪我睡覺吧。好懷念以前抱著米飯睡的日子啊~」

加萊知道他只是隨口一說，心中卻還是湧起了一陣反感。

「是不是不願意？甚至連我碰她一下你都會覺得不爽？」

「你不想讓她離開你吧，不是覺得她聰明可愛需要人呵護，但是也只有你能照顧她嗎？是不是想和她永遠待在一起？」

「你親過她？」伊凡夫撇了一下嘴，沉下聲：「還是上過她？」

「伊凡夫！」加萊喝道。

伊凡夫一愣，舉起手來，「好吧，好吧，我知道了，你們倆是清白的。不過——」

「我看你以前就把她當人似的對待。現在你不覺得她是一隻寵物了吧？你在衣食住行上都沒把她當異類嘛。從你找回米飯的那時候起，我就覺得不對勁了，加萊，你是不是腦子燒糊塗了啊？」

加萊沉默好久，才說道：「可能吧。」

「什麼叫可能啊！」伊凡夫叫了起來，「神經啊你！那麼多小妞爭著搶著要做你女人，你犯傻啊喜歡自己寵物——」

加萊噓了一聲，看了看米飯的房門，說：「小聲點。」

伊凡夫臉色又是一變，已經像是個調色盤一樣了。

「不要告訴我你竟然還是單戀啊！」

「加萊。」伊凡夫靠近加萊，低聲說：「只是腦子犯傻也就罷了，好歹米飯聰明可愛，還是人形的，好這一口的也不是沒有。但是，動真感情？你會被人譏諷到死的，以後還想混嗎？」

加萊盯著那扇房門，將視線移到了伊凡夫臉上，開口道：「我知道你是為我好。」

「那是當然。」伊凡夫拍胸口。

「但別人譏諷我會怕嗎？」

「喂——」

加萊笑了一下，說：「我只要清楚自己在做什麼，別的不會阻止到我。」

伊凡夫瞪著加萊，「你還真是一點都沒變。」

「……好吧。」最後伊凡夫說道：「反正你愛和誰在一起，哪怕是半獸人呢我也無所謂。你高興就行。」

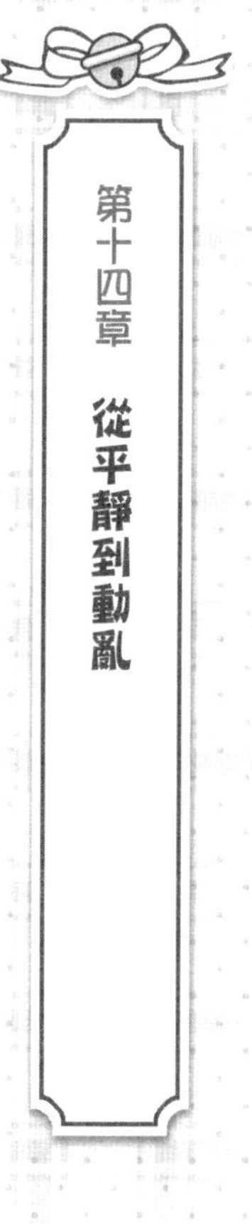

第十四章 從平靜到動亂

伊凡夫離開後，加萊靜坐了一會兒，才起身走向裡面的房間。

米凡正在擺放他們剛買回來的日常用品，見他進來，鬼鬼祟祟往外看了一眼。

「咦，伊凡夫走了嗎？」

半天沒有回應，米凡疑惑的回頭看向加萊。他正目光複雜的注視著她。

「主人？」米凡在他面前揮揮手。

加萊猛地回過神來，不自然的支吾了一聲：「他有事，就走了。」然後默默的坐了下來。

她進來前聽加萊和伊凡夫談論的話題很是嚴肅，所以加萊才看起來心事重重吧。米凡便不再出聲，安靜的坐在他旁邊。

加萊從來沒有喜歡過人，和一個女孩交往過一次，也不過是因為大家都覺得他和她理應在一起。

That's not easy to be moe animal.

他沒有想過以後的事情，為了家族和個人利益而聯姻早在他的預料之中，也從未產生過太強烈的反感。那是因為對他而言，和誰結婚都是一樣的。

但現在呢？

他從來沒想過會有他能接受的另一個生命如此親密的介入他的生活。

加萊忽然對上了一雙明亮的黑眼睛，他嚇了一跳。米凡眨了眨眼，衝他笑了一下。

只要清楚自己是在做什麼，剛剛說過的話又在心中響起——

順應心意吧！

隨即加萊發現，如果順應心意的話，他首先要做的事可能就是把布林扔出他的家。

這天清早，米凡打著哈欠推開床邊上的布林，趿拉著拖鞋從臥室裡走出來。

加萊正在客廳中和人說話，米凡隱隱聽到了什麼突襲、包圍之類的詞，她有點憂心的想起從那次輕微的地震之後，就總是能看到大批軍隊運著裝備從天空或者路上駛過。

那天伊凡夫來找加萊不也是上戰場前的告別嗎？

只能祈禱戰火不要燒到這裡，早早平息。

米凡邁著沉重的步子去洗漱了，加萊看一眼她的背影，結束了和在參謀部任職的老同學的通話。

伊凡夫所在的艦隊還在防護線上原地待命，他們希望先發制人，正在等待最好的時機首先發動攻擊。這場戰爭將是三百年來規模最大的一場，最激進的攻擊一派也謹慎了起來。而加萊，也準備著在必要的時刻上戰場前線。

他背手，沉凝的看著前方，到時候……憂慮的心思猛地被打斷，加萊手一抖，看著布林從米飯房間中走了出來，衣衫不整的四處尋找著什麼。

布林沒看到米凡的身影，便皺著鼻子使勁嗅了嗅，循著氣味精準的撲到了拾掇乾淨的米凡身上。

「呃，快下來，你太重了！」米凡連忙噓他。

布林微微瞪大了眼睛，似乎有些不解和委屈。米凡只得安撫的撓了一下他的耳朵，說：「乖，聽話，站遠一點。」

布林呆站著不動，米凡試著退了兩步，他也只是歪著腦袋看著她。

米凡舒了一口氣，好在布林還算聽話，就算纏人了點，她能阻止他那就能解決了。

她摸了摸鼻子，忽然感覺身上有點不大對勁，抬眼順著這股感覺的來源一看，是加萊正看著她。那目光……怎麼看起來有點受傷？再定睛一看，加萊似乎又恢復了正常……唔，看錯了吧？

用早飯的時候，加萊習慣性的把食物都放在了桌子上，米飯也很有眼色的乖乖上桌等開飯，但是布林卻只是站在米飯旁邊，看著桌子。

加萊這才想到，布林和米飯不一樣，就算是安麗爾，和布林的相處方式也不會像他和米飯一般。

撿了一碟食物，放在地上，布林的視線一直隨著他的手移動，他一直起腰，布林就搖了一下尾巴，趴在碟子前歡快的聞了一下。

加萊故意將碟子放在米凡旁邊，布林就蹲在她的腳下。米凡低頭看了他一會兒，看他吃得開心，就收回了視線。

加萊一直站著，心裡舒爽了一些。

布林終究和米飯差得遠。

米凡拿著刀叉，看向加萊，「主人，不吃嗎？」

加萊平靜的坐下，替她倒了杯果汁。用餐時，他時不時遞個調味粉給她、續上飲料，好像她也是這裡的主人一樣。然後蹲在桌子腳邊的布林，就成了這個和睦小家庭中和諧的寵物背景。

沉浸在這種故意人為的氣氛中，加萊的表情也變得稍微輕鬆了一點。

米凡正認真吃著，忽然聽到加萊說：「以前我以為妳喜歡布林，所以想讓你們做玩伴也不錯。」

其實米飯和布林根本不同類，怎麼可能相處到一起，米飯應該也看不上布林。加萊臉上帶著一絲微笑，彷彿說起了個有點荒唐可愛的往事。

米凡沒搞懂他怎麼忽然開心了，不過看他心情不錯，她也挑起嘴角笑著說：「其實我挺喜歡布林的，和他在一起也挺有意思。」

加萊笑容一滯，「妳喜歡和布林在一起？」

「啊，嗯……」算是吧，只要他別老黏在她身上，布林還是很可愛的。要不是她也是靠人生存，如果有能力，她也想養布林呀！

得到她這個回答，加萊那一抹幾不可見的笑容更勉強了，「我以為妳不喜歡他，畢竟他是和妳不同的物種，他現在把妳當同類異性接近，妳難道不生氣嗎？」

「呃，還好吧……」說起這個，米凡有點小尷尬，「畢竟布林是靠本能行動的，這樣也能理解，寵物嘛，應該要包容的。而且他也不會做過分的事情，喝止他，他也能聽懂。」

所以，布林喜歡她，她就能包容，還會溫柔的撓他耳朵安撫他，換成他就是變態了嗎？

如此不公平的待遇令加萊剛剛升起的優越感蕩然無存，他看了一眼吃飽了坐在地上認真舔手指頭的布林，這種低等生物，能和他比嗎？

和米飯獨住的時候，做飯洗碗的事情向來都是他做的，以前是以為米飯不會，後來是形成了習慣。加萊收回讓布林舔得乾乾淨淨的碟子，把桌子上的盤子和水杯收起，端到廚房，本來是做慣了的事情，可現在加萊卻感到了淡淡的憂傷。

他就像是個辛苦的僕人，辛苦操勞，另外兩隻卻吃飽喝足開始享用飯後水果了。

等加萊將廚房收拾好、來到客廳時，米飯正盤腿坐在沙發上看電視，一臉嚴肅的看著主持人介紹食用型和實用型飛豬的區別，而布林彷彿剛被米飯踢下沙發，呆呆的盯著她光著的腳丫子。

兩隻之間一派和諧氛圍，加萊覺得他在家中待不下去了。

安麗爾明天能把布林帶回去嗎？！

鬱鬱不開心的加萊眼不見為淨的去議會了，回來後時間已經不早，不知道米飯現在在幹什麼，睡了沒有。加萊不大放心的到客廳去，看到布林乖乖的躺在沙發上，而米飯房間的門已經關上了。

他在米飯房間門口猶豫了一會兒，正要離開，門卻忽然開了。

米凡穿著長得能蓋住腳踝的睡裙，頭髮披散在身後，她看見加萊時有些吃驚，但是很快就展露了笑容，「主人？」

加萊半側著身，淡淡的嗯了一聲。

「主人好像是有事情要說？」她問道。

「沒事……」加萊頓了一下，沒話找話道：「看看妳睡得還習不習慣。」

米凡不解的想了一會兒，他是覺得她以前總和他睡一起，所以單獨睡會不習慣，才這麼問的嗎？出於對加萊關心的感激，米凡認真的說：「一個人睡也挺好的！你放心！」

「那……就行，妳去睡吧。」

米凡揉了揉眼睛。加萊一瞬間似乎很滄桑啊？

「等一下！」她喚住正欲離開的加萊。

加萊回過頭，垂著眼，「怎麼了？」

米凡嘿嘿一笑，把臉湊過去，衝加萊笑嘻嘻道：「晚安～」

加萊一怔，看了她良久，方才輕聲道：「晚安。」

「主人！」一大早，米凡就精神勃發的向加萊道早安。

加萊靠在門框上，覺得一整天都被她這個笑容點亮了。

不過就在這時，布林從米凡身後慢吞吞走了出來，平板無調的咪了一聲，頓時打破了加萊的好心情。還好，剛才安麗爾告訴他一會兒她就會來把布林帶走了！

加萊微不可聞的吁出了一口氣。因為開始正視自己內心的心意，加萊便沒法坦坦蕩蕩和米飯同睡一張床了，結果就讓布林占了便宜。雖說是他答應安麗爾照顧布林，實際上是和布林更熟的米飯接替了這個任務。

隨後，加萊沒有出門，待在家裡等著安麗爾的到來。

對於加萊今天能留在家裡米凡倒挺開心的，跟加萊說：「如果主人今天沒事，可不可以教我這個通訊器怎麼用？」

她指了指她的耳朵，那是加萊想逃開一段時間時送給她的，小小的通訊器已經戴在了耳垂上，就像個不起眼的耳釘一樣。因為不想顯得太笨，所以她自己研究了好久，試圖弄明白這個用法，不過她連怎麼打開都不懂，所以放棄了，還是問問加萊更快點。

加萊揮手讓她過來，手指捏住了她的耳垂。

「妳的戴法錯了。」

溫暖的手指不輕不重的捏著她的耳垂，米凡忽然紅了臉，側著臉盯著地面。加萊取下通訊器，用正確的方法幫她重新戴了上去，為她解說用法。

「……這樣弄，懂了嗎?米飯?」

加萊把失神的米凡喚醒，米凡懵懂的轉過頭，「啊?」

雙目相對，鼻尖幾乎相觸，呼吸相互交融，米凡臉上剛退下的紅暈又泛了上來。

一瞬間，加萊忽然覺得心湖如鏡般平靜，他靜靜的看著米凡的眼睛，她半垂著眼睫，不敢直視他，眼底有一抹羞澀，引誘著人去遮掩住她的眼。

一堆亂糟糟的東西忽然都湧進了腦海中，加萊的呼吸有短暫的暫停，這種時候，他似乎要做些什麼才是正確的。

「米飯……」他輕輕的開了口，彷彿害怕破壞隔在他和她之間那層看不見的薄膜一樣，「妳……知道怎麼用了嗎？」

「啊？啊，你、你能再說一遍嗎？」米凡臉上有未退的紅暈，神情是茫然的，又有點尷尬。

似乎這並不是正確的後續啊！但加萊還是收回了心神，認真的為她講解起來。

一天無話，快傍晚的時候，安麗爾來將布林接了回去。

布林被安麗爾抱起來後，還抓著米凡的頭髮不肯放。

米凡臉都扭曲了，可礙於安麗爾在，她又沒辦法叫布林鬆手。還是加萊黑著臉捏著布林手腕，把他捏痛了，他才鬆了手。他眼也不眨的盯著米凡的臉，被無奈的安麗爾帶走了。

米凡被他那眼神看得有點莫名內疚起來，直到安麗爾走了好一會兒，她還沉浸在一種負罪感裡。

加萊看了她半天，她都抑抑鬱鬱的沒精打采。

「他走了，就這麼不開心？」加萊口吻裡有點只有他自己才分辨得出的酸意。

「也不是。」米凡糾結的說，只是布林的眼神讓她覺得有點負了他。

加萊輕輕的哼了一聲。

米凡若有所感的抬起頭，看著加萊問道：「主人不想讓我喜歡布林？」

「沒有。」他斷然否認。

米凡垂頭想了一會兒，沉吟著甩了一下尾巴，忽然抬起了頭衝加萊笑。

「……怎麼了？」

米凡醞釀了一下，說：「我挺喜歡布林的——不過，我最喜歡主人你啊！」

話音剛落，氣氛就僵硬了。

米凡就是想賣個萌撒個嬌的，誰知大概是技術生疏了，她剛說出口心裡就覺得有點彆扭，而加萊更是半點表情都沒給她。她撓了撓鼻子，又不能收回這句話，只好吭哧道：「你不應該很開心嘛？給點反應啊……」

加萊用木刻一樣的表情封藏了自己聽到她那句話時心裡的一蕩，情不自禁的開口輕聲道：「其實我——」

「嗚嗚嗚——」

就在這時，房間內忽然響起了長長的警鳴聲。

兩人一驚一怔，都不約而同站了起來，走到外面。房門剛打開，鋪天蓋地的紅光就填滿了兩人的眼睛。人造蒼穹散發著刺目的紅光，恢復正常後又閃了一下，如此一共變幻了三次紅光後，警鳴聲停了下來。

世界彷彿又恢復了安寧。

可這只不過是暫時的寧靜。戰火已經點燃，所有人都料到這場戰爭的艱難程度不會低，必然是一場漫長的戰爭，然而卻沒人想到，從一開始，他們就陷入了不利的局面。

號角吹響的那一刻，元族人的盟友叛變了。

作為元族人，從小接受的教育便包括迅速適應進入戰爭狀態後的社會運轉。在那三次紅光閃爍之後，所有的路人都靜立下來，等恢復平靜後，人們沉默的繼續前行。同時，電視頻道也被戰況報導占滿了。

即使是一直沒有出門的米凡，也感到了逼近的硝煙味。

＊＊＊　　＊＊＊　　＊＊＊

「混帳，普露西你不是說一切無誤嗎？告訴我，他們難道是在我們準備動手的那一秒才決定背叛的嗎？」

「算了，事已至此，當務之急是立刻集中力量，突破他們的包圍線。第二艦隊是我們最精銳的力量之一，不能折損在這裡！」

議會廳中，加萊十指交叉，默默的抬起眼眸。

「現在的問題是，派多少戰力？派哪一支過去？」

＊＊＊　　＊＊＊　　＊＊＊

「你要去?!」米凡一時沒有反應過來，傻傻的重複了一遍。

加萊點點頭，溫和的看著她，「我已經調入遠征參謀部，今天就會緊急出發。」

她倒退兩步，一屁股坐下，張嘴又閉上，最後吶吶的說：「可你……不是軍人啊，也需要上戰場嗎?」

「我是從指揮系畢業的優秀學員之一，戰場上的經驗也不是沒有。」加萊向她淡淡一笑，「伊凡夫被困，我得去把他救回來。」

米凡看著他，心頭忽然湧上了一陣酸澀，眼睛乾澀不已。她理解加萊的選擇，戰火一起，誰都逃不開、避不了。加萊作為一個男人，為了護衛他的星球殺進這場戰爭，是他理應肩負的責任。她能說什麼，可是……

「你……什麼時候能回來?」

加萊微微咧開嘴，安慰她道：「這會是場漫長的戰爭，我不會一直待在前線，等戰勢緩和了，還是會回來的。」

米凡卻笑不出來，她只覺得茫然一片。

屋外，一列列飛行器載著整裝待發的戰士們向戰艦基地駛去。而電視開著，主持人在用冰涼的語氣宣告新的徵兵方案。

戰爭猶如最凶猛的野獸，可以吞噬所有平和靜好的願景。她終究要獨自面對命運的無常，未來究竟會發展成什麼樣，而加萊……

「加萊！」米凡攥緊了拳，脫口喚出他的名字。

加萊一愣，看向她。

她叫了他的名字。

加萊嚐到了幾分惆悵。他安靜的注視著她，他有感覺，她要說出的話會是他離開後最深的念想。

可是米凡卻什麼都沒說出來，她只是走上前，摟住了他的腰，把頭抵在了他胸前。

「其實，就算你不在，我也會活得很好的！所以，即使一個人也沒關係……你、你安心就好。」

加萊低下頭，她垂著腦袋，聳著肩膀，露出了一截細白的脖頸，看起來是那麼的脆弱，似乎這個世界的任何一場危機都能輕易奪去她的性命。

——他怎麼能安心？

「交給妳的通訊器，學會使用了吧？有機會的話，我會和妳聯繫的。」加萊伸手摸了摸她的耳垂，確定通訊器戴得很牢實，「一會兒管家會過來接妳回去，我走以後，就是他來照顧妳了。雖然父親不喜歡妳，但他和喬其實都是針對我，我走以後妳不要太高調，他們應該不會對妳做太過分的事。管家算是半個我的人，如果妳受不了了，就找他吧。」他不放心的叮囑道。

米凡微微點了一下頭，心上像壓了塊大石頭一樣，壓得她幾乎喘不過氣。

這時，加萊接到了催促的通知，戰隊馬上要出發了。他使勁揉了揉米凡的頭髮，勾起了一抹淺笑，說：「別太想我呀。」

他是在開玩笑。作為在這個世界與米凡生命息息相關的人，乍然離開奔赴前線，她怎麼能不想？而且還不受控制瘋狂的腦補了許多悲慘的結局。

管家將米凡帶回了主宅。戰事乍起，維持家族的生意麻煩重重，莫納和喬都有大把的事情要忙，米凡擔心的刁難並沒有發生。即使她能見到的人很少，不外乎宅中的幾個僕人，但她仍能感受到瀰漫在空氣中的緊張氛圍。

加萊走後，米凡便很認真的開始數著日子。從他走後的第三十五天起，因為空氣汙染、地震、洩漏等種種災禍，導致從各地轉移至諾特丹的人數驟然增多，可新聞上卻沒有相關的消息。

米凡在樓頂上，默然的看著遠處黑色制服的軍人將沒有居留證的逃亡人員堵到一條街上，然後讓他們分批帶上飛行器。

管家說，他們會被分配到政府臨時建立的收留處內，並且進行強制勞動，畢竟太多居無住所的遊民會為諾特丹帶來很大的不穩定性。

其實從米凡來到諾特丹起，這樣的現象就已經存在了。這顆星球就這麼大，卻有百分之三十的地下城市都面臨著生存危機。這也是圖盧卡在面對敵意時，決定首先挑起戰火的原因之一。

他們需要另一顆適於生存的星球。

侵略，是唯一的手段。

只是依目前的情況來看，卻說不準誰會是被侵略的那個。

元族是個戰鬥力強悍的種族，自從母星荒廢後，他們便四處攻占，選擇合適的星球定居，直到將那顆星球的所有資源都貪婪的掠奪完，他們就會瞄準下一個目標。

就如圖盧卡，所謂的三級人其實才是這顆星球原本的主人。

只是沒有想到，圖盧卡竟然這麼快就面臨到環境的崩潰。偏偏此時正值外患，加上意料之外的多個星球的聯盟、盟友叛變，諸多因素相加，才讓元族人陷入了前所未有的困境中。

*** *** ***

幽藍色的光從小小一點無聲的爆開，在漆黑的宇宙中如同水紋一樣向外擴散，銀星一樣靜靜懸浮的戰艦和宇宙航艦一旦被藍色的波紋觸及，便像冰遇到了火，無聲無息的消融了。

「跳躍！快進行空間跳躍！」

加萊閉上眼睛，他的身體從內臟開始都在震顫，猶如整個人進入了超聲波中。

經歷短暫得令人無法思考的跳躍，他所在的飛船安靜的飄浮在一片連一絲光芒都沒有的區域。

「這是哪裡？」有人問道。

「跳躍前沒有設定目的地點嗎？」

「啟動前飛船受到了攻擊，影響了跳躍的過程，造成目標定位失準。」

加萊轉過身，看向一臉不滿的伊凡夫。

從圖盧卡啟程前穿的那身漂亮威武的軍裝，此時被伊凡夫穿得凌亂不堪，裡面襯衫的釦子錯扣著，使得衣領一邊高一邊低。伊凡夫卻沒有一點工夫去在意儀表的問題了，他現在最擔心的是飛船的能源問題。

「這下好了，我們也不用擔心他們會追蹤過來了。」伊凡夫冷哼道：「不過，我看一時半會我們是回不去了。」

加萊在茫茫無際卻又處處凶險的宇宙中玩著危險的貓捉老鼠的遊戲時，圖盧卡的形勢有了新的變化。因為戰爭分散了他們絕大多數的注意力，力量也都布置了出去，加之圖盧卡日漸明顯的崩潰前兆，三級人趁著這混亂之際，打起了驅趕侵略者、奪回圖盧卡的口號。

三級人正式聯合起來了。

***　***　***

黑暗中，米凡驀地睜開了眼睛。房中不再有加萊平穩悠長的呼吸聲，四周寂靜無聲。她輕輕的坐起來，不明白自己為什麼會突然醒來。

感覺有什麼大的事情要馬上發生，可大半夜的，會有什麼事？這第六感很強烈，她赤著腳走下床，在靜悄悄的黑暗的房中走了一圈，沒什麼頭緒，她心中不安，打開房門探出了一個頭。

莫納和喬每天忙得幾乎看不到人影，經常連著好幾天都不會回來，米凡就會從房間裡出來。

不過聽管家說，今晚他們好像回來了。

走廊上亮著柔和的光，米凡悄聲前進了幾步，順眼透過窗戶向下看去。下面是花園，石鋪的小道上有幽幽的光亮，米凡看到菲若和另一個女僕坐在路沿上聊著什麼。

一切看起來都很正常。米凡拍了拍胸口。也許是錯覺吧，還是趕緊回房吧。

剛走了一步，走廊上的燈光與花園中幽幽的亮光忽然齊齊滅了，米凡聽見菲若不解的低叫一聲。

「怎麼、這……」眼睛突然陷入黑暗，什麼都看不見，米凡伸手摸到牆壁扶著，失措之際心突然感到一陣顫慄。不祥的預感如此強烈，以至於米凡什麼都沒法想，拔腿就跑。

不知道為什麼要跑，也不知道她要跑哪裡，但米凡只有種強烈的感覺——有危險，她必須要跑！

一口氣跑了出去，門口原有的禁制不知為何失去了作用，米凡站在花園中，更加不安。

「米飯，妳怎麼跑這裡來了？」

「菲若妳看著她，我上去叫管家。」另一個女僕說著跑進了主宅。

菲若眯著眼睛走到米凡身邊，拉起她的手，「不要亂跑，外面不安全，我帶妳回去。」

她拉了米凡一把，米凡連連搖頭，雙腳黏在地上死也不動。

「怎麼啦？」菲若不解的自語道：「平時很乖的啊。」

就在這時，地面忽然晃動了一下，這震動來自腳下，這麼厲害，若不是米凡晃了一下後急忙抓住了菲若的胳膊，她一定會站不穩而摔倒。

本來寂靜的夜晚，伴隨著來自地心的震動，傳來了轟隆隆分不清遠近的響聲，似乎充斥著四周的全部空間，米凡聽不到一點別的聲音，她抱著頭蹲下來，在地面的劇烈晃動中左右搖晃，身體緊緊靠著菲若。

這星球就像得了癲癇一般，抽動顫抖得似乎會整個崩裂開來。米凡有強烈的感覺，下一秒她站的這塊地方就會裂開一條看不見底的大縫，把她和菲若吞進去。

腳邊忽然溼透了，旁邊的水池因為這晃動連水都流了出來。身旁突然之間轟然一響，菲若渾身一抖，低聲絮絮的開始祈禱。

虛擬夜空也在幾秒之後無聲的消散了最後一絲星光，地下世界中陷入了深深的黑暗。米凡連自己的手指都看不見，越發激烈的搖晃讓她幾乎連蹲都蹲不穩，就算菲若一隻胳膊摟著她，她也感覺自己馬上就要被大地甩出去了。

不知什麼時候，當這漫長得似乎永遠要持續下去的地震終於停止了，米凡已精疲力盡，無力的癱坐在地上。菲若鬆了一口氣，語不成調的感謝她剛才祈禱的不知道哪個神靈。

光明沒有隨著這震動的停止而到來，米凡仍然什麼都看不見，她抖著手，摸索到了菲若柔軟的手，緊緊握住。

「啊，小米飯妳嚇到了沒？」菲若忙轉身抱住她。

虛幻感仍揮之不去。米凡深深呼吸了幾次，之後可能會有頻繁的地震，也許待在原地才是安全的。可這時，世界忽然一亮，就像一道閃電劃過了天空，但只一瞬，又陷入了黑暗。

那是什麼？米凡剛抬起臉，就被又閃了一瞬的天空刺到了眼。

這個世界……壞掉了！

彷彿世界末日到來了一般，那人造蒼穹一閃一滅，就像接觸不良的大型檯燈，下一秒就會冒出一陣黑煙徹底壞掉一般。米凡藉著這一閃一閃的光亮，看到了那塌陷一半的小樓。

在接連不斷劈下的閃電白光中，她悚然站起。

樓……塌了！

菲若遲了兩秒，尖叫出聲：「少爺！」

房間裡，喬從地上爬了起來，許多東西都被搖到了地上，他磕碰了一下，摸索到前面門被塌下來的牆體堵住了。什麼都看不見，喬索性閉上了眼睛，用手左右摸索，只有靠著右邊牆的地方有個未堵住的小洞，然而以他的體型是鑽不過去的。

喬跌跌撞撞的從床頭小櫃中拿出一個雜誌大小的絲絨盒子，只聽得卡嚓一聲，盒子打開，幽幽的亮光照亮了半間房。

喬將這塊拳頭大小的發光晶石拿出來，照了照四周。這間房塌陷了一半。

「有人嗎？」他試著喊兩聲，卻連回音都沒聽到。喬擰了一下眉，「哎呦，這下有點麻煩了。」

千百年未見的劇烈地震發生得毫無預兆，而他困於此，只要不被埋就可以說是安全的。他雖然是私生子，但好歹還是個貴族，只要這個國家機器還未崩潰，先被救出的必定有他。

不過，他擔心的是會有餘震，還是儘快逃出去才最保險。

花園中，菲若把摟在懷裡的米凡推開，對她說：「妳在這好好待著，別亂跑，聽見沒？」說完，她便匆匆的向塌陷了一半的宅子跑去。米凡一驚，連忙追上去拉住她，使勁搖頭：太危險了，不要進去。

「少爺、管家和其他人都在裡面，恐怕都被困住了，我要去救他們！」菲若說著，推開了她。太冒險了！米凡跺跺腳，但也無可奈何。

出口還算通暢，菲若被掉落下來的碎片砸了好幾下。通向二樓的樓梯上堆滿了大塊的硬石，她走得太急，碰了好幾下，才費勁的爬上去。

「少爺！二少爺！」二樓損毀得更加嚴重，幾乎無法辨認出那幾間房在哪裡，菲若不得不扯開嗓子大喊起來。

找不到工具呀……被困在房中的喬沉吟了一會兒，將右手按在地上，閉上眼，深吸了一口氣。

元族人的母星，是一顆早就成為漂浮在宇宙中的廢星，元族在那裡生存得遠比別處如魚得水。其中生長在這顆星球上的一種名為「惠草」的稀有植物，可以選擇寄主寄生，平常以休眠的形態存在，當受到寄主催化，便能迅速萌發生長。

而喬體內，就有這麼一株，只有一次萌發的機會。

喬將精力集中在右臂，催動意念，平日靜靜潛伏在肌肉之中的種子如同心臟一樣跳動了起來。

鼻尖滲出了幾滴汗珠，他捂住右臂，忍下那強烈的不適感。他捂住的那處皮膚忽然鼓起了一個小包，內裡的東西頂了幾下，綠色的小芽破開他的皮膚鑽了出來。然後喬放開了手，隨著惠草接連長出了好幾片新葉，他能感到這株植物和他建立的關係。

它與他的神經聯繫在一起。

吸收他的血肉，惠草眨眼間便長到了兩公尺多長，藤口有食指粗細。它根植在他手臂上，在喬的控制下直豎在半空搖搖晃晃，從主藤上發出的無數細小分支張牙舞爪，擺動著葉子。

「……過去吧！」喬露出了一絲滿意的笑意，欣賞了一會兒後，低唸道。

然後這株惠草便悠悠然朝著堵在他面前的那堵碎石牆伸去。

喬拍了拍身上的塵土，身後是從石牆變成的石堆。他用意念控制，惠草在空中猙獰的晃了晃枝葉，縮回了他的皮膚之下。

右臂又恢復了光滑，喬理了理衣服，瞇起眼環視了一圈。走廊塌了一大半，想出去還是有些難度的。期間經歷了好幾次餘震，喬連滾帶爬了一段，忽然聽到一陣呻吟。

喬舉起手中的晶石，在微弱的光中看到了一隻手。

喬走了幾步，那隻壓在石下的手，其上方的血跡也清晰起來。

「啊，喬！快拉我出去！」大半個身子都被死死壓住的莫納看到喬，有了些精神，立刻叫起來。

喬吃驚的說：「父親？」

「快點，來幫我把那塊石頭撐起來。」

喬仔細看了看，莫納身邊有一塊石頭撐著自上面坍下來的牆體，若要幫他脫身，必須要把那塊石頭抬起，還要小心保持平衡。

即使元族的身體結構就是為戰鬥而創，但這棟建築是八百年前用來自伊奧星球上比利山谷下的灰鑽岩建起的，喬可以徒手將普通的岩石輕鬆劈開，卻無法將灰鑽岩弄碎分毫。

喬笑了一下，手扶在那塊石頭上，喚道：「父親。」

莫納蹙著眉說：「小心點。」

「嗯，可能真的會不小心啊……」喬笑著說，在莫納悚然變化的臉色中，用力一擊！

「啊！」

伴隨著又一次餘震，一陣轟隆聲揚起漫天塵土，米凡看著那宅子二樓又坍下了一段。她心跟著揪起來：菲若妳快點出來啊！

米凡心驚膽戰的等了好久好久，震動漸漸平息了下來。

就像受傷的野獸，圖盧卡星球顫抖著嗚咽了幾聲後，又恢復了暫時的平靜。

外面的天空不再像抽搐似的亂閃了，而是像一面白板一樣亮著。起碼有了光亮，總比黑著好。

米凡剛因為這亮光露出了輕鬆一點的神情，就看到了喬。他的右臂奇怪的垂著，做工精良的衣服上沾著灰，白色的襯衫領染上了兩滴血跡。即使如此狼狽，他仍愉快溫和的笑著。

而菲若面色怪異，也是一身狼狽不堪，歪歪扭扭的站在喬身後。

「米飯妳沒事，真是太好了。」喬微笑道。

米凡看到一個人影也踉踉蹌蹌的從廢墟中爬了出來，在地上趴了好久。

「那是莫納先生嗎？」她低聲說。

「哦。」喬頭也沒回的輕鬆說道：「不是的，我看到父親被壓死在牆下了，不可能逃出來了。」

他回頭對菲若說：「是吧菲若，妳也看到了不是嗎？」

菲若露出些驚慌的表情，張了張嘴，重重點頭，「嗯，就是二少爺說的那樣。」

莫納永遠被埋在了那裡，僥倖逃出來的只有管家，其他的幾個僕人都沒能活下來。

那晚，米凡與萬分詭異的喬和菲若、管家三人，在花園中待到政府的軍隊出現救援全市。確定不會再有地震後，他們搬到了家中唯一倖存的一棟靠近周邊的兩層小樓中。

一片兵荒馬亂，米凡在陌生的氣息中睡了個不踏實的覺，醒來後，菲若不見了。

「菲若呢？」她靠近管家先生，輕輕的拉了拉他的衣角。

管家先生抱著軍隊送來的食物，面無表情的說：「菲若辭職回家了。」

「啊？」米凡瞪大了眼睛，「也太突然了啊！」

「她家也在諾特丹，菲若回去照顧她的父母了。」

「是嗎……」米凡擔心的說。

昨晚喬出現後明明很詭異，菲若也是。而莫納死得那麼奇怪，包括管家在內，他們三個卻沒人去理會他們曾經的父親、族長，連面子上的悲傷都不裝一下。

***　***　***

這幾天，上空幾乎一整天都能看到無聲閃過的飛行器，米凡能想像這顆星球的首府陷入了怎樣的麻煩中。

她問過管家先生現在的情況，他倒是冷靜，並沒有露出擔憂的情緒。他說諾特丹是被地震摧毀最嚴重的城市，將近一半的建築都遭到損毀，克蘭克家的這棟若是按照現在通用的建材，而不是用灰鑽岩搭上三層的話，也不會受到這麼大的破壞。

周邊也有五、六個城市受到或輕或重的影響，現在圖盧卡駐紮在首府的軍隊已經調派了起來，防止敵方趁諾特丹陷入混亂的時候發起突襲。

外面的天空這幾天一直是白板一片，日夜不分，讓人覺得有點不舒服。米凡的目光從頭頂收回，看向了在裝修簡單的小樓裡也一副時刻準備著的樣子的管家先生。

讓米凡鬆了口氣的是，自地震後喬的行蹤就更飄然不定，很少會碰到他了。

她最怕的莫納和喬都不在了，但管家仍不許她出去，他很嚴謹的遵守著加萊的囑託。而米凡單是每天站在窗戶邊看向外頭不同以往的緊張氣氛，都能察覺到硝煙四起、民生苦亂。

加萊走之前，曾將米凡的情況略說了一下，所以米凡有時悶得難受，便會和管家先生說幾句話。

管家雖奉命照顧米凡，卻對她並沒有多麼尊重，禮貌疏離，並且越來越心思沉沉，每天都嚴肅的板著臉。米凡和他相處時始終覺得不自在，然而最近管家先生連用飯的時間都沒有露面。連續幾天沒有看到他，米凡覺得不對勁了。她走到管家的房門前，側耳聽了聽動靜。寂靜無聲。

米凡遲疑的咬了一下嘴脣。想起管家嚴肅的臉，她有點不敢敲門了，如果他沒有什麼事，會不會嫌她多事煩人呢？

但是米凡終究放心不下，輕輕的敲響了門。

「管家先生？你在嗎？」

停了好一會兒，米凡都打算去別的地方找他的時候，門自動打開了。

這是米凡第一次進管家的房間，簡潔得沒有多餘的布置，若說這是他的性格體現，那麼房中牆壁上那道明顯的兩公尺長的裂縫就讓人心酸了。然而無法，仍是要住下去的，起碼比外面四處躲藏的流亡者要強，不是嗎？

出乎米凡意料的是，隨時隨地都以纖毫不亂形象示人的管家，竟然躺在床上就讓她進來了。

米凡立刻覺得不對勁，快步走上前，擔憂道：「管家先生，你生病了嗎？」

他的頭髮散落在枕頭上，幾縷花白的頭髮露出來，便顯得十分刺眼。他陷在軟軟的床墊中，一臉疲憊，顯出了老態。

淡淡的看了一眼米凡，他說：「恐怕是的，我在發燒。」

米凡一驚，連忙探手到他額頭上試溫，果然是滾燙的。

「病了幾天了？為什麼不去看醫生呢！」

「有一個政務大臣被暗殺，這一片被封鎖了，出不去。」

「哎？」她憂心忡忡的收回手，說：「我沒發現。可管家先生你不能再撐下去了，會燒壞的。」

他輕闔上眼，這段短暫的時間讓他眼角的皺紋又深了一層。他沒睜開眼便直接說：「等等吧，也許很快就能抓到暗殺者，這幾天就請妳自己照顧自己吧。」

他連交易支付的密碼都告訴了她。

米凡咬著下唇，等他一停下，就站起來說：「你一定得去看醫生！」

管家先生燒得昏昏沉沉，閉著眼彷彿睡去了，沒再說話。

因為在搜捕逃犯，所以所有的通訊信號都被切斷了，米凡沒有辦法聯繫到外面。她不指望憑她就能突破嚴密的封鎖跑出去，因此雖然信誓旦旦要幫管家，其實她一點辦法也沒有。

只能先出去探探情況。

她故意穿著淺色的衣裳，露出尾巴和耳朵。這種情況下，她寵物的身分反而是一個很好的掩護。踏出大門外的防禦系統，她就沒有一點得以保護自己的力量了。米凡戰戰兢兢沿著連通克蘭克老宅的筆直大道向下走去。

頭頂忽然飛過去一架飛行器，把她嚇了一跳，想也沒有想就跳到了路邊的一叢草壇後。

她蹲著縮成一團，看那架飛行器在天空中轉了一圈，向西飛走了。

她緩緩的鬆了一口氣，正要站起來的時候，一隻手拍在了她的肩膀上。

「米飯？」

溫潤的年輕男聲。

什麼時候有人出現?!米凡一驚之下心臟差點停跳,一回頭,一張放大的臉龐就在眼前。她上身向後傾,坐在了地上,胳膊撐住身子,離了些距離,才辨認出這張臉的主人。

竟然是喬?

喬蹲在她面前,臉上依然帶著笑。看他穿著黑色褲子,上身只著一件白襯衫,外套不知道到哪裡去了。整體上看起來倒還乾淨,不過米凡發現他的膝蓋上沾著一點灰塵。

算一算,已經大半個月都沒有見過他了,而現在這裡正被封鎖著,喬在這樣的時間和地點出現,米凡不禁心生懷疑,卻沒敢說出來,只是緩慢的收回了視線,低下頭。

「米飯怎麼跑出來了,不知道他們在這片區域搜人嗎?」喬輕聲問道。

米凡微蹙眉頭,用低低的音調說:「管家先生生病了,我想幫他找到醫生,哪怕有藥也好。」

喬微微眯起眼,思量了一會兒,說:「跟著我,我帶妳出去。」說著,他就要站起來。

但是米凡蹲在地上沒動。

喬催促道:「米飯?」

此時,米凡已經有八成的把握,喬就是他們想在封鎖區內抓捕的那個人!不知道他為什麼要帶她出去?他是被追捕的人,她和他在一起,危險性反而會變高。況且,她不信任他!她為什麼要犯傻跟他走?

第十五章 主人回來了！

米凡謹慎的搖了搖頭，說：「謝謝了，其實我能自己出去的。」說著，她站起身就要離開。

喬站在她身後，卻什麼都沒說，看著她離開後，嘴角的笑意變淡，他環顧了一下四周，尋了個方向迅速的消失在那裡。

空氣中微妙的氣息和聲波的傳動，讓米凡覺察到了異樣。她躲藏到路邊，小心的尋找著掩護向東邊走了幾步，一個拐彎後，一隊七、八人穿著全黑色軍服站成一列，他們周圍有幾輛銀白色的飛行器安靜的懸浮在地面上一公尺的高度。

米凡咬著手指頭看了一會兒，實在是想不出什麼好辦法。如果她裝成寵物咪咪叫著直接出去，會發生什麼事？

……如果沒被一炮轟死的話，那麼不是被驅逐回去，就是被五花大綁捆起來帶走吧。

That's not easy to be moe animal.

怎麼可能放她出去！她、她還是另尋出路吧。

米凡貓著腰，踮著腳尖，一點一點往後撤退。

因為擔心會發出聲音，背都汗溼了，她還沒有走出三公尺外。

一眼不眨的盯著那隊冷肅的軍人，米凡好不容易退出了他們的視線範圍，緩緩鬆了口氣，打算再到別的方向看看。就在這時，路口那邊大步走來一個軍人，米凡連忙躲起來。

那軍人從她前面走過的時候，她聽見他在說話：「人已經抓到，一分鐘後帶到這裡。」

抓到了？

米凡一怔，等那人走掉，她又在原地等了一會兒。

不一會兒，幾個黑衣人壓著一個神情萎靡的綠髮男子走了過去。

不是喬。

米凡有些不解，喬明明就在躲避這些人的搜索，難道那個綠髮男子是喬的同夥？喬貴族出身，怎麼會和三級人混在一起？

然而米凡馬上就不想這件事了，抓到那個綠髮男子後，他們竟然撤退了！

米凡耐心的等了許久，確定他們全部撤退並且沒有埋伏後，她才跳了出來，急匆匆的向外跑。

出來前她將地圖帶上了，米凡打開導航，在冰冷的女聲的指導下，向最近的醫生所在地跑去。

諾特丹是圖盧卡的首府，是這顆星球最繁華的城市，米凡偶爾出來的那幾次，看到的是街上衣著優雅時尚、容顏自信的行人，和頭頂繁忙的飛行器交通。

沒有一次像她現在所見的，充斥著荒涼頹廢的感覺。

街道依然寬廣乾淨，但是行人只有兩、三個，穿著非黑即灰的衣裳，行色匆匆。而頭頂穿梭的飛行器大都標示著軍隊的標誌。

沒有流民，因為流民都被驅逐到了一起；沒有死傷，因為鮮血都被沖洗一淨了。

米凡將尾巴和耳朵又藏好了，按著智慧地圖的指示徑直向紅色的標示處疾步走去。

可惜，那家小小的醫療診所關了門。門上有醫生留下的通知，他被徵召入軍了。

米凡頓時急躁起來，不過買個藥而已，她要跑哪去找？已經出來大半天了，她需要趕回去照顧管家先生。

心一急就亂了，她試圖去另一個醫生所在地的路上，走了個岔路。

米凡並不知道在諾特丹還有這樣蜘蛛網似的小巷，即使有地圖指引，她還是繞暈了方向。什麼向東拐向南走，她已經完全分不清東南西北了，怎樣才能設定成以左右前後指引啊！

她急匆匆的想要走出去，便沒注意到前面人影一閃而過。當她從那條雜物堆積的小巷口走過去時，忽然又聽到了喬的聲音。她忍不住一頓，下意識的躲了起來偷聽。

喬正在說他是怎麼到這裡來的，但是他沒有說完，就有個女聲滿含怒氣的打斷了他的話：「你出來了，但是達亞呢？他為什麼沒跟你一起回來？」

「……他被抓住了，我告訴他躲在我為他找的地方，但他不信我，擅自出來，被發現是很正常的事情啊。」

「你……不可能！當初還是達亞擔保你會幫助我們，大家才同意你參與計畫的！」

喬的聲音忽然有點冷：「這次暗殺的計畫中，如果不是我提供最關鍵的資訊給你們，你們能得手？以後你們依然要依靠我。不相信我，你們還能相信誰？還有哪個貴族、甚至平民會幫助你們？」

米凡愣愣的直視著前方，喬當真參與了這件事！他自己也是貴族啊！以他的身分，他都可以被稱為內奸了。

米凡偷偷的扒著牆，朝聲音傳來的方向看去。

和喬對峙的有三個人，其中一個是有著十分鮮亮的綠色頭髮的少女，正咬著牙強壓怒意。

喬褪去了溫文的偽裝，冷笑了兩聲，「像你們這樣，連犧牲的心理準備都沒有，還搞什麼復國？」又嘲諷了幾句，他拋下一句話：「想驅趕走元族貴族，就先有點不成功便成仁的意識，再來找我吧。」

喬在想什麼？明明他自己就是貴族，他還要幫著三級人推翻自己嗎？

她、她要告發他嗎？畢竟如果圖盧卡亂了，還在不知道哪個星系激戰的加萊也一定會受到影響。

她不喜歡元族人搞出來的這種種族分級，也不喜歡他們摧毀了一顆星球的生態卻毫無保護念頭，她甚至在內心深處認為三級人的反抗是正確的、值得支持的。可是如果為加萊想想，她便無法站在他的對立面了。

不管幫哪邊，她都覺得是不對的。

米凡心思有些亂，邁出一步，決定先去找到醫生時，腳下卻踢到了一個罐子。

所以說，住在這裡的人就不會把外面打掃收拾一下嗎？！一地垃圾多麼不文明！隨著綠髮少女緊張的一聲暴喝，米凡抓狂的想。

米凡被抓了起來。綠髮少女將她綁起來後皺著眉看了她好久，和她一起的另外兩人見米凡並不是人，便要綠髮的少女將米凡放了。

「只不過是那些貴族養的寵物，抓她幹什麼？」綠髮少女猶豫了一下：好像有些道理啊。

「不用放了她。」喬掛著饒有興趣的笑，走到她面前，「這可是我的寶貝呢。」喬將米凡帶到了他們隱蔽的基地，連綁她的繩子都沒解，就將她推到了角落裡。

「看嘛，跟妳說讓妳和我走，妳不要，現在不還是主動找來了嗎？」米凡臉上都快能擠出苦汁來了。俗話說得好，果然好奇心害死貓。她聽到喬的聲音時就應該果斷遠遠逃開才是。

「我、我……不會把你的事說出去的，你放了我吧，管家先生生病了，我要帶藥回去給他。」米凡弱弱的說。

「那可不行~」喬搖了搖食指，「現在我要確保妳隨時在我眼底，我才能安心呀！」

「為、為什麼？你在幹大事業，不要在沒用的事情上費功夫啦！」米凡乾笑道。

喬溫柔的摸了摸她的頭，卻沒有回答她，「我等待的時機已經成熟了。」

米凡在那個充斥著異味的昏暗地方待了兩天，因為她只是一隻小馥，沒什麼人理她，喬不在的話，那些三級人甚至連食物都不記得要給她。因為一直有人留守，即使沒人在意她，她也沒辦法掙脫繩索在留守人的眼皮底下跑出去。

***　***　***

「主人？」

「加萊？」

「你什麼時候能回來啊？」

她的面容在一片霧色中模模糊糊，只有明亮的黑色眼睛專注的看著他。

回來吧。

那雙眼睛好像在這樣說。

加萊的睫毛微微顫抖，吃力的動了一下手指，費了許多功夫，才睜開了眼睛。

米飯輕飄飄的聲音在他睜開眼的一瞬間消失了。

他還活著。

伊凡夫臉上有幾道血痕，頭髮亂糟糟的，見加萊醒來，如釋重負，「你怎麼現在才醒過來，要不是叫不醒你，我還以為你偷懶睡覺呢！」

「我們……贏了嗎？」

「贏個屁！兩艘護衛艦全被打崩了。」

「對方呢？」

伊凡夫聳了一下肩，「滅掉了。」

加萊鬆了一口氣，選擇從這條路線直擊是正確的，接下來防守的壓力就沒有那麼大了。

然後，加萊環顧一下四周。出發前，這艘宇宙戰艦上有二十五名戰士，現在只有十一個還好端端的在這裡，只是和伊凡夫一樣，都衣著狼狽。

外面，仍然是靜逸的無垠宇宙。

原來，他已經在沒有停息的追蹤與攻擊中度過了半年。敵方的增援源源不斷，到現在，他已經有些疲於應對。

然而伊凡夫鬥志尚存，他罵了句粗話：「操他媽的！下次一定把他們轟成粉末扔到黑洞裡！」

加萊被他的這種精神感染，雙眼光芒微亮，卻是嘲笑道：「首先你得保證自己活下去。」

伊凡夫鄙視的斜睨他一眼，「我從來不考慮這個問題，打完這一仗，我還得回圖盧卡集齊一百五十個情人的內褲。」

「……這算什麼，你的人生目標嗎？」

「人活著嘛，總得有個目標。」伊凡夫雙臂張開，大字型躺倒在了地上，然後沒什麼興趣的看了加萊一眼，「你呢，有個目標沒？」

一瞬間，眼前浮現出昏睡時的那雙清淺如溪的眼睛。

夢到米飯並不奇怪，戰鬥間歇，放鬆下來時，只有想到她才會覺得身處的銀白色冷硬的戰艦內也有一點暖色。想想，或許等下一場結束，就能回到圖盧卡休整，在宇宙中漫無止境的遊蕩也變得不再那麼漫長。

一個雄性本性中對戰爭的嗜血狂熱，因為數次的生死間來回、精神高度緊張瀕臨崩裂後的疲憊，而逐漸磨滅。米飯的聲音和樣貌也越來越頻繁的在腦海中重現。

伊凡夫說是因為他精神損耗過度的緣故。

可是上一次，當裹挾著巨大熱量的白光將他包圍，那一刻他聽到了死神靠近的腳步聲，心中卻想起了米飯。

失去意識前，他只覺得自己可笑。

以前他糾結的事，毫無意義。米飯是什麼樣的身分根本不重要，那都取決於他的想法。從生死之間徘徊幾次後，旁人的眼光便僅僅是風中的一縷異味，只要他不在乎，就沒有什麼能傷害到他。

他從來自詡坦蕩無畏，從不畏懼直面全部的自己。

他想米飯。

＊＊＊　　＊＊＊　　＊＊＊

外面的形勢越來越不樂觀了。米凡被喬抓住後，一場病疫就小範圍的爆發了，若不是政府反應及時，恐怕死去的人不止幾十人。這場病雖然平息了下去，可是人心卻亂了。接下來便是滴滴答答、持續不斷從地面上向下滲漏的水，這讓路上的行人變得更少了。

米凡是怎麼知道這些的呢？因為喬這個叛亂者，必須得左躲右藏不斷逃避政府軍隊的抓捕，他始終沒把米凡拋下，帶著她這個累贅換了好幾個避身處。

在路上，米凡得機就往外看幾眼，也試圖逃跑過——當然，都是無用功。

而她也聯繫不到加萊。加萊給她的通訊器她一直戴在耳上，可從來都沒能成功聯繫到他。

也許是加萊在無法聯繫上的地方，也許是因為她用了錯誤的方法，總之，米凡從來不會想，是不是因為她想聯繫的人已經不在。所以後來，她便不再試了。

這天，米凡夢見加萊了。

就是她從墜毀的飛船上逃出來、慌亂無神的那一天，加萊把她帶了回去。只是這次在夢中，當她看見加萊的面容時，一點也不驚慌，相反的，她心中安寧得如同回到了媽媽的懷抱。

她主動拉上了加萊的手。

他低下頭，眼睛掩沒在陰影中，卻仍然柔和。

米凡記得在夢中，當她這樣看著加萊的時候，笑得很開心。

她已經很久都沒有那樣笑了，甚至做夢時她都意識到這一點，可看著加萊那無比熟悉的臉龐，嘴角就不由自主的向上彎。

醒過來的時候，嘴角仍殘留著一點弧度。

米凡怔怔的望著破敗得往下稀稀疏疏掉著塵土的天花板許久，連著鎖鏈的堅硬項圈磨著她的脖子，隱隱作痛。

心裡惆悵得馬上就要爆開了。她重新又閉上眼睛，還是接著睡吧，說不定能把這個夢繼續下去。

也只有在夢中能得到些安慰。她都好久沒和人說過話了，喬很少出現，見到他時，他比好久沒洗澡的她都邋遢了，臉上那溫柔的笑還是一直掛著。米凡只要見到他，就會抓住時機絮絮嘮叨著要他放了她。

「不行的哦。」

他從沒表現出遲疑，向來都是一個答案有效堵住了她的嘴。

後來米凡明白了，喬一直不放她，是在等加萊。

***　***　***

站在隱在一片枯藤中的大門外，他透過鐵欄和枯葉中的間隙向裡看去。

昔日莊榮驕奢的克蘭克家主宅，已成半塌的廢棄之地。

加萊站了良久，心中已經有了不妙的預感。通訊器在一次戰鬥中遺失，他想聯繫到米飯都不行。

現在米飯是什麼情況，他一無所知。

深吸了一口氣，他伸出手——連禁制都沒有了？

身上還殘留著戰火的味道，加萊眉頭一擰，衝了進去。

沒有、沒有、沒有！

主宅二樓幾乎全部塌陷，包括僕人住所在內的其他建築，或已經坍倒，或是空空無人。最後加萊在一個僻靜靠外的小樓中找到了近期住過人的痕跡，但也有段時間不再有人住了。

偌大的克蘭克家中，竟找不到一個人。

父親和喬都去哪了？管家呢？

……米飯呢？

他沉著臉，轉身離開。

「咦，心心念念要回家，你跑來找我幹嘛？我已經看煩你了，好不容易回到圖盧卡，你讓我好好歇歇，看見你我就覺得還在打仗，渾身都犯疼。」

輾轉了好幾次，加萊才在伊凡夫的一所私宅中找到他。一看到是加萊，伊凡夫臉上就露出了嫌棄的神色。

「米飯不見了。」

伊凡夫吃驚道：「什麼？你不是把她託付給你家的管家了嗎？」

「沒人了，家裡一個人也沒有了。」加萊臉色沉重的說。

「呃……你別慌，我問問。」伊凡夫站起來說。

「我沒慌。」

伊凡夫同情的看著他，「好吧，你不慌。」

伊凡夫轉身到外面和母親通了一會兒話，然後帶著一臉沉吟走了回來。

加萊緊緊的盯著他問道：「怎麼回事？」

伊凡夫揮了揮手，說：「回來的時候就知道這半年圖盧卡發生了不少變故，但沒想到你們克蘭克族的變故最大……」

「到底發生了什麼事！」

加萊渾然不知自己已經急躁起來，伊凡夫急忙開口說：「你父親在地震中身故了，主宅的人全散了。聽我母親說，你弟弟喬因叛國罪被通緝，一直沒被抓到也沒有消息。至於米飯，呃，因為只是個小馥，沒人注意過她的行跡。」

觀察著加萊的臉色，伊凡夫小心的說：「你家的僕人應該還有活著的，找到他們或許能問到些消息。我母親說你父親死後，管家先生在主宅那還待了一段時間，但後來形勢太亂，沒人知道他是什麼時候失蹤的。」

加萊點了點頭，一動不動的坐了一會兒，說：「我知道了。」

「先去哪裡找人？讓兄弟我幫你一把吧！」伊凡夫積極道。

加萊垂下眼，疲憊的說：「讓我想想。」

最近戰局稍微緩和，加萊和伊凡夫得到機會回到圖盧卡休整一段時間。回來前，加萊換上了他最完整的一套軍服。他猜他不在，米飯一定瘦了，他還想一定要趁在家的時候，將她餵得胖胖的。然後，他還有些話，打算用行動表明。

只是他沒想到，竟然一切成空。

管家忠於克蘭克家族，這點加萊絕不會看錯，所以才敢將米飯託付給他。因為米飯無足輕重，對於克蘭克家族毫無影響，所以管家會盡心聽從他的命令。除非管家死了，不然不會放棄米飯不管。

放在膝蓋上的拳頭慢慢握緊，加萊心想：管家去哪裡了？

伊凡夫陪著加萊在外面找了一天，並不順利。路上都是士兵，作為首都的諾特丹，也都是一副人口凋零的樣子。

何況加萊根本不知道家中那些僕人離開克蘭克家後會去哪裡，或許根本不在諾特丹了。而管家自加萊記事起，他就在克蘭克家了，甚至父親小的時候，他已經是管家了。

「他不會真的死了吧？不然怎麼找不到一點蹤跡？」伊凡夫說。

「他沒有死。」加萊看著前面說道。

「哎？」

加萊快步向前走去，伊凡夫連忙跟上。轉了個彎，是條狹小的巷子。他們一轉進去，便有一人彎身向他們行了一禮。

伊凡夫吃驚道：「管家你怎麼在這裡？」

加萊看了管家一眼，在這亂世中，不只他這樣的貴族子弟，向來注重儀表、對自己要求苛刻的管家，也顧不上外表的整潔了。不過，管家的樣子倒沒有變化。

「米飯還好嗎？」

「少爺，她在二少爺那。」

加萊無聲的舒了一口氣，說：「好。你先跟我回去再說。」

回到伊凡夫的私宅後，管家將這半年來的事情敘述給加萊聽。

原來米飯出去找藥卻被喬抓走後，搜捕喬的士兵找到了管家，將他帶走治療。管家醒過來後，被盤問了許多關於喬的事情。也就是那時，管家才知道喬參與了叛亂的事。

管家忠於的是克蘭克家族，而不是莫納，或者加萊，更不會是喬。喬也明白這點，所以他做的事情從來沒有向管家透露。在審訊中，管家也證明了自己的清白。

他發現米飯不見後，便開始尋找，而因為懷疑喬，所以他再也沒有回過主宅。

「兩個月前我確定米飯在二少爺那，這段時間一直在打探二少爺那裡的底細。」管家一直沒有表情的臉上露出了沉吟，似乎在猶豫要不要繼續說下去。

「……但是，前天一時不慎，被發現了。」

伊凡夫直起腰，問道：「然後他就把你放了？喬變好心了啊！」

「二少爺放了我，是要我做一件事。」管家說道。

「哦？」加萊挑了挑眉毛。

「二少爺知道您要回來，所以要我告訴您……他希望您能親自去將米飯接回去。」

＊＊＊　＊＊＊　＊＊＊

米凡縮在牆角，手指扣著鐵鍊上的窟窿。喬站在她的面前，她也懶得理他了，他死活都不放她走。哼！

「有個好消息，米飯想不想聽？」喬笑著說。

米凡無力的看了他一眼。不想聽，哪有什麼好事能發生。

「米飯這麼沒精打采的可不行。等哥哥見到妳，會說我沒照顧好妳的。」

米凡翻了個白眼。你有照顧我嗎？她身上的這件衣服自被他抓過來後就沒換過，屁股上都快磨出洞了。

「喂，怎麼沒反應？」喬點了點她的鼻尖，說：「哥哥已經回到諾特丹了哦。」

「才不會信你，騙子。」米凡偏了偏臉，嘀咕道。

「沒騙妳。」喬開心的眯起眼，「現在他應該已經知道妳在我這裡了吧～真高興啊！馬上就能見到哥哥了，呵呵！」

喬笑著離開了關著米凡的小房間，米凡著急的連聲叫他：「等等！你說的是真的？」

他站在門口回頭衝她一笑。

加萊……真的回來了？

米凡的心怦怦的跳了起來。天吶，這次不是做夢吧？

想到很快就能見到他，心裡就緊張得不行。

但是——喬是怎麼知道的？而且喬困著她就是為了等加萊，米凡能想像出他的惡意。八成是要拿她當誘餌讓加萊過來。

喬本就對加萊有敵意，如今他更是站在與加萊敵對的位置。

他想對加萊做什麼？

米凡咬著嘴唇想：還是別來了吧，加萊……

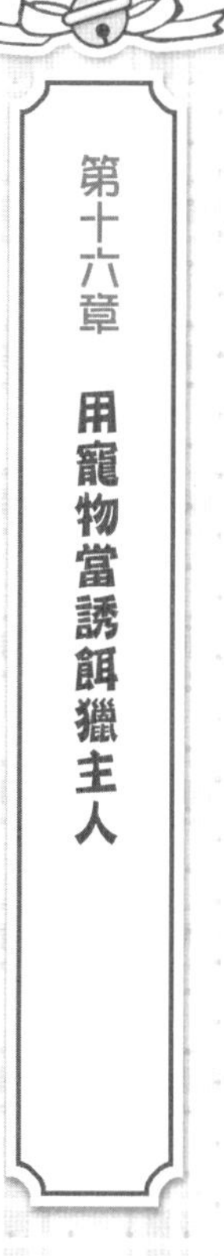

第十六章 用寵物當誘餌獵主人

風帶來刺激性的味道，喬站在一輛廢棄的電磁導軌炮上，看著從遠處獨身走來的加萊。

「哥哥你果然來了。」

加萊在離他不遠處停下，淡淡的說：「你真是自甘墮落了啊！看你現在的樣子，要不是你叫了我一聲哥哥，我就把你當那些三級人處理了。」

喬拉了拉身上磨損嚴重的灰撲撲的衣裳，笑道：「哥哥也不復往日光鮮啊！這段時日大家都沒享受的心情呢。」

「別說廢話了，我來了，米飯呢？」

「米飯要哥哥你親手領回去才行。」

「帶路吧。」

That's not easy to be moe animal.

喬吃驚的挑了挑眉，「沒想到，哥哥對米飯的感情比我預料的還要深啊！你知道跟我走後，我計畫對你做什麼嗎？」

加萊皺了一下眉，「我不知道，你放心好了。」

喬嗤嗤的笑起來。

米凡覺得好餓，但現在一個人也沒有。喬和那些三級人經常一離開就是好幾天，然後每次回來都少幾個人，或者加入一些不認識的面孔。如果喬來得及的話，他會給她一些足夠幾天的食物，可是經常不夠吃。

她最討厭飢餓的感覺，但也不得不適應。

喬昨天還在，今天應該不會馬上離開。快帶吃的回來啊混蛋！好懷念加萊，跟著他三餐有保障，還有肉吃。

米凡閉著眼睛靠在冰涼的牆上。

因為從不期望，所以當加萊站在她面前的時候，她足足有十分鐘沒回過神來。

她獨自一個人的時間太長，已經神經虛弱到產生幻覺了吧？

米凡閉上眼睛，再睜開，他仍好好的站在她的面前。

眼前一下子便被一層水霧蒙住了，米凡使勁的抹了一下眼，眼都捨不得眨，直直看著對面的人。

加萊瘦了好多、好多，下巴都成了尖的，黑色的戰鬥服穿在身上，仍插著幾把米凡不認識的武器。他的面頰削瘦，向來冷厲的銀色眼眸也斂去了鋒芒，可是殺意血氣縈繞在他周身，讓人僅憑感覺便覺得危險。

變得太多了……或許，他並不是加萊？僅僅是長得比較像的另一個人？不然怎麼會突然出現在這裡啊？

是了，肯定不是加萊，喬還和加萊長得很像呢，這人說不定是他的哪個堂弟？

米凡顫顫巍巍的張嘴：「你是──」

加萊的心猛地一墜，沉聲問道：「我是誰？」

害怕失望而拒絕相信，但是當他開口時，米凡還是馬上確定了，「加、加萊？」

加萊眉間的皺紋就像石刻的一樣。米飯竟然認不出他來了！

看到她的第一眼，加萊就騰地冒起滿腔的怒火。

她瘦了那麼多！身上的衣服是他親自買給她的，卻是髒兮兮的，幾乎已經沒了型。她脖子上的鎖鏈那麼粗，鎖骨和脖子的皮膚都是一片紅腫……喬就是這樣對待她的！

加萊抑制著馬上要爆發的憤怒，米凡仍呆呆的看著他，忽然高亢的喊了一聲，張開手臂就往加萊懷裡撞去。

鎖鏈嘩啦啦一陣響，加萊剛感覺到她的骨頭撞在他的肋骨上，米凡就已經嚎啕起來了。

滿腔怒氣就被她這樣毫無形象、如嬰孩一樣的哭聲驅散了，加萊忽然覺得無奈。他的腰被她摟得緊緊的，她哭了好久，直到嗓子都啞了，哭聲都還停不下來，肩膀仍持續聳動著。

「行了，哭得差不多了，別哭了。」加萊嘆了一口氣說。

「嗚嗚……嗯……」米凡抽著氣，努力壓回眼淚。

「真是感人啊。」忽然有人啪啪啪鼓起了掌。

喬？米凡見到加萊的激動消散了不少，她想起喬說過的話，加萊真的是他帶給她的那個好消息。

她抓住加萊的肩膀，小聲說：「喬他沒為難你？」

加萊沒說話，反手抓住她的手，看向喬。喬笑著朝門口攤手，做出了一個請走的姿勢。

加萊一聲不吭，解開米凡脖子上的鎖鏈後，帶著米凡逕自離開了。

這、這就走了？

米凡不可置信的回頭看了一眼喬，他靠在門邊正笑著看他們。

加萊用力握著她手的觸感是那麼清晰，可她還是覺得像在做夢一樣。

「他就這麼放我們走了嗎？」加萊一直沒說話，米凡不安的問道。

「不會的。」他說著，忽然拉了米凡一把，朝右一拐。

一艘小型飛船出現在眼前。加萊抱著米凡快速上去，朝坐在裡面的駕駛員做了個手勢，飛船隨即啟動。

加萊望著迅速變小的地面，說道：「喬已經出手了。」

「啊？」

「我不可能一個人來的。」加萊對米凡說，「喬必然要和我見面，還暴露了他們的基地，這是抓住他的尾巴將叛軍一網打盡的好機會，我知道，喬同樣也知道。」

「那他還……」米凡不解道。

「因為喬想做和我一樣的事，他要反過來，攻擊我帶來的戰力。」

「這……他討不了好吧？」

「我帶來的兵力並不多。」加萊眼也不眨的看著下面，說道：「如果實力相差太多，他會帶著妳撤離。」

整個飛船忽然搖晃了一下，米凡緊急之下抓住了旁邊的把手，才沒有被甩出去。

「怎麼了！」加萊厲聲道。

「地面攻擊！」駕駛員罵了一聲：「他們瞄準我們了！那群該死的三級人！」

「是喬？」米凡連忙問道。

「嗯。」加萊簡單的應道。

隨著幾次躲避，飛行器猛地震顫了一下，米凡感到從底部傳來的巨大力道順著她的腳心一直竄到她的頭頂。緊接著便是失重，在五感全都失去的那幾秒，米凡的手揮動了幾下，碰到一個溫暖的物體，就緊緊的握住。

駕駛員面目扭曲的操縱著駕駛臺，馬上要墜到地面的時候，機身抬高了一些，雖然飛行器沒能再飛起，但好歹減緩了下墜的趨勢。飛行器在地面上摩擦著劃出一長道火星，最終撞到一具武器上，停了下來。

加萊將一直護著的米凡放開，她被顛得頭昏眼花，但仍是強撐著跟著加萊站起身。

加萊面色凝重，快步向外走去。

「能量炮。」看到外面的景象，加萊冷冷道：「如果不是有人暗中支援，這些人不該有這種武器。」

米凡從他背後站出來，吃了一驚。

一片硝煙瀰漫，無聲一閃而過的光和同時響起的建築崩塌的巨響，地面上的戰爭就是這樣粗暴簡單的進行著。

沒有半點人聲，只有毀滅和崩潰的聲音震耳欲聾。

米凡憂心的問：「和他們打，你有把握贏嗎？」

加萊笑了一下，「看誰棋高一著了。」

他一把拉住了米凡的手，「跟上我，我們衝出去。」

衝出去？在交戰雙方不長眼的轟擊中？米凡愣住。

衝進硝煙中，米凡大口喘氣，艱難的追上加萊的速度，旁邊的建築在不斷崩塌，飛行器的駕駛員緊跟著他們。

腳下的路盡是碎塊，一灘一片或乾涸或新鮮的血跡是最鮮明的存在。

米凡的肺開始刺痛，不知不覺便被加萊帶到了一條小巷中。

「這裡？」駕駛員急聲說：「這裡不通！」

「沒關係。」加萊手上不知何時多出了一把不大的槍，當阻攔在前方的牆壁出現的那刻，他抬起了手，開槍！

耀眼的白光刺向前方，完全沒有經驗的米凡在他抬手時盯著看了一眼，便閃花了眼，視野頓時變成一片白茫茫，什麼都看不見了。但奔跑仍在繼續，米凡茫然的瞪大著眼睛，緊緊拉著加萊的衣角。

前面的色塊出現在視線中的時候，米凡終於跌倒在地。與此同時，一直縈繞在四周的交戰聲突然猛烈起來。

她吸了一口氣，晃了一下頭，能看清了，匆忙站起來。

加萊站在她前方，同那駕駛員一起擺出了防禦的姿態。

「加萊！」

遠處跑來的士兵身上的軍服可以看清了，領頭的是伊凡夫。

加萊等伊凡夫跑近後問道：「怎麼樣？」

他舉起大拇指，「沒問題，那群三級人根本沒什麼戰鬥力，人數多也不是什麼優勢。」

加萊笑了一下，「看來喬沒有預料到還有你幫我，帶來的也不是普通的軍人。」

伊凡夫也笑，「沒有上過真正戰場的人還是不行啊，搞恐怖襲擊的手段拿來對付精銳士兵？」

「他大概認為我會帶來政府軍，可他的消息卻沒他以為的那樣可靠。我去見他時，他們探來的消息說埋伏的是政府軍，但是你帶來的，是和我們一起回來休整的前線精銳戰力。」加萊毫無同情之意的感嘆道：「太天真。」

米凡一點也不覺得喬哪裡天真了，明明是這兩人狼狽為奸，經驗太豐富。

說話間，周圍忽然靜了下來，伊凡夫接到前面戰線的報告，立刻對著通訊器大叫起來：「跑了？追！一個不留！」

「蠢蛋！」伊凡夫嘀咕著，轉頭對加萊說：「你帶米飯先回去，我要把他們一網打盡，不然丟死人了。」

加萊輕嘆了一口氣，站在原地看著伊凡夫率領士兵往外衝去。

搭在米凡肩上的手下滑，掐住她的腰，加萊一下子就把她舉了起來。

米凡一張臉剛才就已哭得稀里嘩啦了，被他忽然的動作又嚇得有點反應不過來，痴呆的看著他。

加萊厭棄狀的皺了一下眉，嘴角卻小小的勾起了一個微笑。

「哭得真難看。」他說。

米凡嘴角往下撇，卻又抖動著想翹起個笑，像哭又像笑的，她音調發顫的說：「我以為還要等一年、兩年，一直等到我老死，才能再看到你呢。」

直到回到伊凡夫的家中，加萊才鬆開米凡的手。

米凡的嗓子有些發乾，她擦了把臉上的土，還有些怔怔的，「安全了？」

「嗯。」

她抬頭看著加萊，感慨萬分的說：「主人，你瘦了好多！」下巴尖得都能做殺人武器了。

加萊怔了一下，他很久沒有注意過自己的面容了。

「是嗎？」他微微側頭，「妳卻胖了。」

米凡瞪大了眼睛，「不可能！怎麼可能變胖啊！」她委屈道：「喬都不讓我吃飽……每天我都好想你……」

加萊一陣沉默，嘴角的笑意卻有幾分促狹。

米凡臉一紅，忽然覺得渾身都不自在，連忙低下頭：「我是說，想主人你每天準備的食物。」

把衣角蹂躪一會兒後，她開口說：「對了！我被喬抓走時管家先生病得很嚴重，他怎麼樣了？」

沒想到米飯把管家的事記得這麼牢，著急得剛安全下來就問他的事。加萊搖了搖頭說：「管家很好。」隨即將他如何遇到管家的事告訴了她。

「那就好。」米凡拍了拍胸口，舒了一口氣：「一直擔心他一個人被拋下……」

「對了，父親的事……」加萊問道。

「這個啊……」米凡還記得加萊說他有過把莫納殺死的念頭，她當那是他少年期犯中二病，但喬……米凡後來確定了，那晚莫納之死和喬脫不了關係，他倒真的下了手。

「你們父親死的那晚，菲若和喬都在主宅樓裡。菲若可能看到了，但第二天菲若就不見了。管家先生說她回家了。我想，應該和喬有關。」

「是他能做出的事情。」加萊說道。

*** *** ***

沒想到，再回來已經物是人非。加萊被米凡帶去主宅的廢墟前，這樣想著。父親的屍體至今還埋在那下面。

他靜靜立了一會兒。

「我不大明白，你的父親看起來比較喜愛喬呀。喬為什麼要他死？」

「他？他憎恨貴族，憎恨圖盧卡。父親拋棄了他的母親，所以其實喬最恨的人就是父親了。」

「哎？」

「可能和他幼年的經歷有關吧。」

「哦……」

加萊和米凡將那棟小樓收拾了一下，以前管家布置的物品都還在，清理一下就能住人了。

米凡感激不已的好好洗了一個小時的澡。頭髮已經長到了腳踝，米凡費力的擦著，坐到了床上。

這一片區域已經廢棄，能源供應也停了，晚上屋裡便一片漆黑。

夜色中，加萊忽然問道：「這半年，妳一個人，是怎麼過來的？」

米凡愣了會，用輕鬆的口吻說：「別小看我，我的生存能力還是可以的呀！」

一隻大手穿過黑暗落在了她的頭上，米凡忍住鼻酸，將他的手拉下來，緊緊的握住。

「主人呢？你打了很多場戰鬥嗎？」

加萊避重就輕的跟米凡講了這一年來他的經歷，無非是一場又一場實力相近的搏殺。米凡睜著眼專注的聽著，無法想像現在正好端端的坐在她面前的加萊是從怎樣的戰火中回來的。

她輕聲喃喃的問：「那麼，你還會回去嗎？」

這是個註定會傷心的問題，果不其然換來了加萊的默然不語。

「戰爭還沒有結束……」

「我知道！」米凡急匆匆的打斷了加萊的話，臉上露出了一個大大的笑容，「主人應該待不久吧，還是不要說這些了，反正我已經安全了，你離開也沒關係的。」

米凡苦悶太久了，被困在鎖鏈長度範圍內，生活就像枯萎的花。加萊回來後，才終於展現了亮色，她日日懼怕擔憂的那些不再是威脅。

她最好忘記加萊離去的日期，米凡這樣告誡自己。戰爭並非朝夕之間就能結束的，以後仍然需要她憑自己努力的生存下去，無憂慮的時光太少，每一分都要珍惜。

她猛地站了起來，對上加萊驚異的目光，興高采烈的說：「主人餓了吧，我做菜給你吃！」說完，她便忙碌起來。

米凡把盤碟都端上餐桌後，加萊抬起手，同時輕聲說：「以後不要叫我主人了。」

米凡嗯嗯的應著，眉眼都彎成了月牙狀，「好的！加萊！」

米凡的情緒高漲，每天興奮得有點過頭，笑容無時無刻不掛在臉上。她蹦躂著跑到加萊身後，拍了一下他的肩，然後跳到他面前。

「加萊，這次回來不是要休整的嗎？不要忙啦！」

「我幫妳把防禦系統加強，有漏洞也需要補上，這樣等我走以後，妳——」

「等你要走的時候再說吧。」米凡打斷他的話，拉住他的胳膊，「你剛回來，先歇幾天嘛，我剛才還熬了湯呢，去嚐嚐唄。」

她顧盼神飛的說著自己的廚藝進步了，始終沒鬆開拉著他的手。

加萊跟在她身邊，低頭看著她散發著光芒的飛揚的面容，不知不覺間，露出了連自己都沒意識到的笑容。

「米飯。」他叫了她一聲，待米凡回過頭的時候，他脣角一勾，在她的額頭上彈了一下。

她咧嘴捂住額頭，疑惑的看著他，他卻開懷的使勁揉了一下她的頭頂。

三天來，兩個人什麼都沒做，加萊和米凡一樣，足不出戶，有時在居處中閒晃，估量著如何加強防守，有時被米凡拉著說說戰場上的事，或者聽她絮叨她以前的瑣事。

「我的室友總愛襲胸，完了還抱怨我太平不好抓，那傢伙最討厭了，每天抱怨要減肥，但比誰吃的都多，可身材永遠不變樣，我就老叫她妖精，她就對我拋媚眼。最讓我糾結的是，她大二的時候竟然訂婚了，我都好奇死了，可她一點口風也不透。後來她終於同意讓我看一眼她的未婚夫，可惜，還沒看到呢，我就莫名其妙來到這了。」米凡嘆了口氣，「我唸了好久了，結果就差那麼一點，害我到現在還很惦念，說不定她現在都已經結婚了。」

加萊看著她微微噘起的嘴，為這一點小事糾結至今讓他覺得可愛又可笑。他撥弄著她的耳朵，有時因為癢，她的耳朵還會不自覺抖動兩下，毛茸茸的掃過他的手指。

米凡亂扯了一會兒，思緒早就發散開了，忽然擔憂的轉頭看向加萊，問道：「你說她是不是騙我玩呢？以前她捉弄我好幾次都成功了。」

「確實是。」

「什麼？」

「妳很好騙啊！」

加萊低下頭，將自己的額頭抵在她額前，注視著她近在咫尺的眼睛，就像那場夢裡一樣，只有她的眼睛。

米凡本想憤憤不平一下，可還沒來得及表達出來，就因為加萊忽然的靠近而噎住了。他的眼睫毛那麼長，幾乎要和她的睫毛交織在一起，熟悉又陌生的氣息將她包裹住，令她無法動彈。

「米飯。」他就這樣抵著她的額頭開口說，溫熱的呼吸噴灑在她唇上，「妳真的很笨。」

熱氣湧上臉頰，她避開了他的眼睛，視線卻落在了他開合的脣上。

忽然有種衝動，她想伸出舌頭舔一下。

當然，當這個念頭一冒出來就被她及時止住了，可是臉卻徹底紅透了。她默默的往後退了一步，雙手捂住臉。

加萊眼中泛起笑意，像一潭初融的春水一樣。

對於這個衝動，米凡只當是個例外，她歸為殘留的動物舉止和太久沒和人接觸的原因。不過，兩天內第三次想在加萊身上咬一口的時候，她不得不認真的反省起來了。

有點像殭屍化的傾向啊！這兩天總覺得加萊很好吃。難道她要變異了嗎？

米凡把臉壓在走廊窗口，朝下面的花園看著。

今天的黃雨似乎有點大，以前都是一滴一滴斷斷續續的，可今天卻是一場毛毛雨，不一會兒，外面的地就溼了。

這一場雨下完，三天內是絕對不能出去的。

「地面上的雨季到了。」加萊來到米凡身邊，同樣望著外面說道。

「所以滲下的雨水變多了嗎？」說著，米凡忽然一停。雨季？

加萊看著窗外，沒注意到米凡驀地變了臉色。

「這是有腐蝕性的，所以才會輕易的滲透地面表層落下來，瀰漫在上面的毒氣不好解決，地下的情況也沒辦法徹底解決。別看了，米飯。」

加萊轉身的時候碰了她一下，她被捅了一刀般猛地退後兩步。

加萊因為她激烈的反應吃了一驚，「米飯，怎麼了？」

米凡心思繚亂，勉強鎮定回答說：「沒、沒什麼……」

——糟糕了。

米凡躲開加萊，蹲在地上揪著頭髮想。

真是太糟了。煩心事太多，她竟然忘記了這身體屬於小馥，到雨季，就是發情的季節。

去年無意識發情時做出的糗事還歷歷在目，神智陷入迷亂根本不受控制，可做下的事就是做下了，她記不太清，但加萊一定還牢記著呢！之後他冷落了她好久。

啊啊啊她竟然沒預料到！現在該怎麼辦？上次血淋淋的教訓已經告訴她，妄想憑她的意志力抵抗這身體的衝動是無用的，完全沒作用。要是不理睬，再過兩天，她肯定一定絕對會再次撲倒加萊的！

這可不行！

難道要告訴加萊嗎？上次他替她注射過一管針劑，還是很有效的。

可是很難為情啊！

加萊看到剛才突然跑掉的米凡拖著步子出現在他面前，還愁眉苦臉，不由得微笑起來，問：「怎麼了？」

「有件事……」米凡雙手蓋住臉嗡嗡的說。

聽完她那一句話，加萊的笑容僵在了嘴角。

米凡從指縫裡偷偷看了他一眼，更覺得沒辦法把手拿下來了。

加萊回過神，尷尬的清咳了兩聲，那時的記憶嘩啦啦灌進了腦中，如同換了個人一樣的米飯簡直讓人無法招架。於是加萊也不自在起來，站起來扔下一句：「我幫妳想辦法弄來那個針劑。」然後他就大步離開了，如落敗的公雞一般。

這一夜，米凡睡得很不安穩，做了兩個春情蕩漾的夢，然後口乾舌燥的醒來，心裡就像燒了一把火一樣。

比上次來得還猛烈啊！米凡更加憂心忡忡了。上次有了點反應後過了幾天才超出控制，這次……

第二天醒來，加萊不吭不響的走了。

雖然明知道加萊是出去幫她找注射的針劑，可他不在了，米凡還是一陣心慌。而且，外面兵荒馬亂的，加萊不會出事吧？

她坐立不安的等了加萊一天，並且由於這種焦躁，身體上的燥熱倒被忽視了一些。

一直到天黑透了，加萊才遲遲回來。

針劑自然是沒找到。當初冷臉醫生給他的那種見效奇快且無副作用的，本就是難得的產品，產量不多，又是動物用的，在這戰亂時刻已經停產，況且連醫生都難找了。

有錢也難買。加萊只購到了幾種強性抑情劑，可是作用粗暴，怕是會對米飯產生傷害。

加萊空著手回來了。門廳中透著光，臨到舊宅的纏絲鐵門前，他的腳步遲疑了起來。

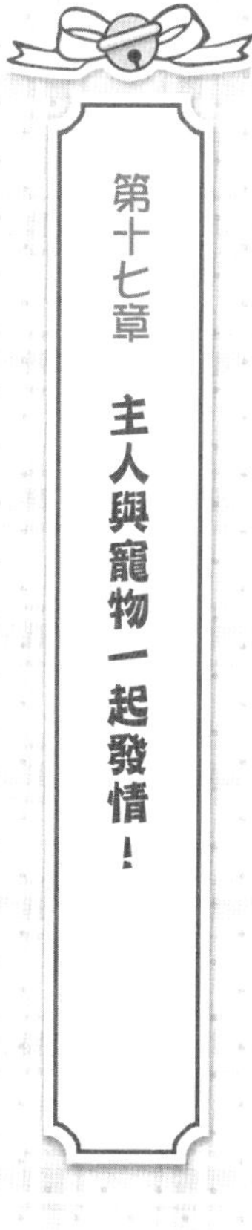

That's not easy to be moe animal.

加萊腳步遲緩，可猶豫間，已然穿過大門走到了門廳前。他的手猶豫的抬起，門自動打開了。

米飯泛著紅暈的臉出現在眼前。

他的心一跳，便見米飯眼中的焦急散去，長鬆了一口氣，「你終於回來了，我等了你好久。」

等了你好久……加萊胸前又是咯登一聲，看著米飯說不出話來。

「現在出去太危險了，空氣中應該有揮發的毒氣，你還沒有做任何防護措施……」米凡仔細的將他打量了一番，看他臉色尚好，看起來沒事，才說著向內走去。

「那藥……沒有了。」

米凡一頓，慢慢的轉頭回看向加萊，臉上表情變幻。

果然如此……那她、那她還是把自己捆起來吧，省得餓虎撲食再嚇到加萊。

沉痛的點點頭，她拖著腳步計算著未來日子的過法，可是怎麼想，都覺得在加萊面前很丟臉。

她的嘴角往下耷拉著，和加萊面對面坐下用飯的時候，又忍不住視姦了對方好幾遍，完全控制不住，米凡的臉紅了又白，更沮喪了。所以沒吃幾口，她就逃也似的跑上樓了。

火辣辣的、彷彿要把他扒光的目光令加萊一直垂著眼，直到米凡蹬蹬跑開，他才抬起眼看著她的背影，喉結滾動了一下。

莫名的，他緊張了起來。當然，面上還是一如既往的淡定無波。

拿起餐巾輕拭了一下嘴角，他冷淡的站起來，隨之上樓。

米凡把自己關在了房中，加萊走過去時，腳步微滯。

加萊浮想聯翩又五味雜陳的洗澡去了，因為陷入心事，所以嘩啦啦的水聲持續了許久。等他粗略稍微擦了身，一邊擦頭、一邊走出來時，看到了站在他面前的米凡。

她雙眼迷離的看著他，不知在這裡站了多久。

加萊微微一怔，覺察到她的異樣，背部不由得繃緊，腳下拘謹的向米凡邁過去。

雙目相交，米凡伸出舌尖，舔了一下嘴唇。加萊的眼眸猛地變暗，停了下來。

兩人之間氣氛異樣，米凡就像被一團炭火烤著，雙眼怎麼都離不開加萊的嘴唇，水光令他的唇看起來很可口。她是被水聲勾引過來的，痴痴的聽了許久。

加萊終於動步，來到米凡面前。她隨之仰起頭，微張著嘴，以一種邀請的姿態。

加萊思緒一轉再轉，終是未能抵擋內心蠢蠢欲動的念頭。他的左手摸上她的臉頰，移動，直到捏住她的下巴。他低下頭，直接吻上了她的唇。

得償所願，她所覬覦的自動送了上來，豈會放棄。

從喉間發出混沌不清的一聲悶哼，米凡踮起腳尖，將胳膊緊緊圈在他的脖頸上。

加萊初時吻得很溫柔，可米凡閉著眼承接了一會兒後，舌頭便貪婪的向他口腔中滑去，加萊捏著她的手一緊，凶猛的進攻而去。

掃過她口中的每一處，汲取甜蜜的液體，加萊很快的覺得不滿足，她主動將身體緊貼著他，比以前更加圓潤柔軟的胸部壓在他身上，讓他覺得她其他的部位會比她的親吻更加美味。

他離開她的唇，炙熱的呼吸仍交織在一起。

他的舌抽離開，米凡不滿的睜開朦朧不清的眼睛，追尋上他的唇，急切的堵了上去。加萊低喘了一聲，更猛烈的深深吻了下去。直到米凡呼吸不穩，雙頰嫣紅，他才放開了她。

嬌嫩的唇瓣已經紅腫了起來，沾著的盈盈水光是他留下來的。他緊緊箍著她不斷扭動的身體，大拇指擦過她的唇瓣。她已經被生理上的衝動沖昏了頭腦，張嘴便含住了他的手指。

加萊的心一縮。

他忽然有點後悔，這樣是否算是趁人之危？他甚至不知道，如果做下去，等米飯清醒過來，會不會怨恨他？他已經明確了對她的感情，可她呢？

趁現在事情還沒有脫離掌控，停下吧！

他閉上眼定了定神，將米凡推開了些，然後握住她的手腕將她往她的房間拉去。

米凡很乖順的隨他挪動了腳步，甚至更主動纏上了他的身。在他的胸膛上蹭著臉，大口呼吸著他的氣息，被他挑起的渴望催促著她扒掉那礙事的衣裳，她還記得他緊繃彈性的皮膚誘人的口感。

加萊皺著眉低聲說：「米飯，乖，別纏著我。」

他開口後，米凡便低低喘息著抬頭望向了他。

一看到她的臉，加萊就有些無法開口了，他艱難的從喉間吐出字來：「妳，以後會後悔的，我不想趁妳不清醒的時候——」

米凡忽然扯著他的領帶把他拉彎了腰，踮著腳一口含上了他側頸的一大塊皮膚。

他悶聲哼了一聲。

濕漉漉的舌頭從他的脖子一直舔到他下顎，米凡頭仰得有些累，便動手去扯他的衣領。

又軟又溼的舌頭令加萊喘息困難，他握住米凡的手，「別動。」

可米凡怎會聽他的？她熱呼呼的手鑽進他的襯衣中，略帶急切的撫上他的胸膛，將臉貼了上去。溼熱的唇和呼吸一起觸上他的胸時，他極力抑制的衝動再無法壓下去，身下的反應已經很明顯了。他仍試著將自己脫離出來，但他做了一個錯誤的選擇，他抱起了米凡，大步朝她的房間走去，想將她關進房中。

這便如了米凡的願，這樣兩人的頭一般高，她在他的臉上胡亂親了起來，緊摟著他的脖子，身子還在不斷扭動著，不一會兒便用雙腿夾住了加萊的腰。加萊在她給予的感官刺激中忘記了目的，托著她的屁股，被她扭動的力道弄得退後了兩步，背靠在了牆上。

「熱……」她貼著他的嘴脣，喃喃的說。

「米飯……」他一手托著她，一手從她穿的短衫下撫上了她的背，「我是誰？」

米凡不回答，一口咬住了他頸窩的一塊皮膚。

加萊將她放下，壓著她的肩把她抵在牆上，啞聲問道：「告訴我，我是誰？」

米凡睜大了眼睛，可雙眼仍如同瀰漫著一層霧氣。她恍恍惚惚的一笑，軟軟的喚了聲加萊。黏膩的、甜美的，因為動情而嬌軟微啞。

加萊銀白的眸子如同河面下洶湧湍急的暗流，捲攜著摧毀的力道。他單膝跪在米凡面前，捏住她的腰，將脣輕輕印在了她的脖子上。

那觸碰太輕，米凡完全不理會，雙手搭在他的肩上，用力一推。沒動。只是加萊的手又鑽進了她衣服下，摩挲著她的腰。

——不是這裡，不要只是這裡……

有點急，卻不知如何抒發，她撲上了他，借力將他一推，加萊順勢坐在了地上。

米凡急急的擠進他的雙腿中，胡亂的、粗魯的扯著他的衣服。

她的急躁讓加萊有些想笑，她的動作大卻無章法，半天只把他的衣服扯得亂七八糟卻沒有脫下一件。

他低低的笑出聲，「還是我來吧……」

他脫去外套，一手撐地，一手解開襯衫上碩果僅存的幾粒鈕釦。

只是還沒完全脫去，一邊的袖管還套在左臂上，米凡就張開手臂撲進他懷裡。她的手很小，又很軟，所過之處點燃起了一片片火焰。她一隻腿夾在他雙腿之間，跨坐在他大腿根，不由自主的扭著腰磨蹭著，企圖以此緩解她的欲求不得。

加萊吸了一口氣，欲望卻像得了充足的氧氣一般的火焰，燃得更高了，在米凡不知所措停下來的那一刻，他捏著她的肩，反身將她壓在了身下。

一陣天旋地轉，米凡吃驚的瞪大了眼，灰鑽岩鋪就的地面冰涼，讓她的腦袋也跟著清醒了些。上方的加萊背著光，神色不清，眸子卻深邃得嚇人。他的上身是光裸著的，露出大理石般冰涼色又結實的身體，肌肉蟄伏在光滑的皮膚下，腰部細而精實，充滿了力與美；褲腰鬆鬆的，不僅完全露出了腰，搭在胯骨上，還露出了兩道人魚線，一直沒入褲中。

虧得她還剩些神智，得以好好的觀賞到他的身材。

趴在他身下，米凡看著他的身體愣愣的不動了。挑起了他的火後又裝老實，加萊磨牙，湊到她耳邊低聲說：「要我幫妳，還是妳自己來？」

溫熱的呼吸噴進敏感的耳郭，她的耳朵不由自主抖了一下，熱潮又湧上了臉。

衣服貼著身體太不舒服了，她扭動了一下，想像著皮膚緊貼著他時的舒服感覺，用他的體溫來緩解她的焦渴。於是她抓住上衫的下襬，挺腰脫了去。

加萊抬身，居高臨下看著她脫了薄薄的上衫，上身便只剩下粉色的胸罩，裹著她不算很大卻圓潤飽滿的胸部，就像兩顆粉紅的桃子一般，水嫩可口。細腰不堪一握，曲線誘人。

他定定的盯著她，彎下了腰。而她已急切的迎了上來。

兩人的皮膚都泛著熾人的熱度，肌膚相貼的那一刻，米凡輕嘆了一口氣，緊緊的抱著他的背，用力咬了一口他的耳垂。

他的氣息不穩，沿著那美好的曲線，撫摸著她光滑的背，直到手被她背部的帶子阻隔。他去解開那釦子，可米凡的手也沿著他的背滑了下去，一直順著他腰部的弧度鑽進了他的褲腰內，指尖觸到了他的股溝。加萊手一顫，帶子隨之崩開。

「我們……」他的聲音壓得很低，克制著不因為她的挑逗而顫抖聲音，「我們去房裡吧……」

他把她推下他的身，看著她的眼睛，不去注視她已近全裸的身體。

米凡瞇著眼睛，雙頰泛紅，渾身都已經軟了。她實在不想挪動地方，多浪費一秒對她而言都是折磨。眼中泛起水霧，她低哼了幾聲：「難受……」

說著，她的尾巴便不安分的順著他的腿纏了上去，直抵他的大腿根。尾巴尖顫顫的，不可避免的觸碰到了敏感的地方。

加萊一聲呻吟掐斷在喉嚨中，他眸色極其壓抑，「妳會著涼的……」

——著涼……

她的目光渙散著，慢慢聚焦在他滾動的喉結上。

「那躺在你身上……」

她坐起身，一邊咬著他的喉嚨，一邊軟軟的把他壓在了身下。坐在他的腰上，血液都是滾燙的，親吻、撫摸、磨蹭、撕咬，統統都要，統統都不能滿足！

腹部隨著呼吸起伏，令坐在他身上的米凡也體會著他的低低喘息。

加萊的手搭在她的大腿上，摸著嫩滑的肌膚鑽進了短裙底。

暖暖的指尖只在內褲的邊緣摩挲，這令米凡覺得苦惱而不滿足，憤憤的在他胸口咬了一口，像餓極了一樣。加萊閉上眼，腹部的起伏變得劇烈了起來，感到她的牙齒時不時不知輕重的咬一下，輕微的刺痛反而令快感更加強烈了起來。

身體是空的，空空的，叫囂著填滿和狠狠的撞擊。

加萊的動作很少，只有她在他身上咬來舔去，反而弄得自己更加難受了。

米凡急得眼睛濕漉漉的快要滴下淚來，不知道要怎麼徹底緩解體內的躁動。她迷迷糊糊中，恍惚想起了什麼：對了，是要這麼做的……

她出手……

加萊喜歡看她焦急卻不知要怎麼做，難受得臉紅滴淚的樣子；她趴在他身上無助的胡亂摸索時，脖間戴著的翻譯器的紅色晶石會在她胸前晃蕩，漂亮又可愛。

她漿糊一樣的腦子裡還知道脫褲子是必須的一個步驟，便去解他的褲腰。

她柔軟的手時不時碰到他那高昂的敏感處，又是一觸即離，這難耐的折磨讓加萊很想狠狠反壓，可他又想看看她接下來要怎麼做，遂咬牙忍著。

她想扒他的褲子，可壓著他，她不好動作；視線掃到自己身上，柔順的短裙布料蓋在加萊的腿上，那就先脫自己的吧。

米凡起身的時候，加萊眼裡吃驚的神色一閃而過，但看到她抓著裙角就要往下拉的時候，眼神便變得晦暗不清。

裙子堆在地上，曲線玲瓏、肌膚幼白的身體上只穿著一條粉色的內褲，米凡低著頭，抓住內褲邊脫了下去。她動作俐落，一眨眼間便赤條條站在了加萊面前。

加萊的視線從她的腳踝沿著她纖長的小腿向上，然後停在她纖細的腰和頗為可愛的肚臍上。匆匆一眼，卻仍像往他的血裡澆了一桶油一樣，轟的一聲熊熊燃燒了起來。

——再忍下去，就不是男人了！

被裙子絆了一跤，米凡踉蹌了一下，撲向加萊。加萊一把將她接入了懷中。軟軟的胸壓在他身上，她一臉無辜的看著他。加萊吸了一口氣，將她放在兩人脫下的衣服上，隨即也壓在了她的身上，將她對他所做的一件件施加在她身上。

她身上的香氣不再淺淡，變得濃郁了許多，魅人心魄。

嫩嫩的皮膚引誘得加萊咬了好幾口，聽她失聲輕叫了一聲，頓覺口乾舌燥。

現在米凡身體的每一處都是敏感地帶，她哼哼唧唧的小聲哭出了聲，加萊抬起臉，看到她撇著臉委屈得哭出來的樣子，嘴角淺淺浮現的笑容竟隱隱透出幾分邪肆。

「不、不是、好難過……」說話都沒了條理，她帶著哭腔說：「幫我……」

她的雙手不知所措的搭在身邊，雙腿夾著他的胳膊輕輕磨蹭起來。

淚水都流出了眼眶，看她實在是難受得無法忍耐，想起她畢竟受這身體的影響，在發情期一定更加敏感難耐，加萊放棄了再挑逗她的心思，低低笑著吻了一下她潮溼的眼角。

他的鼻尖碰著她熱熱的臉頰，嗅著她的味道，忽然有點緊張。

「我……」

他正要開口，米凡已經急切的扭動著，挺了一下腰。

加萊再也說不出話，眼眸黯得簡直能吞噬一切。

＊＊＊　＊＊＊　＊＊＊

米凡緊閉著眼，有點焦急的在身下摸索著。是柔軟的布料，可是扯不動。她知道現在她正躺在床上，可是被子呢？遮身的東西有沒有？

指尖觸到了一點溫熱的皮膚，米凡心裡一驚，慌忙收回手。加萊就睡在她身邊，側躺著正面對著她，胳膊攤開，彎曲的手指差一點就碰到了她的肩頭。

米凡下意識就想跳起來，但一動，腰和下身就痠疼得要命。

兩個人都是赤身裸體，床單被兩人蹂躪得亂糟糟的，布滿了可疑的液體。

她撐著腰，慢慢的坐起來，於是更清醒的看到當下的情況——

她自己身體上遍布紅斑青跡就不提了，對方的寬腰、窄臀、長腿就像一盤可口的菜一樣呈現在眼前。他閉著眼，銀色的長睫微顫，幾縷頭髮垂下搭在了鼻尖，睡顏安詳，皮膚潔白無瑕，姿勢舒展自然。縱然一絲不掛，這具身體也如天使般純真聖潔。

如此純潔的一幕，被米凡盡收眼底。她羞愧的發現，自己竟然有了反應。

——媽媽啊，這身體可真夠麻煩的！

她慌忙收回視線，穩了穩怦怦直跳的心臟。她踮著腳、扶著腰，困難的下了床。見搭在椅子上有一件襯衫，她就急忙拿下來套在了身上。屁股能遮住，勉強可以了。

她扯了一下衣服下襬，心慌意亂。

昨晚過得可真混亂的，在一片渴求和激烈的衝撞中，她還能拾起一點記憶片段。說不出究竟是誰主動，有過前車之鑑的米凡心虛的認為到底還是她對加萊的勾引占了更大的因素。

加萊有想放棄的，是她纏著他不放，現在仔細想想，她有種強上了加萊的感覺，而且昨晚，她好像……好像還反攻了他——雖然中途因為體力不支被他掀下去、奪了主動權。

她好羞愧啊！

腿軟得站不穩，她晃了一下身，瞬間陷入了一個赤裸裸的懷抱裡。

他身上還殘留著歡愛的味道，這下她徹底站不住了，抓著加萊的胳膊軟軟的靠著他。

發情期這麼厲害，一次還不夠完全緩解，是想她精盡人亡嗎！

其實，只是兩人昨晚剛結合過，她對他的身體和氣味都變得更加敏感，倒不會再如同之前那樣喪失理智了。

一邊怒斥著自己，一邊又忍不住想起了昨夜的狂亂，米凡的臉迅速升溫。

加萊低垂著眼睫看著把額頭抵在他胸前的米凡，壞心眼的撓了一下她的耳根。毛茸茸的耳朵猛地抖動了兩下，米凡紅著臉倉忙的捂住耳朵。

「米飯……」

剛起床的嗓音帶些沙啞，低低的，性感撩人。

米凡愣愣的抬眼看著他的眼睛，然後想起他壓在她身上時又溫柔又凶猛的眼神……

——收心收心！

完了，她現在根本沒辦法面對他了！米凡痛苦的轉過頭，跌跌撞撞的朝外面跑去。

加萊剛抬起的手停在半空，看她離去的背影，覺得周身的空氣忽然涼了下來。

米飯真的不能接受？她……怪他趁人之危了嗎？

反感嗎？當然不，米凡甚至覺得自己占了大便宜。加萊這樣的高帥富，要是在地球，就算是一夜情，八輩子也輪不到她。

況且……好吧，她挺喜歡他的。只是以前覺得他僅當她是寵物、異族，所以從不正視，一直隱藏在心底。現在，做都做了，她不覺得難過，也不必自欺欺人了。

不論這喜歡究竟是從她對他的依賴中衍生而來的，還是雛鳥情結，感覺總是不會錯的。再說，從肉身上來說，加萊和地球人並沒有不同，她覺得她對他的喜歡，並沒有什麼獵奇成分在內。

站在走廊上，米凡看到扔了一地的衣物，她的內褲就搭在加萊的外套上面，粉紅和純黑，顯眼得讓米凡想自摳雙目。

她是沒勇氣再把衣服撿起來穿上了。

經過那一堆衣物向自己的房間走去時，她忽然想起，加萊好像就是在這裡說過喜歡她。

他說他喜歡她呢！

可是……當時的意識並不清醒，也許是歡愉中她的大腦假造出來滿足自己的？

米凡慢吞吞的關上門，陷入了無比的糾結中。

如果加萊不喜歡她，還和她做——好吧，那姑且認為這是男人的好色本性，她可以努力忘記這件事；如果加萊是處於對自家寵物的喜愛而……那麼，他是變態！

梳理一下，昨晚的事情究竟是怎樣發生的？

就在米凡試圖理清思緒的時候，一道影子忽然投照在她身上。

愕然抬頭，加萊靜靜的站在門口看著她，目光沉暗鬱鬱。

「對不起，昨晚是我的錯，妳如果不能接受的話，我們可以當作這件事沒有發生。可是，我對妳，並沒有猥褻的心思。那時我說喜歡妳，是真的。」

「啊！我沒聽清楚，你再說一遍？」心底有什麼雀躍著想蹦出來，米凡緊張的問道。

「……」面對著她清醒的目光，他忽然說不出話來了。

微微咬了一下唇，加萊緊皺眉，低哼似的說：「……喜歡妳……」

米凡眼睛溜圓，「真、真的啊！」

加萊氣笑了，「假的！」

她臉上露出顯而易見的沮喪神色，「別拿這個逗我，我會當真的。」

加萊覺得渾身無力，對她真是沒有辦法，「昨晚我說的，是真的，妳沒聽懂還是沒聽見？」

米凡聽見腦子裡有什麼呼嘯而過，混亂的反覆想著他的話，半天才明白過來。

「可是……」她慢吞吞的說，「你昨晚，不止說了這一句啊……」

加萊皺眉，「哪有——」忽然一頓，他有些羞惱的閉上了嘴。

成功反將一軍的米凡笑了起來，狡黠得意。

加萊冷眼瞪了她一眼，米凡沒被嚇到，大膽的伸手去推他，「你先出去，我要換衣服。」

加萊不動，鉗住她的下巴讓她抬起頭，說道：「妳該給我一個回覆。」

「喜歡喜歡！我也喜歡你！」米凡一口氣吼了出來，語氣雖急急的有些不耐煩，可她卻沒敢直視加萊。

加萊嘴角浮現一抹笑容，動了動手指，擦過她的嘴脣，分開上下齒壓住了她的舌尖，食指在她嘴中攪了攪。

「那就沒有問題了。」他低笑了一聲，眼中如同盛入了一整條璀璨的銀河。

米凡含著他的食指，閉不上嘴，這挑逗的動作讓她身下一緊，又蠢蠢欲動起來。

紅暈蔓延上臉，她使勁瞪了一下加萊，含含糊糊的說：「手拿出去！」

說話間，舌頭捲動著加萊的手指，潮溼溫暖的感覺讓他微微瞇起了眼。

白日漫長，也無要緊事可做，他眸光閃動，彎下腰附在她臉頰邊說：「昨晚妳神智不是很清醒，我們做了什麼妳大都忘了吧？」
米凡忽覺不妙，便聽他平淡如水的說道：「不如重溫一次？」
救命！這人誰啊？她不認識他！
平日端持的人，一旦放開，就肆意得讓人承受不了。清醒時刻做這種事，讓米凡覺得這才是她的第一次，更是因為如此，清晰的看著兩人如何赤裸相對、肌膚相親，每個感覺都十分清楚，這才讓她覺得分外羞恥。
偏偏米凡她在特殊時期，加萊對她一點挑逗，身體就能立刻給出反應，於是第一次被撲倒，第二次被撲倒，第三次被加萊誘騙著把他撲倒了。
她用腳使勁蹬了一下加萊的腹部，頭髮凌亂的從他的桎梏中爬了出來。
「不要太過分啊！以後不許再進入我身邊三公尺內！」
加萊輕鬆的挑了一下眉，「為什麼？」
為什麼？
米凡滿含熱淚。她粉色的少女心要碎成片片了……
以她的觀點，兩人告白後，應該先臉紅心跳的試探著拉拉小手，甜蜜一陣子以後再親親小嘴，動不動就上床完全超出她對純情戀愛的幻想啊！而且也沒享受過被追求的過程，從未戀愛過的她好失落啊有沒有！
總之，現在的步驟完全不對！

加萊托著腮，指尖點了幾下，忽然說：「我想吃妳做的肉末鬚菇了。」

「哎呀！」米凡砸了下掌心，她好久之前圍觀管家先生購置糧食的時候，發現混入了幾顆不知道哪個星球產出的鬚菇，她自己擺弄著竟然長了起來。

不過因為條件不好，所以長勢也不好，昨天痛心著採下來泡著呢，這會兒怕是泡過頭了！

一心撲在食材上，米凡立刻跑下樓。

然後，加萊享用了一頓美味的菜。

「吃飽了嗎？」他貼心的問道。

「嗯，還好……」米凡細細的咀嚼著，不浪費一粒糧食。

加萊擦去她嘴角的一粒殘渣，溫聲說：「如果飽了，我們就——」

米凡猛吸一口氣，嗆到了，咳嗽著說：「喂！」

他微笑，「就把餐桌收拾一下吧。」

樓梯扶手上搭著加萊的一件外套，伊凡夫側目看了一眼，繼續往前，腳下踩到了一條女孩子穿的白色絲襪。

登上二樓，空蕩無聲的走廊上一路扔著凌亂的衣服。

伊凡夫的臉抽搐著，沿著衣物的方向，停在了一間房前。

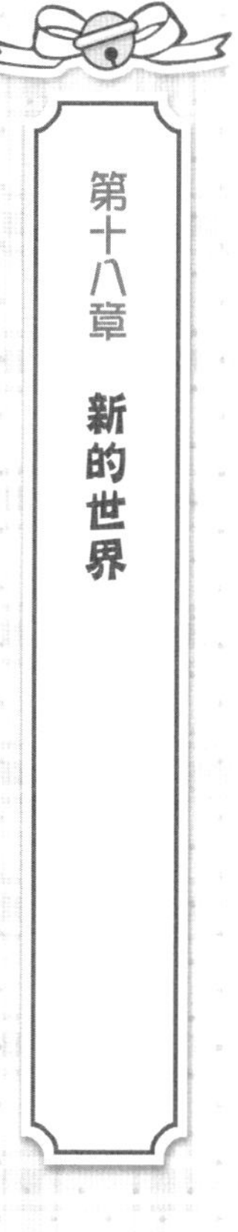

第十八章 新的世界

加萊設下的口令，伊凡夫都會有一份，只要加萊所在的地方他就能暢通無阻。他自然而然的推開門，房中光線陰暗，但伊凡夫還是清清楚楚看到了房內的情景。

長著貓耳的少女趴在加萊的身上，睡得正香甜，兩人上身都未穿衣著，下身蓋著被子，一截黑色的尾巴尖鑽了出來。

伊凡夫並未刻意放輕腳步，他的視線從少女光潔的背部向上移時，與加萊清醒的目光對上了。

加萊抱緊米凡，坐起身，撈起被子將她遮好。米凡揉了一下眼，也醒了過來，順著加萊的視線看了過去，發現是伊凡夫時，一種捉姦在床的窘迫感讓她把被子裹緊了點。

伊凡夫輕快的挑了一下眉，「大白天的能不能克制點啊！」

加萊面色平穩，冷靜的說：「你先到外面等一下。」

That's not easy
to be
moe animal.

伊凡夫嘖了一聲，目光在他和米凡臉上轉了兩圈，然後表情變得有些扭曲，好像肚子裡有一堆咆哮堵在了嗓子眼裡噎住了他似的。

退後一步，他說：「你快點啊。」然後他轉身，砰的一聲關上門跑了出去。

房中的光線更暗了。米凡半張臉都隱在被子下，遮住她發紅的臉。有些被伊凡夫看到的羞澀，但還有些擔心。畢竟不像加萊，旁人都把她看做真正的小馥啊，一隻供人玩樂的寵物而已。

「加萊，伊凡夫是不是不能接受啊？」她小聲說，「不然，你解釋一下？」

就算她是地球人不比他們，也要比小馥好點吧？

加萊搖了一下頭，淡笑著摸了摸她的腦袋，「沒事，他理解的。」

加萊穿好衣服去找伊凡夫了，米凡下床找了衣服穿好，坐在床上發呆。

伊凡夫站在會客廳，眼神十分複雜的看著加萊，「我說，你還真是……」

加萊笑了笑，「我給你接受的時間。」

「算了、算了。」伊凡夫擺擺手，「你愛怎樣就怎樣，關我屁事，我接受能力強著呢。」

「是嗎？其實不習慣吧？」

「你管我呢。」伊凡夫嘖了兩聲，說：「跟你說，喬跑了。」

「你不是說一個人也不會放過的嗎？」

伊凡夫煩躁道：「沒想到他身上有惠草，關鍵時刻讓他抓住機會跑了。不過，只跑了他一個，那些三級人一網打盡！」

「跑了就算了，現在他不重要了。」加萊說。

「嗯，還有一件事……」

米凡坐在床邊，因為伊凡夫的突然出現，一堆憂思又湧了上來。

她從沒考慮過將來，確定了心意後，當下過得開心她就很知足了，她並沒有想過之後還有漫長的時光。除非，她拋棄這具身體，不然怎麼能和他在一起？承受著世人的唾棄嗎？

感情淡卻後，在壓力面前，她或許比加萊更快的退怯。

但是，很快的，米凡知道自己白白煩惱了。伊凡夫離開後，加萊走進來，告訴她，他馬上要被調派走了。

她從不去想的分別之日，馬上就要來臨。戰爭和分離同根同生，這才是擺在她眼前的問題。

「我走了以後，妳就又是一個人了。」

米凡趴在桌子上，下巴壓著胳膊，耳朵也懨懨的搭著。

「這裡的防禦系統我已經統一加固過了，以後外面會更亂，如果沒事，妳盡量不要出去。」

她定定的看著加萊。

「正常情況下，妳是聯繫不上我的，但是我給妳的通訊器妳要一直戴著，如果條件允許，我會聯繫妳。」

加萊蹙眉叮囑的神情她看得分明，卻像隔著玻璃在另一端一樣，米凡覺得她的神智有些剝離。

加萊輕嘆了一口氣。彷彿才回到諾特丹沒有幾天，就要重回戰場了，他比上次離開更擔心米飯了，也——更捨不得。

戰局至今不明朗，甚至隱隱落了下風，結束之日遙遙無期。他這次離開，不知道什麼時候才能再回來一次。忍不住探身碰了碰米凡的臉頰，他不放心的再次叮囑：「警惕心要強，不要輕易和別人接觸。」

像老媽子一樣嘮叨。米凡覺得自己的精神不太好，腦子沒辦法轉動，但還是溫暖的向他笑了笑，保證道：「我會小心。」

靠近她，她身上獨特的淺淡香氣也濃了起來，和她的笑容一樣，讓他的神經放鬆了下來，心底的憂慮忽然減輕了一大半。

他暗暗深吸了一口充斥著她身體散發的氣味的空氣，如同睡了一場好覺醒來，四肢都是舒暢脹麻的。正是因為她的氣味的影響，使他入睡時格外香甜，所以從一開始他就養成了和她同睡的習慣。只是他以為相處時間長了，會逐漸對她的氣息形成免疫，但是沒想到，到現在效果還是那麼明顯。

他靠坐在米凡身邊，懶懶的忽然不想說話了。

並肩而坐，加萊的氣息靠近，鼻端嗅到了，大腦卻拒絕處理一般，反而在腦內呈現出了一個陌生的畫面。畫面中充斥著大片大片深淺不一的綠色，好像是一棵樹的樹冠，但只看得到縱橫的樹枝，幾根粗大的樹枝上還搭著幾間木屋。

一眨眼，那畫面就消失不見了，米凡眨了眨眼，靈魂好像在身體中安穩下來了，加萊的胳膊挨著她的感覺一下子明顯起來。

幻覺嗎？她確定從沒見過那畫面中的景色……有點玄乎啊！

兩人在花園散步，臨近黃昏時，米凡忽然頓住了腳步，摸了一下耳朵。

「怎麼了？」加萊回身問道。

「殺了他……」

米凡一驚，她又聽到了！

加萊看她的視線變得飄忽，有些擔心，返回去問道：「米飯？妳不舒服？」

「啊，沒有。」米凡震了一下，回過神來，有些苦惱的撓了一下鼻尖，「就是有點幻聽。」

加萊挑起一邊嘴角，玩笑道：「因為太傷心了嗎？」

「是啊是啊，你要走了所以我傷心得精神都出毛病啦。」米凡朝他皺了一下鼻子。

他笑了一下，繼續向前走，一邊說道：「那我走後，妳的病不是會更嚴重了？」

米凡眼前忽然晃了一下，加萊的背影在那一瞬有些模糊，雖然很快又恢復了清晰，但就像和她之間插入了一塊厚實的玻璃。她明明能聽見他的聲音，卻感覺聽不見。

米凡覺得她的靈魂和身體分離了。

「殺了他！」

剛才那聲音又響起來了，在她腦中不斷迴響，震顫得她除了這句話，再無法思考別的事情。

「**殺了他！**」

加萊覺察到米凡沒有跟上，還以為她因為方才傷心和離去的話題引起了心思，心底一聲暗嘆，他微微笑著轉身，一下子被米凡的視線攥住了。

鼻端，她身上散發的香味忽然變得無比濃重，將他周身的空氣全部侵占。

他心中一凜，米飯的眼神不對勁！然而晚了，他想上前的時候，四肢無力得只能慢慢的跨出一步，米飯這氣息竟然能對他造成這麼大的影響！

此時，米凡渙散的視線忽然聚攏，銳利一如捕食的獵豹！她齜了一下牙，手指彎曲，猛地向加萊撲去！

＊＊＊　＊＊＊　＊＊＊

「圖盧卡公民請注意，即日起，凡飼養有小馥的家庭，必須在八號前送往當地醫務處理站，若有逾期，將強制處理，飼主應接受司刑部處罰。再次重複，圖盧卡公民請注意，即日起……」

米凡失神落魄的望著自己的雙手，她用這雙手掐上了加萊的脖子，甚至留下了紅跡。加萊在四肢無力的情況下，費了好大的勁才將她制住，所幸當時四周沒有刀之類的利器。她記得那時的感覺——恨他！恨得想咬碎他的骨肉，殺意騰騰，一絲猶豫也沒有！

「我……那時我是怎麼了？」

加萊陰著臉走回來，方才伊凡夫急急的打電話過來，張口就問他有沒有受到米凡的襲擊。

原來在他被米凡攻擊的同一刻，圖盧卡星球上所有的小馥都主動襲向了牠們的主人。

由於那些人和加萊一樣受到小馥氣息的影響而無力抵擋，又不如加萊幸運，米凡並沒有接觸到殺傷力大的利器，因此那些人多數都受了傷，甚至有四人死亡。糟糕的是，因為小馥身價高，能養得起的大都是貴族；死去的那四個人，恰恰是作戰指揮的核心高層，他們一死，勢必要陷入亂局。

「已經開始調查了，初步判定和小馥來自迪爾林星球上的巴姆種族有關。」伊凡夫這樣說。

「在失去控制前，妳說，妳產生過幻聽？」

「嗯……」米凡惴惴不安的回答道：「我聽到有人對我說什麼殺了他。之前，我好像還看到了一個滿是粗大樹幹的地方，木屋建在樹枝上，我確定我沒見過那裡的景色。」

「那裡是迪爾林。」加萊慢慢的說，思路逐漸清晰。

「我們以前攻打迪爾林時，沒有將居住在那裡的巴姆人趕盡殺絕，或許他們捲土重來了。」說著，他冷嘲了一句：「果然斬草除根是必須的。」

「巴姆人大都飼養小馥，他們和小馥之間或許有特殊的聯繫。」

米凡跟著明白了過來，「那麼，我聽到的聲音就是巴姆人的嗎？是他們操縱我去襲擊你的？」

加萊輕輕點頭。

她的聲音隱藏著一絲恐懼，「我以後會一直受到他們的操縱嗎？」

加萊淡笑了一下，卻沒有一點笑意，「他們潛伏了這麼長時間到現在才拿出這個籌碼，一是抓住了現在時機緊要，二是恐怕他們隱藏在不知道哪個旮旯角裡，控制小馥並非那麼容易。而且，圖盧卡要將小馥清殺，他們以後也不會有機會了。」

他看向努力保持平淡表情的米凡，嘴抿了起來，「妳不能再待在圖盧卡了。」

米凡張大了眼睛看著他，眼神中布滿了迷茫，「那，我可以跟你走嗎？」

「傻瓜。」他搖頭輕嘆，「去中立星球吧，妳要趁著圖盧卡最後一趟對外的星際航班過去。」

她確實犯傻了，怎麼可能跟著他，恐怕會死得更快。可是，她能去哪裡？到如今，她都沒能完全融入圖盧卡的環境中，加萊顧不上她了，作為從未離開過地球的普通人類，她要獨身一人去一個不知道有著什麼奇怪形態的外星生物、完全陌生的星球嗎？

她以為她會在這裡待著，一直一直等著加萊再次回來。

可是她這樣離開，能好好活下去，再和他重逢嗎？

米凡在登上飛行器前，最後向後看了一眼，那棟宅子仍舊是半塌的樣子，此次離去，就再也沒有人住在裡面了。昔日的繁華氣象半點都沒有殘留，註定在亂世中湮滅。

「快點。」加萊在她後面催促道。

米凡收回視線，迷茫的問加萊道：「我只要到佩吉，就可以不用偽裝了嗎？」

她戴著帽子，穿著黑色大衣，將身形全部遮住了。

加萊嗯了一聲，說：「但是到了佩吉也不要掉以輕心，我替妳建了個佩吉的帳戶，我一半的財產已經轉移到裡面，妳要小心，不要被騙了。」

說著，加萊反而更加擔心起來。缺乏常識的米飯，騙起來簡直是太容易了。

然而米凡卻是鄭重的點了點頭，「我有認真了解過，到時候會謹慎的。」她握了握手心，加萊昨天連夜讓她看了許多介紹佩吉的資料，心中有了點底，可仍然是輕飄飄的。

加萊沉沉盯著她，看她低頭蹙緊著眉毛，抿了抿嘴，「戴好我給妳的通訊器，我會聯繫妳的。」

「嗯。」

加萊將要提醒米凡的事項逐一又說了一遍，飛行器已經要抵達太空船的起航站，在分離之際，兩人卻齊齊沉默下來。

米凡的忐忑不安完全被離愁壓蓋，這其中摻雜著戰爭的陰影。前幾日的歡顏彷彿有幾個世紀之遠，恍然如夢。她覺得，在這個時候她必須要對加萊說些什麼，不然在未來漫長的日子中，她一定會後悔。

「加萊——」她定定的看著他，語氣是前所未有的堅定，「我會一直等你。」

加萊彷彿笑了一下，乾淨冷肅的眸底卻有一抹難言的惆悵散開，「也許，要等很久。」

——也許，妳會等不到我。

向來以元族人身分驕傲的加萊，至今也嗅到了不祥的氣息。

米凡用力的向他點頭，「我會努力，不管多久，我會一直等到你回來！」頓了一下，她朝他大方一笑，「其實我覺得我和小強還是有共同點的。」

加萊沒問她小強是誰，米凡的笑容剛剛完全展開的時候——

「時間到了。」

米凡愣愣的看著他，加萊手附在耳垂上，眉尖一擰。

「走吧。」他看著米凡淡淡的說。

米凡和他對視了一會兒，慢慢點頭，拎著行李倒退了一步，「我走了。」

加萊點頭。

「我會好照顧自己的。你……不用擔心我。」

加萊終於露出了一抹笑容，淡淡的。他朝她揮了揮手。

＊＊＊　＊＊＊　＊＊＊

佩吉是一顆中立星球，同時也是顆殖民星。

米凡費勁的拉著行李踏上佩吉的土地上時，第一眼就被震驚到了。滿眼的奇怪生物，人形的有，但更多的是三頭六臂、狗頭馬尾之類形象的外星人，還有不成形的，譬如以一汪水為實體的。

米凡這才明白，為什麼加萊說到了佩吉她就可以露出她的尾巴和耳朵了，和這些生物比起來，她的壓力頓時少了許多。

正因為佩吉是顆移民星，有來自各個星系的生物，所以各項服務設施都很完善。而圖盧卡星上的語言恰恰是佩吉的通用語之一，米凡遇到的困難就減少了一大半。

當天，米凡找到了加萊提前訂好的那家飯店，住了下來。

以米凡平民式的消費習慣，加萊留給她的錢夠用她一輩子的。可米凡一點安全感也沒有。飯店的等級大概是佩吉的五星級，房間裡很舒適，米凡躺在柔軟的床上，卻怎麼也睡不著。陌生的環境、陌生的氣味，她覺得……好難過。

在飯店住了幾日後，米凡找到一個小小的住處，定居了下來。

佩吉是個喜歡熱鬧、旅遊業發達的星球，並不關心政治，米凡到了這裡，就再沒聽過關於圖盧卡的消息，彷彿這場牽連了數十顆星球的戰爭不過是一朵無足輕重的雲彩。

米凡生活無憂，作為依靠旅遊業的星球，這裡的犯罪率很低，兩個來自敵對地方的人也會在佩吉相互微笑點頭。

適應了一段時間後，米凡逐漸了解了佩吉的情況，她在住處附近找了一份售貨員的工作。工作並不累，又離家近，雖然報酬不算很多，米凡也很滿意了。而且，每天都能碰見不同的人。

「妳好，請給我一瓶弗利沙草飲。」

一個悶沉的嗡嗡聲音在耳邊響起來，米凡抬頭一看，一張黑皮膚、牛鼻子、銅鈴眼的光頭出現在眼前。隨著他張口，一股臭味撲鼻而來。

米凡淡定的點頭，從身後的櫃檯裡拿出了一瓶飲料遞給他。他用蹄子笨拙的接過來，然後啪的一聲掉在了地上。

「米飯，父親說妳可以下班了。」

一個女孩走過來對她說，金色的頭髮編成髮辮在身後一搖一晃的。她是米凡老闆的女兒，芙拉。

「哎，知道了。」米凡應道。

收拾了一下，她準備回家去做午飯，眼光瞥到那個牛鼻子光頭。

他怎麼還沒走？米凡正眼看過去，發現他眼睛直愣愣的看著芙拉。

這時，一個和那牛鼻子長得很像的傢伙走了進來，拍了拍他的肩膀，說：「魯香香，你怎麼這麼慢！」說著，他眼光掃到米凡，大圓眼頓時一亮，「哞！」

「妳好美女！」他熱情的伸出蹄子戳上米凡的手，「妳的耳朵好可愛！」

名字格外女氣的魯香香大聲說：「你這個毛耳朵控！別到處搭訕惹麻煩了！」

不過後來幾天，魯香香卻每天都來這裡報到，買上一瓶飲料然後磨磨蹭蹭不肯走，米凡算是看明白了，他不就是想搭訕芙拉嘛！

只是芙拉在的時候，他就變得特別木訥，本來和米凡說著話，一見芙拉便立刻吐不出一個字來。

米凡看在眼裡，逐漸替他擔憂起來。終於有一天，她忍不住勸他道：「你和芙拉是不能在一起的，你還是盡量放下吧。」

魯香香鼻孔一下子變成了圓形，驚恐道：「妳也覺得我配不上她嗎？」

「啊，不是的……」

——你們倆壓根不是同一個種族啊！母星都隔著十幾萬光年呢！

不過，米凡猛然想起這段時間經常看到不同種族的男女，她本以為他們只是普通朋友，難道……是情侶嗎？

魯香香反覆憂愁的念叨著芙拉的美麗溫柔可愛，一副仰望女神、倍感無望的樣子。

米凡試探問道：「如果你和芙拉在一起了，你會和她結婚嗎？」

魯香香臉皮太黑，看不出臉紅，但他嬌羞的低下頭，嗡嗡的說：「如果芙拉能同意就好了。」

他開始一臉神遊，米凡恍惚起來，兩個人都不說話了。

這個世界真的很大，你以為不可突破的法則和世俗戒律，只不過是花壇裡幾顆石子擺放的方式；花壇外，石子們也許在溪底被水流沖洗，也許在高山上聽風聽雨，各有它們的規律。

「對了，妳是單身吧？」魯香香回神，忽然這麼問道。

「哎？」米凡發愣，「幹嘛？」

魯香香摸摸鼻子，嘿嘿笑著說：「我那天那個朋友相中妳——」

米凡接口道：「——的耳朵。」就是他那個貓耳控的朋友吧！

米凡說中了，於是他憨笑起來。

米凡嘆了一口氣，又覺得有點好笑，抿著嘴，翹了翹嘴角。

「我……那個……」她抓了一下頭髮，彆彆扭扭的說：「其實，我有男朋友了～」

魯香香不知道為什麼發出了一聲驚嘆：「真的！看不出來呀！」

「喂……你什麼意思！」米凡囧怒。

魯香香用了半年的時間才和芙拉說上話，一年後，他們訂婚了；再過了半年，芙拉和魯香香正式登記結婚。老闆並不是很中意魯香香，但是經過芙拉一番纏磨，還是同意了。他們結婚的那天，老闆讓米凡放了一天假。

米凡笑著看兩人互換了誓詞，漫步走回了家。

鎮子裡的小孩總是呼朋喚友的在街上到處亂跑著玩耍，每天米凡下班的時候都會被一群小孩子大聲歡呼著圍住，然後她便從口袋裡掏出一把糖果分給他們。

日子就這麼平淡的一天天過去，平靜無波，好像一輩子就這樣了。

但是……

米凡獨坐在家中無聊，便踱步到小鎮後的湖邊，找了片平坦的草坪坐下來，一邊摸著耳垂上的通訊器。

加萊說過他會聯繫她的，可都這麼長時間了，一次也沒有。

米凡忍不住抱怨，給了她這個通訊器以後連用都沒得用。

一開始，米凡不知道能從哪裡得到外部的消息，等她搞明白途徑後，她卻不想知道了。時間越拖越久，不想變成了不敢。

她將下巴擱在膝蓋上，望著那片藍盈盈的湖水出神。

等著吧，加萊沒來找她，那就一直等下去，反正，現在也挺好的，不是嗎？她自食其力，被人尊重，無憂無慮，其實孤單也不算什麼。

呆坐了好久，米凡才站起來回家。可是走在鎮上，她卻發現有些不同。路上怎麼多了好多人？她拉住熟悉的一個大叔，問道：「大家都出來看什麼啊？」

「巴姆人！」大叔大驚小怪的說，「他們代表圖盧卡星來咱們鎮簽什麼合作條約。」

大家感到新奇的是這個安靜的小鎮和合作條約這種東西還能有牽扯。但米凡露出吃驚的表情，卻是因為圖盧卡這個詞。

「他們……能代表圖盧卡嗎？」她問道。

大叔茫然道：「嗯？不行嗎？」

小鎮上的人沒誰關心別的星球上的事，圖盧卡對他們而言只是一顆普通的星球而已。對這顆沒什麼特別的星球上的事，他們所知不多。

米凡忽然覺得呼吸發緊。她看到了走來的那些巴姆人，不僅是巴姆人，她還看到了其中人數不少的三級人，他們鮮豔的髮色依舊那麼鮮豔。

圖盧卡的代表團在小鎮要停留好幾天。米凡回到小商店上班時，所有的顧客都無一例外的談論這個話題，對小鎮上的人來說，這是個新鮮事。

米凡注意聽著他們的話，卻沒獲得任何有價值的消息。

她很害怕，又抱著一點希望，糾結的心情讓她坐立不安。午休來臨時，她終於做出了決定。

代表團住在小鎮唯一的旅店中，米凡攥著拳頭走到了那裡。

旅店門口有個綠色頭髮的青年，個頭很高，背卻有些佝僂，他坐在門口的臺階上。米凡看了他兩眼，鼓足勇氣上去打了個招呼。青年側頭看了看她，點了一下頭。

青年少言寡語，米凡支吾了一會兒，才問到正題：「聽說，巴姆人接管了圖盧卡？」

「還有我們。」

「啊？」

「我們，和巴姆人共同管理。」青年說道。

三級人和巴姆人？但米凡關心的不是這些，她小聲問道：「那元族人呢？」

青年淡漠的玩弄著手指頭，說：「跑了。」

「敗、敗了嗎……」

「當然。」

覺察到米凡的情緒後，青年就不願再多說了。米凡只好恍恍惚惚的走回去了。

也許，是元族人主動放棄了圖盧卡，可能其實是他們勝利了，因為尋找到了更好的星球，不需要已經崩潰了的圖盧卡呢？是了，這種可能性也是很大的，不一定就是完全潰敗了啊！

所以，她還要接著等下去，說不定用不了多久，加萊就會出現了！

對！一定要一直抱有希望！

米凡使勁揉了揉臉，小跑回她工作的小商店，強打精神向一臉驚訝的老闆喊道：「老闆！我來上班了！」

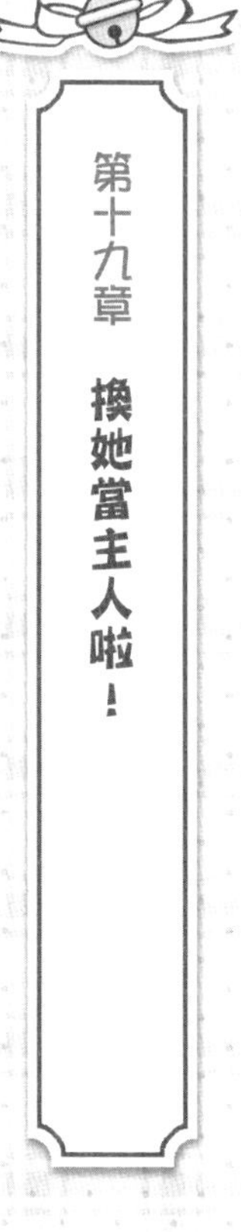

第十九章 換她當主人啦！

知道了圖盧卡的最終結果，米凡每天反而笑得更多了，總是嘻嘻哈哈的像是有什麼喜事一樣，但是尾巴卻不會隨著擺動。

白天笑得太累，等回到家，孤單單一人躺在床上，臉上就一點表情都沒有了。

她開始做夢，雜亂無章，各個時間段的記憶都摻雜在夢中。但是加萊的面容總是模糊不清。

這讓米凡覺得不祥，她試圖說服自己，這只是日有所思、夜有所夢而已，可她擔心什麼？不是已經告訴自己加萊不會有事嗎？

她站在櫃檯後，嘴角掛著範本一樣的笑，眼神卻是渙散的。

魯香香戳了她一下，說：「米飯！米飯！」

「嗯？」

That's not easy to be moe animal.

「妳說過妳是從圖盧卡來的，是吧？」

「……」

見米凡沉默，魯香香不滿的說：「我是看妳天天也不關心，才專門過來告訴妳的，圖盧卡被弗拉人接手了，妳知道嗎？」

「不用告訴我這些。」米凡煩躁的撇過臉，「反正我只會待在佩吉。」

魯香香哼唧了一聲：「連母星都不關心啊，元族人敗得一塌糊塗，死了不少，平民也就逃出來一部分，貴族倒是都跑了。說起來那些三級人也算是好運了。聽說元族人挺那個的，所以米飯妳才不願意離開佩吉吧？喂，米飯？」

「死了……」

「什麼？妳在嘀咕什麼？」

米凡猛地搖了一下頭，抓住魯香香的衣領問道：「你剛剛說貴族都逃出去了？是真的嗎？！」

「呃……大、大概是真的，妳應該知道的，他們那些貴族都愛惜自己的小命跟什麼似的。」

「不要說大概，到底是不是啊！」米凡抓狂的搖著比她高了兩個頭的魯香香。

「冷靜冷靜！我再幫妳打聽一下！」

昔日驍勇善戰的元族人，最終還是順應了萬物有生有滅的規律，邁入了繁華頂峰後的衰亡。數種不利因素相交，在能源供應被切斷的最後一重打擊之下，他們終是不敵，慘敗，落腳之地也無。

還活著的元族人，只能狼狽的從敵對聯盟的清掃中逃到遙遠的宇宙角落。

「已經不成氣候了，所以對方也沒有追殺下去，現在正忙著分贓呢。」

米凡腦中都是白天魯香香說的話。

她不關心元族的成敗，她只在意加萊——是隨著族人逃了，還是……死在了戰場上？

米凡忽然覺得自己在夢中……太假了啊！這兩天她經歷的這些都太虛假了！

加萊明明說過會來佩吉找她的，他明明答應過的，不然，兩年來她等的人是誰？

她——還是被拋棄了，認識加萊後最害怕的事情還是發生了。

騙子！他是個可恥的騙子！她不會像他的，她會信守自己對他的承諾，一直一直等下去！總能、總能等到一個結果……

米凡一臉的淚水，哭得無聲無息。她握著酒瓶，顫抖著手撬開瓶蓋，仰起脖子往下灌。

酒是辣的，淚是鹹的，心是苦的。她撐著頭嗚嗚的哭。

「加萊混蛋，我在普羅小鎮等了你好久啊，每天每天都在等……」她低聲喃喃，聲音越來越低，酒瓶摔在地上，沒碎，咕嚕咕嚕滾遠了。

米凡醉了一整天，醒過來的時候，芙拉正在床頭照顧她，見她醒來，忙坐到她旁邊問道：「醒了？頭疼嗎？」

腦子還混沌著，米凡輕輕的晃了一下頭。

芙拉說：「妳沒來上班，我爸爸擔心妳出事，就讓我來看一眼，果然讓我發現妳醉成了一灘！妳失戀了啊，嗯？把自己弄得這麼慘。看妳的臉色！」

「沒有……」米凡輕飄飄的說。

「那是怎麼了？」

米凡靜默了片刻，忽然恍惚著笑了，「我的耐心太不夠了，他一定是去了很遠的地方，暫時不能回來。」

芙拉皺了一下眉，魯香香把那天和米飯的談話告訴她了，從今天米飯的反應來看，她大致猜到了一些，卻不忍心說，畢竟活著且留下來的元族人，真的不多。

「嗯……」芙拉猶豫了一下，回答她：「可、可能吧。」

米凡收了笑，沉沉的看著天花板。

***　***　***

因為天空上掛著兩個太陽，所以佩吉的陽光很燦爛，一年中的大部分時光都沐浴在陽光中，植物長得格外高大，綠油油的樹葉能當桌布。

天是藍的，風是涼爽的。

米凡站在小商店的櫃檯後面，看著外面一棵樹上開的花從枝頭飄落在櫃檯上。

魯香香打了個驚天動地的噴嚏，「一年開兩次花，每次都讓我過敏，回頭我要把那棵樹砍了！」

米凡微微一笑，說：「那棵樹是芙拉小時候親手種的。」

魯香香倒抽了一口涼氣，連忙改口：「怪不得花開得那麼香！以後必須天天幫它澆水施肥！」

「說什麼呢！」芙拉走過來好奇的問。

米凡看著魯香香使勁衝她使眼色，忍不住撲哧一笑。

「妳心情是不是好些了？」看見她笑，芙拉寬慰了許多，但還是說道：「要不我讓爸爸讓妳放幾天假，這兩年來妳一次都沒離開過普羅小鎮吧？」

「不用了，我已經好了。」米凡笑著拍拍胸脯，說：「我要留在普羅，如果出去的話，他可能不容易找到我。」

芙拉頓時露出了糾結的神色，「妳還……」

米凡坦然的說：「是，我相信他還活著。」

芙拉輕嘆了一口氣。

米凡嘿嘿一笑，上去拍了一下芙拉的肩膀，「不要一副『這人無藥可救』的表情啦！沒見到他，哪怕是屍體之前，我是不會死心的。」

……如果死了，八成是變成奈米級顆粒飄散在太空裡了，肯定見不到屍體啊！芙拉在心裡默默的說著，卻見米飯忽然一怔，只顧盯著自己的身後。

「哎？」芙拉跟著轉過頭，看見她小時候種下的那棵樹底下站著一個銀髮的年輕男人。長得還不錯，只是臉上的表情……

男人擰著眉，一臉複雜的看著這邊開口：「自己過得挺開心的嘛，那還哭著求我快點來找妳。」

「加、加、加萊！」米凡結巴著說，呆呆看了他一會兒後尖叫一聲，像顆炮彈一樣向加萊撞去。

加萊抱住她，被她的力道撞得連連退了好幾步，眉頭皺得更緊了。他的手覆在她背上，摸到她突出的蝴蝶骨，眉毛動了動，還是舒展開來。

「早知道妳過得這麼自在、一點也不傷心，我就不那麼急的趕過來了。」

「沒有！」米凡把他扒得更緊了，「我傷心死了……哎？你怎麼找到我的？」

加萊把她扯開，抓著她的肩膀看了她一會兒，「我前天晚上聯繫到妳，妳哭得連話都說不清楚，只聽見妳說妳在普羅，要我來找妳，哭得那麼厲害，我還以為妳有多慘……原來妳不記得了？」

呃……米凡忽然覺得尷尬了，原來那天她痛苦得以酒澆愁的時候，加萊聯繫上她了？那時候她喝醉了完全不知道啊！所以她白哭了？果然喝酒誤事！

芙拉拉著魯香香好奇的湊過來，仔細打量了加萊一番，「你是米飯的男友呀？」

加萊一怔，嗯嗯啊啊了幾聲，終於清了一下嗓子，彆彆扭扭的承認：「算……是吧。」

米凡覺得，兩年多來她的心第一次落到了實處，無比的踏實。她使勁的用額頭在他身上蹭，忽然聞到了一股血腥味。

「加萊！」她急忙鬆開了他，「你受傷了？」

米凡租的那間小房子，兩年來終於不是只有一個人了。

加萊在撤離中途和其他族人分離了，逃到了只有一個飛船基地的星球，幾經波折，才來到佩吉星。一下地，他便和米凡聯繫，只是米凡當時酩酊大醉，自言自語，答非所問。他擔心米凡，來得匆忙，最後一戰中負的傷尚未痊癒，米凡見他時的那一撞，導致傷口裂了，才讓她聞到了血味。

加萊在米凡這裡住了下來，開始養傷。

米凡請了假，好照顧加萊。雖然加萊表示他沒那麼嬌弱，能吃能睡幾天後就完全好了，可是米凡還是願意盯著他看上一整天。

「加萊……」她眼也不眨的看著他說：「你以後有什麼打算？」

他垂著眼繫好繃帶，扣上釦子，口氣極淡的說：「隨妳。」

「隨我？不是啊……」米凡小聲說：「你……會不甘心嗎？」

加萊抬起眼，明白她說的是圖盧卡的事，他只是輕搖了一下頭，說：「就算沒有敗，我們也不會繼續留在圖盧卡了，勢必要尋找新的星球。成王敗寇是自然的事，我們不斷輾轉征戰，總該有一次被打得屁滾尿流才正常。」

他輕笑了一聲，「說報應倒也不過分，若還有希望，我倒還會盡一份力，但是既然已經到如今這種地步了，還是算了。」

米凡盯著他，加萊雖在笑，但眼底深處還是有失落神色。

「唔……那麼，你就暫時在家做主夫吧，我工作養你！」米凡咧嘴一笑，豪氣萬分的拍著胸膛。

加萊抽了一下嘴角，慢慢道：「風水輪流轉，那我以後就靠妳養活了。」

米凡對著鏡子理了理頭髮，轉過身，對穿著不合身睡衣走出來的加萊招了招手。

加萊走過來，說道：「妳要去哪？」

「工作啊！」米凡踮起腳尖，想去拍拍加萊的頭，可是搆不到，只好轉而拍了拍他的肩膀，「乖乖在家啊，等我中午回家餵你～」

加萊翹了一下嘴角，彎下腰，向她鞠了一躬，「恭送金主大人。」

米凡樂滋滋的去小商店了。

芙拉和魯香香正在幫老闆卸貨，看見米凡來店裡了，立刻露出了晃眼的笑容，「米飯！臉色好滋潤呀！」

米凡不好意思的捂了一下臉，「大概是因為昨晚睡得早吧。」

中午時間一到，米凡立刻向老闆彙報，在芙拉狡黠的笑容裡跑回了家。

「我回來了！有沒有聽話好好在家呀？」米凡笑咪咪的喊道。

加萊很配合的抬起她的右手，在脣邊輕輕碰了一下，「當然，您的命令是我畢生唯一的方向。」

他垂下頭的時候，鼻尖跟著碰到了她的手背，幾縷冰涼的髮絲也垂了下來。

米凡為了掩飾她的羞澀，哈哈哈哈蠢笑著一巴掌把加萊的頭拍回去了。

加萊無奈的嘆了口氣，坐了下來，「真是粗魯的主人。」

米凡非常喜歡這個稱呼，不自覺的就昂首挺胸起來，「哼，不許挑剔！」

「那麼主人，已經到了用飯的時間了，請賜您的僕人食物吧。」加萊懶洋洋的向後一靠，雖然用的是祈使句，可是聽起來就跟指使人一樣。

米凡頓時覺得有點不忿，「難道不該是你為主人服務嗎？」

加萊看了她一眼，欣然道：「好啊。」說著，他作勢就往廚房裡去。

米凡忽然想到，加萊那驚天地泣鬼神的廚藝只足夠熱熱罐頭之類的，她在廚房裡放的可都是新鮮的食材！她急忙拉住加萊，「等等，作為一個負責任的主人，還是讓我來做吧。」

過了幾天，加萊的身體已經好得差不多了，可米凡還是朝九晚五按時上下班。其實是不必如此的，她走的時候加萊給她的財產是很大的一筆數目，就算是兩個人，其實也夠用上一輩子的。加萊在米凡走後，一個人待在家中實在是無趣，出去的話，小小的一個鎮子也沒什麼可看的。

加萊從熱情推銷普羅小鎮獨特旅遊紀念品的小販那脫身，找到了米凡工作的小商店。

米凡正一臉無語的躲著妄圖摸一下她耳朵的牛鼻子傢伙，他正嚶嚶的懇求米凡：「我手癢癢，每天晚上都想得睡不著，就讓我摸一下吧！就一下！我的心願就完成了！」

他正渴望的看著那對在黑色濃密髮中的毛茸茸耳朵，忽然一股大力把他掀開了。

米凡哇的一聲驚嚇的蓋住了眼。被甩到外面了，好慘！

加萊輕描淡寫的拍了拍手。

米凡看了看他，又看了看扶著樹、抖著腿站起來的傢伙，解釋道：「那個……他只是想摸摸我的耳朵。」

和魯香香見她的第一眼的時候，這個貓耳控就一直想這麼做。

「主人的耳朵也是尊貴不可輕易任人褻瀆的。」加萊凜然道。

……都玩了好幾天了，他還沒膩啊？

米凡摸了摸鼻子，說：「你過來幹什麼？不在家休息嗎？」

「身為奴僕，自然是要追隨主人身邊保衛您的安危。」加萊拍了拍米凡的頭，逕自走了進來。

米凡怒斥：「大膽！怎可不經允許就觸碰你主人尊貴的頭頂！」

加萊姿態隨意的坐下，攤手向她微微一笑。

魯香香的朋友——貓耳控先生一扭一扭的走進來，哭訴道：「米飯妳的腦袋這麼值錢就早說嘛，我死也不碰了。」

由於加萊的坐鎮，這家小商店竟逐漸成了旅遊攻略中去普羅小鎮必去的一個地點，攻略中是這麼說的——

小店在三角路口的一棵長年開花的大樹下，綠藤爬滿了紅磚牆，商品不多，但是物美價廉。作為小鎮中標誌性的一處，它的售貨員是一個有著貓耳和長尾的可愛女孩，且有個並非售貨員的銀髮青年坐鎮店中。（注：遊客切不可貿然調戲，據當事人估計，銀髮青年個體戰鬥力可達Ａ２級。）

米凡一臉笑容的揮手送走一堆鬧哄哄的旅遊團，轉頭看向加萊。

前幾天，他搬了張籐椅到店中，現在他就躺在這張籐椅上，翻著一本據他說十分古舊的書本。

也不知他怎麼搞定老闆的，這半年來竟讓他一直在店裡賴著了。

加萊漫不經心的翻著書，在投射入店中的陽光中微微瞇著眼睛，他又翻過了一張泛黃的書頁。

「今天早上我替妳請了假。」他忽然這麼說。

「哎？」米凡一愣，問道：「為什麼啊？之前你怎麼沒和我說？」

「我訂了兩個去吉閔山谷的飛船座位，就在明天。」

「哈啊？明天？！」太突然了吧！

米凡眨眨眼，思考著說：「有陰謀嗎？你這賤奴是打算趁機弒主嗎？」

啪的一聲，加萊拿著書拍在了她的腦袋頂，鄙視的看著她：「這叫驚喜，懂嗎？」

——好吧好吧，勉強也算是驚喜啦！

到了下班時間，米凡歡快的收拾一下準備離開了，而加萊已經先走一步，去買兩個人晚上吃的香草餡餅。

芙拉和魯香香從對面走了過來。

「我走嘍~」米凡笑嘻嘻的打招呼說。

芙拉也笑了起來，「祝妳玩得愉快啊！」

「那是肯定的嘛！」魯香香插嘴說，「被加萊求婚她肯定開心嘛！」

——哎？

「死胖子！大嘴巴！」芙拉氣得使勁擰他胳膊，又緊張的對米凡說：「剛剛妳沒聽清楚是吧！」

米凡飛快的眨了幾下眼，然後點頭，「對啊，魯香香剛才說什麼？再說一遍啊。」

回到家時，加萊已經到了，切成小塊的香草餡餅擺在潔白的瓷盤上，廚房裡傳來俐落的切菜聲。

米凡壓下翹得高高的嘴角，走進廚房。

加萊落下最後一刀，轉身把鍋鏟塞進了米凡手裡，「好了，妳上吧。」

半年來，他們兩個家務的分工也很明確了，加萊切菜洗碗，而她負責掌勺。米凡的廚藝已經磨練得十分精湛，不一會兒就端著兩個盤子放在了餐桌上。擦了擦手，脫下圍裙，她宣布開飯。

小小的房間裡充滿了柔和的燈光，餐具相碰發出細碎的響聲。

米凡偷偷的看了一眼加萊，又一眼，終於忍不住問道：「那什麼吉閔山谷，漂亮嗎？」

加萊嗯了一聲，嚥下一口菜，說：「還好吧，芙拉說那裡四季如春，山谷裡開滿了花。」是情侶必去十大聖地之一。他默默在心底補充。

米凡捧臉想像了一下，說：「好棒！」

加萊看著她一臉夢幻，也被她感染得勾起了嘴角，「反正有的是時間，以後，我們可以把所有值得去的地方都玩一遍。」

米凡把目光放在他臉上，雙眼明亮得像兩顆星星，「說定了！」

他拉住她的手，放在脣邊，眼含笑意，「您忠誠的僕人不會讓您失望。」

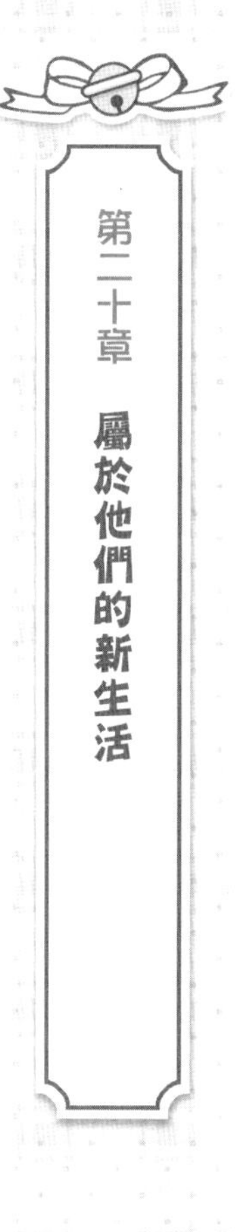

第二十章 屬於他們的新生活

That's not easy to be moe animal.

米凡哼唧了兩聲，抱住被子翻了個身，睡得死去活來。

她這一翻身，加萊這邊的被子就被她扯了過去，於是加萊只著一件薄褲的身材全都暴露了出來。

加萊抬手放在額頭上，躺了一會兒，身上微涼，便無語的去扯被子。豈料米凡死不放手，加萊一扯，她就順著他的力道滾到了他身邊。她把那截被角抱得更緊了一點，腿一伸，搭在了加萊身上。

昨晚米凡被折騰得累了，睡裙下還是真空的就昏昏睡去了，這時她一抬腿，裙子就褪到了腿根，露出了那裡幾處紅痕。

清晨醒來，本就撐起了小帳篷，她的身體挨著他的側身，輕輕一碰，就能讓他熱上幾分。可偏偏她睡得昏天暗地的。

——還是讓她多休息一會兒吧。

這麼想著，加萊坐起了身。他下了床，撿起掉落在床下的上衣扔往床上，然後又看了米凡一眼。她的臉紅撲撲的，嘴脣上還有昨晚咬破的痕跡。

加萊忽然傾下身，右腿跪在床上，低頭在她脣上用舌尖舔了一下。有點鹹澀，卻很美味。他停頓一下，手撐在她頭邊，用力的舔食了一遍。

米凡輕喘了一聲，慢慢睜開眼睛。起初什麼都沒看清，待意識到昏暗光線中眼前這張臉是誰時，她驚訝的哎了一聲。

然後加萊的舌頭便趁機鑽入了她嘴中。

剛醒來意識本就不清醒，米凡很快的在脣舌相交中迷失了。不知什麼時候，加萊上身已經全部壓在了她身上，而她的胳膊也主動環上了他的脖子。

不過就在這時，木門被砰砰砰大力的敲響。

米凡七手八腳的把加萊推開，領口都褪到了肩頭，滿眼迷糊的說：「有人？」

加萊把臉壓在她脖子上，低低喘了幾口氣，才起身下床，慢慢的穿好衣服。

期間敲門聲一直不停，急促又響亮。

加萊待米凡也換好衣服後，才過去將門打開，然後一張寫滿不悅的娃娃臉便出現在兩人面前。

「你們幹什麼呢！」伊凡夫質問道。

「早上好。」米凡有些不好意思的向他打招呼。

伊凡夫十分不滿的哼了一聲，大步走進來，「都什麼時候了，還沒有做早飯！」

「今天我和加萊打算出去吃烤山蕉的。」

伊凡夫頓時一怔，「出去吃做什麼！」

伊凡夫是在加萊他們倆在亞非森林暫住的第二天找上來的。加萊很是吃了一驚，他以為伊凡夫已經隨著族人離開了。

當時伊凡夫一邊挑剔的看著加萊，一邊說：「太沒義氣了你！一句話都沒說就把我拋下了，我要告訴你，我們友誼盡了！」

加萊嗤笑一聲不在意，米凡瞪著大眼看著伊凡夫，朝他嫣然一笑，「餓了吧，我煮麵給你吃？」然後廚藝精進的米凡穿過胃掌握了伊凡夫同學的心。

亞非森林雖然生態原始，可一座城市就座落在其中，在巧妙的設計下和整座森林融為一體。

加萊和伊凡夫剛在餐廳中坐下，米凡說要去趟洗手間，結果就這麼一去不回了。

加萊眉頭的皺紋逐漸加深，伊凡夫撥弄了一下杯中的小勺，挑著眉，站起來說：「怎麼去了這麼長時間？我去找找吧。」

洗手間裡並沒有人，整個房子裡也找不到米凡，在加萊臉色陰沉逐漸要爆發的時候，他們在餐廳外一處剛闢好種上了樹苗的泥土地上找到了米凡。

此時她正蹲在地上，拿著一根樹枝在地上掘洞，地上已經被她挖出了半掌深的小坑。

「米飯！」加萊大步上前抓過了她的手。細嫩的指尖已經沾上了黑泥。

「怎麼一聲不吭就跑出來了？」

米凡仰頭看著加萊的臉，好像才回過神來，「我、我也不知道怎麼回事，從窗戶外看到這片地，就有股很強烈的衝動想挖出一個坑，然後不知不覺就走過來了。」

加萊和伊凡夫本以為這是米凡的一個藉口，可是接下來幾天，只要她一不見蹤影，就是到外面挖坑去了，甚至有時還會突然在桌子和牆上抓撓。

米凡自己也覺得奇怪，有些忐忑起來，「我不會是出了什麼毛病吧？」

伊凡夫盯了她一會兒，說：「有的哺乳動物在快要生產前會挑選地點準備生產、餵乳時所需的窩，還會磨爪子，以防傷害幼獸。我說，妳該不會是……」

「別胡說啊！」米凡驚慌失措的阻止他說下去。

加萊顯然還未從震驚中回過神來。

伊凡夫越想越覺得沒錯，不禁對加萊說：「你真夠厲害的啊！」

加萊猛地站起來，米凡無措的抬頭看他。

「去醫院檢查。」

＊＊＊　＊＊＊　＊＊＊

三年後——

陽光燦爛，正是這顆星球上的秋季，風中帶著涼意，天高雲遠，是出遊的好時節。但是有間房間卻陷在黑暗中。

一隻手搭出了床外，隨著衝撞而無力的震顫著。

似是痛苦又似愉悅的低吟讓加萊忍不住起了壞心思，他忽然停止了動作。

米凡睜開眼睛，迷茫的看著他。他撐在她上方的身體堅實有力，因克制衝動而起伏不定的胸膛上還掛著幾顆汗珠。

未能得到滿足，身體難耐，米凡卻不好意思開口去要，抓住他的肩膀輕輕抓了一下。

加萊低啞著聲音含笑說：「我累了，妳來吧。」說著，他抽離，仰面躺在了床上。

米凡忍不住低吟了一聲，待看見加萊竟然真不打算動了，默默的磨了一下牙。

既然這樣，便休怪她無情了哼！

米凡閉眼調整了一下，撐著身體起來，尾巴在身後掃動了一下，靈巧的挪到了前面。茸茸的尾尖順著他的腿一直向上，輕柔的纏上昂揚那處。

加萊的手搭在眼上，笑了一下。米凡也不懷好意的笑，手放在他胸上忽然掐了他那小紅點一下，同時尾巴纏得一緊。雙重刺激下，加萊從喉中低低呻吟了一聲。

米凡有些得意的鬆開尾巴，坐在了他的小腹上，雙手並用的在他身上撩撥，尾巴也在身後搖來搖去，時不時掃過他腿側敏感的地帶。

「行了，米飯。」加萊鼻尖也滲出了汗，先耐不住，開口說道。

「你說讓我來的。」她得意道：「我想怎麼做就怎麼做。」

可惜兩人實力相差太大，加萊忽然抓住她的腰，把她翻過了身。

兩人動作太大，撞得米凡胸口疼的紅晶石忽然從斷裂的鏈子上掉了下來。米凡剛驚叫出聲，便突然成了一聲嬌軟的「咪」。

「哎呀翻譯器！」

她想低呼，便又是「咪咪咪」幾聲。

加萊頓了一下，猛地將她壓在身下，用力深入。

只是還未動作幾下，又有兩聲極軟糯的叫聲響了起來。

一個不過兩歲大的娃娃在地毯上爬到了床邊，銀白色的大眼睛好奇的看著床上兩個忽然靜止下來的人影。他的頭髮還不多，倒是頭頂的兩隻耳朵已經毛茸茸的了。小尾巴笨拙的甩了一下，他方才聽見了媽媽的叫聲，於是又朝媽媽咪了一聲。

就算是在完全不懂事的小孩子眼底下做也是很羞恥的！米凡連忙推加萊。

加萊咬了一下牙，還是讓開了。

米凡敷衍的隨便扯了一件什麼布料裹住身體，撿起翻譯器，下地將娃娃抱了起來。

「伊凡夫又跑去約會了，這奶爸當得太不合格了！明明之前還拍著胸脯說就算是人形他也看不上眼的……」

娃娃亂蹬著腿，想要從米凡懷裡下來，他正是學走路的時候，總不願讓別人抱。

「寶寶乖啦～媽媽帶你去找小維尼。」

小維尼是他最愛的大熊玩偶，米凡把他放在地上，他一瞧見小維尼就爬了過去，開始咬它的腳。米凡在旁邊陪著，他只顧著把口水塗在小維尼上，不一會兒就玩累了，眼皮子打架。米凡拍著他哄了一會兒，他就睡著了。

米凡把育兒室的門輕輕關上，剛轉身，就被加萊一把推到了牆上。她吃驚的張嘴。

「噓——」加萊食指按在她脣上，低聲說：「別吵到孩子。」同時抬起了她的腿，欺身壓上。

加萊將米凡汗溼而黏在臉上的頭髮撥到了耳後。她累得一做完就睡著了，眼睛沉沉的闔上。

到現在，他還清晰的記得看見她的第一眼，她赤身裸體可憐兮兮的縮成一團，低著頭，那毫無生機的樣子讓他只看了一眼就毫無留戀的走開，即使在地面上遇到一隻活著的生物是極稀少的情況。

但是後來她追了上來，然後他才第一次和她真正的對視，那是一雙被希望和恐慌同時充滿的眼睛，在他看向她的時候，迅速瀰漫起了一層水氣。

大概就是那一秒，讓他起了將她帶走的心思。

但是那時，他從來不曾想過，那隻又弱小又狼狽的小個子生物會成為他生命中聯繫最緊密的一部分，無論是作為哪種身分的存在。

她不會說話，自然也不能理解他的語言。一開始，他還會有點質疑自己這一時的衝動，他從來都不認為自己是一個有耐心、適合養寵物的人。

可是她雖然什麼都不懂，卻很乖巧，不搗亂不吵鬧——只要不奪走她的浴巾。

當然，後來他才明白，並不是她迷戀浴巾，只是她需要一件遮身之物。

現在想想，他都好奇那時候他是怎麼坦然看著她不著片縷的身體的。

她從來沒有向他有過什麼要求，可他在她身上費的心思卻越來越多，也許正是如此，她在他心中的重要性也越來越大。

為什麼不喜歡她呢？長相可愛，性格又乖順，養起來也不麻煩。

況且她極依賴他，讓他有種責任感。

只是太討人喜歡有時候也會有點煩惱，伊凡夫這個養寵狂魔自己養不活寵物，就總蹭在他家不走，抱著米飯揉搓。

後來為她訂做了全套的衣裳，她換上女孩子喜歡的那些漂亮服裝，站在那裡時，如果不去看她的耳朵，她就像一個普通的小女孩一樣。大概就是從那時開始，他漸漸將她從寵物的身分中抽離了吧。

米飯很黏他，或許是雛鳥情結？他曾問她是不是這樣，雖然她死不承認，但他認為正是因為他在她近乎絕望的時候收留了她，她才對他這麼依賴的。

她黏他，他也習慣了她的陪伴，以至於他回去諾特丹後，夜夜不得安眠。

他忙起來時，也忽略了她，等意識到時，已經晚了。這是他犯的錯。將她找回來時，她昏迷不醒，分離前帶著嬰兒肥的小臉削瘦得都沒了肉，把她無力垂下的身體抱起來時，甚至骨頭硌手。

一個月後，那家寵物學校垮了，動手的並不是他，他只是輕推了一把而已。

倒是沒想過，從來沒服侍過人的他，對一隻寵物也能無微不至的照顧好。等米飯醒過來，他還沒舒心多久，就聽見她張口，叫他加萊。

他的小寵物一臉緊張的用他的語言，結結巴巴的向他解釋，坦白了她的來歷。他雖然早有了心理準備，可看著她一本正經的和他說話，還是覺得離奇。忍不住逗弄了她一番，看她敢怒不敢言，臉都憋紅了，心裡就覺得愉快極了。

從那時起，事情就開始以飛快的速度偏離了正常的軌道。

在他剛剛適應新的相處模式時，米飯成年後第一次的發情打亂了這一切。

說起來，他怎麼會那麼遲鈍，明明之前她就有了種種的反應，可直到她神色迷離的撲向他，他才意識到發生了什麼。但在她面前，他的意志力變得空前的薄弱。她太主動了，又那麼可口，被她輕易的一挑逗，便全線崩潰。

他的身體遠比他的思想誠實。在他從米飯身分的糾結中擺脫出來後，他才想明白這點。

再後來，發生了許多事情，那段時間，像被墨潑了一般，漆黑無光。他在無盡的戰火中掙扎，通向未來的道路漸漸明確，結局已不可扭轉。

伊凡夫一開始其實不贊同他和米飯的關係。伊凡夫看起來遊戲人間，其實內裡孤傲，一向瞧不起別的種族的。他會很喜歡作為寵物的米飯，但他不會接受她作為自己平等的同伴。

但是伊凡夫最後還是接受了，寬容的接受了他的選擇。

當然，再後來，他和米飯結婚後，伊凡夫再找了過來，對米飯新身分的不適還沒多久，就在米飯的戰地——廚房裡，消散殫盡了。

子，他無比清楚。

加萊知道，在戰爭、拚死掙扎和最後逃亡的所有過程中，他都在伊凡夫身邊，那是什麼樣的日

伊凡夫很久沒有坐下來好好的用完一頓飯了。

在擇偶這一方面，伊凡夫的眼光很高，這同時是一開始他對加萊的選擇很不解的原因之一。可是，元族人傷亡慘重，殘存的也都盡數逃離，伊凡夫賴著他混了三年，碰見的人形生物都不多，更別提符合他審美觀的了。

在如此慘烈的現狀中，伊凡夫的要求已經在不知不覺間低了不少。

那天他和米飯帶著自家孩子去醫院檢查，無所事事的伊凡夫非要賴著跟去，然後在某一個時間都凝固的時刻中，醫院中的一位護士成為了伊凡夫心中的女神。

這位護士，雖然不像米飯長著耳朵和尾巴，是完全的人形，並且面容美好如天使一般。但悲慘的是，她的種族是母系社會……這個種族，每個成年女性每年都會換一個伴侶，並且當她們懷孕的時候，會變得極其凶殘和食欲旺盛——也就是說，保質期一年的丈夫，也會成為她的盤中美食。

面對如此多和令人瞠目的障礙，伊凡夫居然義無反顧的愛上了這位護士小姐，更可憐的是，他已經被拒絕了十二次。想起來，加萊就很開心，並且抓住機會每天都要嘲諷伊凡夫幾次。

事實證明伊凡夫的眼光還不如他。在求而不得的伊凡夫面前，他和米飯在一起時更覺得幸運。

這已是他能想像的最好的結局了。

「是不是，米飯？」

他低下頭，親暱的蹭了一下她的鼻尖。

她的呼吸輕緩，捲著清淡的氣味吹拂在他唇上。他舒展胳膊，將她抱入懷中。

兩個人的身上都還帶著汗，在兩人身體相貼的時候，又交融在了一起。

天很黑，夜很靜，時光悠長。

加萊擁著米凡，閉上了眼睛。

這一夜，仍舊好眠。

《萌獸不易做02本能誘惑》完

《萌獸不易做》全套二冊完結，全國各大書店、網路書店、租書店，強力熱賣中！

飛小說系列109

萌獸不易做02（完）

本能誘惑

出版者■典藏閣
作　者■澤溪七君
繪　者■IKU
總編輯■歐綾纖
企劃主編■PanPan
製作團隊■不思議工作室

郵撥帳號■50017206 采舍國際有限公司（郵撥購買，請另付一成郵資）
台灣出版中心■新北市中和區中山路2段366巷10號10樓
電　話■(02)2248-7896　傳　真■(02)2248-7758
物流中心■新北市中和區中山路2段366巷10號3樓
電　話■(02)8245-8786　傳　真■(02)8245-8718
ISBN■978-986-271-532-1
出版日期■2019年1月八刷

全球華文國際市場總代理／采舍國際
地　址■新北市中和區中山路2段366巷10號3樓
電　話■(02)8245-8786　傳　真■(02)8245-8718

新絲路網路書店
地　址■新北市中和區中山路2段366巷10號10樓
網　址■www.silkbook.com
電　話■(02)8245-9896
傳　真■(02)8245-8819

☞您在什麼地方購買本書？☜

1. 便利商店（________市／縣）：□7-11　□全家　□萊爾富　□其他________

2. 網路書店：□新絲路　□博客來　□金石堂　□其他________

3. 書店（________市／縣）：□金石堂　□誠品　□安利美特animate　□其他________

姓名：________地址：________

聯絡電話：________　電子郵箱：________

您的性別：□男　□女　　您的生日：西元________年________月________日

（請務必填妥基本資料，以利贈品寄送）

您的職業：□上班族　□學生　□服務業　□軍警公教　□資訊業　□娛樂相關產業

□自由業　□其他________

您的學歷：□高中（含高中以下）　□專科、大學　□研究所以上

☞購買前☜

您從何處得知本書：□逛書店　□網路廣告（網站：________）　□親友介紹

（可複選）　□出版書訊　□銷售人員推薦　□其他________

本書吸引您的原因：□書名很好　□封面精美　□書腰文字　□封底文字　□欣賞作家

（可複選）　□喜歡畫家　□價格合理　□題材有趣　□廣告印象深刻

□其他________

☞購買後☜

您滿意的部份：□書名　□封面　□故事內容　□版面編排　□價格　□贈品

（可複選）　□其他

不滿意的部份：□書名　□封面　□故事內容　□版面編排　□價格　□贈品

（可複選）　□其他

您對本書以及典藏閣的建議________

____

____

✌未來您是否願意收到相關書訊？□是　□否

✍感謝您寶貴的意見✍

印刷品

$3.5
請貼
3.5元
郵票
不思議信箱
FUSIGI POST

235 新北市中和區中山路二段366巷10號10樓

華文網出版集團　收

（典藏閣－不思議工作室）